UN PROTECTEUR POUR CHEYENNE

UN PROTECTEUR POUR CHEYENNE (FORCES
TRÈS SPÉCIALES #6)

SUSAN STOKER

Copyright © 2015 par Susan Stoker
Traduit de l'anglais (U.S.) par Angélique Olivia Moreau pour Valentin Translation
Titre original : *Protecting Cheyenne (SEAL of Protection, Book 6)*
Couverture par Chris Mackey, AURA Design Group
Fabriqué aux États-Unis

DU MÊME AUTEUR

Un héros pour Kassie

Un héros pour Bryn

Un héros pour Casey

Un héros pour Wendy

Un héros pour Sadie (TBA)

Un héros pour Mary (Avril)

Un héros pour Macie (May)

Mercenaires Rebelles

Un Défenseur pour Allye

Un Défenseur pour Chloe

Un Défenseur pour Morgan

Un Défenseur pour Harlow

Un Défenseur pour Everly

Un Défenseur pour Zara

Un Défenseur pour Raven

Ace Sécurité

Au secours de Grace

Au secours de Alexis

Au secours de Chloe

Au secours de Felicity

Au secours de Sarah

— Services d'urgence, quel est l'objet de votre appel ?

— C'est la police ?

— Oui, ce sont les services d'urgence. Quel est l'objet de votre appel ?

— Le câble ne marche plus et je n'arrive pas à regarder mon programme.

— Madame, cette ligne est seulement destinée aux urgences.

— Oui, je sais. C'est *vraiment* une urgence. Mon magnétoscope numérique ne marche pas et il faut que je voie ce qui se passe sur *Toni* ce soir.

Cheyenne soupira. Bon sang, elle détestait ces appels-là !

— Vous avez essayé d'appeler votre prestataire ?

— Oui, mais personne ne répond.

— Que voulez-vous que je fasse ?

Le ton de Cheyenne était probablement plus sec

qu'elle l'aurait voulu, mais c'était une ligne d'urgence et elle était épuisée. Elle n'avait ni le temps ni la patience pour ces bêtises.

— Vous pourriez voir si vous parvenez à les joindre pour moi ? J'ai besoin qu'ils réparent ça tout de suite.

— D'accord, attendez. Je vais voir ce que je peux faire.

Cheyenne mit la femme en attente et se frappa la tête contre son bureau. Elle inspira profondément à trois reprises, puis se redressa et reprit l'appel.

— Bon. J'ai réussi à les avoir et ils ont dit que vous devriez les rappeler. Ils vont voir ce qu'ils peuvent faire pour vous.

— Oh, mon Dieu ! Merci beaucoup ! J'apprécie vraiment.

— Passez une bonne soirée, Madame, et j'espère que vous apprécierez *Toni*.

— Oui, moi aussi ! Merci encore. Je les appelle tout de suite.

Cheyenne raccrocha et soupira profondément. Travailler comme opératrice aux services d'urgence était bien plus glamour en théorie qu'en réalité. La plupart des nuits, au moins deux ou trois personnes l'appelaient pour les « urgences » les plus ridicules qui soient. Techniquement, elle était censée rédiger un rapport et transmettre les informations à son superviseur, mais c'était généralement tout aussi facile de faire raccrocher la personne rapidement et poliment que de les dénoncer et leur attirer des ennuis.

Cheyenne ne voyait pas pourquoi elle aurait dû gâcher le temps d'un agent de police pour aller coller un avertissement à ce type de personnes, alors qu'il aurait pu au contraire essayer de traquer des méchants ou aider des gens qui avaient réellement besoin d'aide.

Cheyenne se retourna vers son ordinateur portable qui était placé près de l'autre moniteur et des équipements électroniques de son bureau, et elle cliqua à nouveau sur le film qu'elle était en train de regarder.

Typiquement, elle était la seule opératrice de garde pour sa petite section. Elle avait la garde du soir, ce qui lui plaisait parce qu'il pouvait s'écouler des heures sans recevoir le moindre appel. Elle avait d'ailleurs rapidement pris le pli d'apporter quelque chose à faire, sans quoi elle serait morte d'ennui. Elle n'était pas vraiment « du soir », mais travailler de trois heures de l'après-midi à vingt-trois heures lui convenait. Elle pouvait rester au lit tard, faire ses courses le matin et avoir quand même le temps d'aller travailler l'après-midi.

Le boulot était bien plus difficile qu'elle l'avait cru quand elle avait postulé. Cela ne lui faisait rien de parler aux gens. Prodiguer des conseils de premiers secours était plutôt excitant ; elle aimait être capable de contribuer à garder quelqu'un en vie ou simplement de les calmer jusqu'à l'arrivée des urgentistes ou de la police. Ces derniers temps, cependant, elle s'était sentie impatiente et mécontente. Ce n'est que lorsqu'elle avait lu un article en ligne sur le stress post-traumatique qu'elle avait mis le doigt sur son ressenti.

Chaque fois qu'elle répondait au téléphone, c'était essentiellement une question de vie ou de mort. Cheyenne passait de trois à vingt minutes au téléphone avec quelqu'un, leur venant en aide, essayant de résoudre le problème qu'ils rencontraient, quel qu'il soit... seulement pour raccrocher à l'arrivée de la police ou des services médicaux, sans connaître la suite des événements.

Certes, elle voyait parfois un reportage aux informations et reconnaissait que c'était une situation dans laquelle elle avait été impliquée par téléphone, mais la plupart du temps, elle ignorait complètement comment les choses s'étaient terminées. Avait-on arrêté quelqu'un ? Y avait-il eu un mort ? Tout le monde s'en était-il sorti ? Après chaque tour de garde, Cheyenne bouillonnait tellement d'adrénaline qu'il lui fallait un long moment avant de s'endormir après être rentrée chez elle.

Et peut-être encore pire que l'ignorance était sa solitude. Elle passait son temps au travail à parler avec d'autres personnes, mais elle n'avait jamais réellement l'occasion de mieux les connaître. Elle discutait avec des gens qui, bien souvent, connaissaient le pire jour de leur vie. En cinq ans de carrière, une seule personne avait retrouvé sa trace pour la remercier. Une seule.

Travailler en soirée rendait difficile le fait de nouer

et d'entretenir des amitiés, sans parler de trouver le temps pour la romance. Elle travaillait cinq jours d'affilée, suivis par quatre jours de congé. Elle n'était pas vraiment fêtarde et ne se rendait généralement pas dans des bars. Elle connaissait quelques personnes dans sa section, mais ils avaient typiquement des horaires opposés aux siens, alors ils ne pouvaient pas vraiment se retrouver pour socialiser ensemble en dehors du travail.

Cheyenne se remémora une conversation qu'elle avait eue avec sa mère. Elle l'avait appelée pour essayer d'avoir un peu de réconfort après une journée difficile au travail où elle avait dû essayer de consoler une femme qui avait retrouvé son mari mort dans leur domicile. Cela avait été intense et la détresse de cette femme avait fait pleurer Cheyenne une fois qu'elle avait raccroché. Mais elle aurait dû le savoir et ne pas essayer de rechercher de la sympathie auprès de sa mère.

— Je ne sais pas pourquoi tu te laisses tant affecter par des gens que tu ne connais même pas, Cheyenne, l'avait tancée cette dernière.

— Maman, ils m'appellent quand ils ont besoin d'aide. La plupart du temps, ils flippent et ont simplement besoin que quelqu'un leur dise que ça va aller. Et ce quelqu'un, c'est moi.

— Mais, ma chérie, ton travail te bouleverse tout le temps. Pourquoi ne trouverais-tu pas un travail normal, comme ta sœur ?

Cheyenne s'était contentée de soupirer. Elle savait que la majorité des gens ne comprenaient pas son travail ni pourquoi elle le faisait, mais elle avait toujours espéré que sa famille finirait par la comprendre et la soutenir, au lieu de la dénigrer.

Elle aurait aimé être plus proche de sa sœur, mais depuis l'enfance, Karen avait toujours été très compétitive avec elle. Cheyenne n'avait jamais compris pourquoi, car entrer en compétition avec sa sœur ne l'intéressait absolument pas. Mais puisque Cheyenne avait été une « surprise » alors que Karen n'avait que cinq ans, elle se disait que la transition entre être un enfant unique et la grande sœur d'un bébé ne s'était pas faite sans douleur.

Karen était l'assistante d'un avocat pénaliste en ville et Cheyenne savait que sa mère aimait se vanter auprès de ses amies de sa fille « qui avait réussi ». Elle avait appris à garder pour elle la peine que sa mère lui causait en la traitant de la sorte. C'était complètement inutile d'essayer de la faire changer ; elle ne comprendrait jamais.

Le téléphone sonna, tirant Cheyenne de sa rêverie, et son cœur commença immédiatement à s'emballer. Impossible de prédire le type de situation qu'elle allait s'efforcer de résoudre. Elle mit son film sur pause et décrocha.

2

Faulkner Cooper, dit « Dude », regardait d'un air morose la femme qui se tenait derrière le comptoir de la station-service. Il portait un jean et un t-shirt, et était en train de payer l'essence qu'il venait de mettre dans sa voiture ainsi qu'un café et un carton de six beignets. Bon, ce n'était pas le petit-déjeuner des champions, mais il venait de courir dix kilomètres et avait fait de la muscu pendant une demi-heure. Six misérables beignets n'allaient pas le tuer. Il tira son portefeuille de sa poche et y fourra la main pour en tirer un billet de vingt dollars. Il n'avait pas songé à sa main, ayant fini par s'habituer à gérer la partie manquante de ses doigts.

Il leva la tête pile au bon moment pour surprendre la caissière en train d'observer sa main d'un air horrifié. Alors il soupira et sortit le billet d'un geste impatient, puis attendit qu'elle le prenne.

Il aurait dû être habitué aux réactions qu'engendrait sa main, et généralement, il l'était, mais de temps en temps, cela le prenait par surprise. Les autres membres de son équipe de soldats d'élite se fichaient pas mal de sa main, et leurs compagnes étaient tout aussi cool. En y repensant, il se rendit compte qu'aucune d'elles n'avait donné le moindre indice que sa main les dégoûtait. Cette pensée suffisait à lui faire ignorer les regards tels que celui que lui adressait présentement la caissière.

Par pure perversité, Dude tendit sa main gauche afin de recevoir la monnaie, forçant la femme à regarder à nouveau sa main mutilée. Il lui adressa un rictus froid et empocha la monnaie. Puis, secouant la tête, il s'empara de sa nourriture et de sa tasse de café et retourna vers sa voiture.

Il cala les beignets sous son menton afin de se libérer une main pour ouvrir la porte. Ensuite, il reprit les pâtisseries et s'installa sur le siège conducteur. Il avala une gorgée de café en allumant le moteur puis il se mit en route et sortit du parking.

Je parie qu'elle se serait comportée différemment si elle avait su que j'étais un soldat d'élite, songea-t-il amèrement. Puis il agita la tête. Il s'assombrissait de plus en plus au fil des jours. Il fallait vraiment qu'il arrête.

Il s'arrêta enfin devant la maison où résidaient Wolf et Ice. Celle-ci ne manquait jamais de l'égayer. Ils s'étaient tous les deux rencontrés quand l'avion dans lequel ils se trouvaient avait été détourné. Ice avait senti l'odeur de la drogue dans les glaçons des boissons qu'on leur avait servies, et Wolf, Mozart et Abe étaient parvenus à prendre le dessus sur les terroristes. Bien entendu, l'agent double du FBI avait deviné que le plan avait échoué en partie à cause d'Ice et il l'avait fait kidnapper et torturer.

Après qu'elle eut passé bien trop de temps aux mains des terroristes, l'équipe avait été en mesure de la secourir, mais l'opération avait été vraiment brouillonne pendant un moment. Avec Ice, Dude avait vu pour la première fois ce qu'était le véritable amour. Sa propre famille n'avait jamais été très portée sur les marques d'affection et il avait toujours eu l'impression de les avoir déçus. Ses parents avaient voulu qu'il fasse des études, mais au lieu de cela, il avait décidé de rejoindre l'armée. Ils avaient voulu qu'il choisisse les Marines, mais il avait rejoint les Forces Spéciales. Ils avaient voulu qu'il devienne médecin ; il avait choisi d'être un soldat d'élite. Dude ne rentrait plus souvent à la maison. Il se sentait gêné et mal à l'aise de savoir qu'il les avait déçus.

Dude laissa sa médiocre tasse de café dans le porte-gobelet de sa voiture et se dirigea vers la porte d'entrée. Il sourit quand elle s'ouvrit à la volée avant même qu'il ne puisse frapper.

— Faulkner !

Dude se retrouva en équilibre sur un pied quand une boule d'énergie blonde se jeta dans ses bras. Il sourit et fit semblant de la gronder :

— Seigneur, Summer ! Épargne mes vieux os, tu veux bien ? Et combien de fois vais-je devoir te demander de m'appeler Dude ?

— Peu m'importe ! Je ne vais pas utiliser ce nom ridicule. Je m'en fiche que tu aies été un champion de surf au lycée. Tu n'es pas un « dude » et je ne t'appellerai pas comme ça ! Et tu n'es pas vieux. Sans quoi je suis un dinosaure.

C'était une plaisanterie récurrente entre eux.

— Je suis contente de te voir. Ça fait un moment.

— Comment ça va ? demanda Dude, reprenant son sérieux.

— Bien.

— Non, *comment ça va* ?

Dude avait utilisé sa voix la plus autoritaire, sachant que Summer ne serait pas capable de résister à l'envie de lui dire ce qu'il avait besoin de savoir. Elle avait connu l'enfer aux mains d'un tueur en série. Dude avait eu une seconde de retard, sans quoi c'est lui qui l'aurait tué. Wolf avait appuyé sur la détente avant que Dude ou Benny ne puissent sortir leurs couteaux et trancher la gorge de Hurst.

— Je vais bien, Faulkner, je le jure, lui répondit Summer avant de l'étreindre à nouveau.

— Très bien. Alors, quittons le porche et rentrons.

Elle saisit la main gauche estropiée de Dude et l'entraîna à l'intérieur. S'il n'avait pas déjà été rejeté ce jour-là, il n'aurait probablement rien remarqué. Il s'émerveilla du fait que Summer ne grimace même pas. Elle n'avait jamais, même pas une fois, été dégoûtée par la vue ou la sensation de sa main. Cette pensée le fit se sentir légèrement mieux et lui donna l'espoir qu'il existe d'autres femmes qui ressentent la même chose.

Ils entrèrent dans la cuisine où Wolf, Ice et Mozart étaient attablés. Summer lui lâcha la main et se dirigea immédiatement vers Mozart. Celui-ci l'attira contre lui et passa sa main autour de sa taille. Il l'embrassa sur le côté de la tête et Dude sourit quand il vit Summer passer une main sur l'épaule de son homme tandis que de l'autre, elle prenait celle qu'il avait posée à sa taille.

— Salut, Dude. Je suis content que tu aies pu venir.

Mozart salua son coéquipier avec un enthousiasme sincère.

— Tu sais que j'ai l'impression de tenir la chandelle avec vous.

— Balivernes, dit Caroline en levant les yeux au ciel. On est contents quand Kason et toi passez du temps avec nous. Ce n'est pas parce que tu es célibataire qu'on va te tourner le dos.

— Je sais, je vous taquinais.

Dude essaya de mettre de la sincérité dans ses paroles, mais il vit que cela avait échoué quand il lut une lueur d'inquiétude dans le regard de ses amis.

Il se tira une chaise et s'assit à table.

— Qu'est-ce qu'on mange, Wolf ? demanda Dude, sachant qu'il était probablement en train de faire cuire de la viande dans le jardin sur son tout nouveau gril dernier cri.

— Des entrecôtes pour nous et du poulet grillé pour les dames.

— Super. On ne voudrait pas gâcher de la bonne viande en la donnant aux femmes.

— Hé là ! grommela Summer en le fusillant du regard.

— Je plaisante !

Tout le monde rit et se détendit. Dude aimait vraiment passer du temps avec ses amis. Quelque part, cela dissipait toutes ses inquiétudes et ses préoccupations.

Le groupe passa le reste de la soirée à rire et à parler de choses et d'autres. Quand Dude décida de partir, il avait oublié le sentiment de rejet qu'il avait momentanément ressenti plus tôt dans la journée.

3

_____

Une autre journée ennuyeuse dans ma vie, songea Cheyenne en poussant son chariot à travers la supérette. C'était la deuxième journée de ses quatre jours de congé. Elle avait dormi tard ce matin-là et avait décidé de s'occuper de ses emplettes. Elle détestait cuisiner et elle finissait généralement tout ce qu'elle avait dans ses placards avant de se forcer à aller au supermarché. Elle vivait de conserves et de repas tout prêts faciles à préparer. Elle n'avait aucune envie d'apprendre à cuisiner. Elle se disait qu'il devait lui manquer le gène de la cuisine ou ce que les autres femmes possédaient qui leur donnait envie d'apprendre comment réaliser de bons petits plats.

Pour ne rien arranger, Karen était un cordon bleu. Un autre point que leur mère utilisait pour la placer en compétition avec sa sœur, et Cheyenne en sortait toujours perdante. Elle haussa mentalement les épaules. De toute façon, ce n'était pas comme si elle pouvait cuisiner pour quelqu'un.

Elle aurait aimé avoir eu une meilleure amie ou au moins une copine proche avec laquelle passer du temps, mais après le lycée, elle avait perdu le contact avec ses quelques copines. Certes, elle sortait avec des gens du travail lorsqu'ils avaient leurs congés au même moment, et elle les aurait volontiers qualifiés d'amis, mais elle n'avait pas cette personne spéciale avec laquelle passer du temps comme la plupart des autres gens. Elle avait toujours souhaité une meilleure amie, mais elle se contentait des connaissances qu'elle avait.

Une fois encore, elle songea à son travail et au fait qu'il aurait dû être plus gratifiant. Elle s'était dit que sauver la vie d'autrui était excitant et enrichissant, mais en fait, c'était stressant et parfois ennuyeux. *J'ai trente-deux ans, je devrais être en train de faire quelque chose d'intéressant de ma vie. Je devrais voyager, ou même être déjà mariée.*

Son existence la déprimait. Elle vivait à Riverton, en Californie, près de la base navale. Elle voyait des hommes et des femmes en uniforme tous les jours. Elle avait même pensé à s'engager pour « voir du pays », comme le clamaient les affiches de recrutement, mais elle était bien trop lâche pour le faire. En plus, il lui aurait été impossible de passer les tests physiques. Elle n'était pas grosse, mais elle ne pensait pas être en mesure d'effectuer au moins une traction. Quant à la course ? N'en parlons même pas.

Elle trouvait les militaires fascinants. Elle se disait que c'était parce qu'elle n'en connaissait pas vraiment, mais à l'instar de nombreuses femmes, elle trouvait les hommes en uniforme irrésistibles. Cela dit, elle gardait les pieds sur terre ; elle savait que certains étaient méchants et vicieux, comme n'importe quelle autre personne. Elle lisait tout le temps des histoires dans les journaux à propos de meurtres, de violences ou de choses de ce genre qui se passaient dans et autour de la base, sans parler du fait qu'elle s'occupait des lignes téléphoniques et intervenait dans des incidents domestiques qui impliquaient parfois du personnel militaire. Mais cela ne l'empêchait pas de fantasmer sur les hommes en uniforme en général.

Il n'y eut qu'un homme qu'elle voyait de temps en temps à la supérette qui lui vint immédiatement à l'esprit quand elle songea à la base navale. Il ne portait généralement pas son uniforme pour faire ses courses, mais elle le reconnaissait toujours. Il était relativement grand, avait les cheveux sombres et était baraqué. Cheyenne avait honte d'admettre qu'elle l'avait suivi un jour dans le magasin pour le regarder remplir son chariot de nourriture saine, pas comme les pâtisseries et les plats préparés pourris qu'elle achetait chaque fois.

Il était toujours poli avec les gens qui l'entouraient. Il l'avait même aidée à attraper une conserve sur une étagère, une fois, et lui avait souri. Cheyenne avait passé le reste de sa journée à sourire comme une collégienne. Elle ne connaissait pas son prénom, mais elle savait que son nom de famille était Cooper. Il était brodé sur le devant de son uniforme. Elle ne l'avait vu porter qu'une seule fois, mais elle savait qu'elle ne l'oublierait jamais. Il le remplissait là où il fallait. Elle ne savait pas quel type d'emploi il occupait dans la Marine américaine, comme elle ne savait pas ce que signifiaient les patchs sur son uniforme, mais honnêtement, peu lui importait. Depuis qu'elle l'avait vu au supermarché, elle avait refusé de faire ses achats ailleurs, juste au cas où elle le recroiserait.

Elle trouvait intéressant d'observer les gens au cours de sa journée. Puisqu'à son travail, elle devait être capable de cerner une personne d'après une brève conversation, elle était vraiment devenue très douée. Une de ses activités préférées était d'imaginer ce qu'était la vie des gens juste en les regardant. Elle regarda autour d'elle dans la supérette... elle n'était pas très achalandée, ce qui était bien, parce qu'elle préférait faire ses emplettes sans avoir une horde de gens autour d'elle.

Il y avait une dame qui marchait devant elle au rayon maraîcher. Elle portait des talons de huit centimètres et une robe moulante qui lui dissimulait à peine les fesses. *Je ne sais pas comment les gens font pour porter ces choses-là. Je parie que c'est un officier de police en mission secrète. Elle vient juste de terminer son service pendant lequel elle a tenté d'arrêter des hommes qui essayent de louer les services de prostituées, et elle s'achète à manger avant de rentrer chez elle.* Cheyenne regarda ensuite le jeune étudiant qui se tenait devant le comptoir de la boucherie. *Je parie qu'il a un barbecue aujourd'hui et qu'il essaye de décider quoi acheter à griller pour ses potes.* Cheyenne poursuivit ses rêveries et fit le tour du magasin. Elle n'était pas pressée, parce que les seuls plans qu'elle avait pour la journée étaient de rentrer et de finir le livre qu'elle avait commencé la veille.

Elle s'engagea au rayon des surgelés et remarqua cinq hommes qui se tenaient près de la pharmacie. Comme le magasin était presque vide, on ne pouvait pas les manquer. Ils n'avaient pas de chariot et étaient vêtus de noir. Le temps que son cerveau enregistre le fait que quelque chose ne sonnait pas juste, elle entendit des cris et les hommes sortirent des pistolets qu'ils avaient dissimulés dans leurs vêtements. Elle se figea. Ce n'était pas ce qu'elle avait envisagé quand elle avait souhaité que sa vie devienne un peu plus excitante ! Elle commença à reculer lentement pour sortir du rayon afin que les hommes ne la voient pas, mais l'un d'eux la remarqua et commença à se diriger vers elle en braquant directement le pistolet dans sa direction.

*　＊　＊　＊*

Dude se moqua de ses amis. Ils aimaient manger au *Aces Bar and Grills*. C'était leur endroit favori pour boire et manger. Ils essayaient de tous s'y retrouver au moins une fois par semaine. Le bar n'était peut-être pas grand et n'était certainement pas de classe nationale, mais la nourriture était délicieuse et, peut-être plus important encore, il n'était pas bondé de touristes.

Si Dude était entièrement honnête, il savait que peu lui importait où ils mangeaient toutes les semaines. Il aimait ses amis et leurs femmes. Il adorait chambrer ses coéquipiers autant qu'il le pouvait.

— Vous êtes pathétiques ! les taquina Dude, levant les yeux au ciel en regardant les autres membres de son équipe des Forces Spéciales. Sérieusement, vous ne voulez plus sortir, vous restez constamment à la maison. Vous êtes une bande de mémères depuis que vous avez des copines. Je suis même impressionné que vous soyez sortis de chez vous aujourd'hui.

— Hé, tu es simplement jaloux, lui rétorqua Mozart en riant de son ami.

Dude ricana avec ses potes, sachant que Mozart avait raison sur bien des plans. Il regarda autour de lui et se réjouit de voir le bonheur sur le visage de ses amis. Leurs femmes étaient parfaites pour eux.

Les hommes sursautèrent quand le portable de Wolf sonna. Ils le regardèrent répondre et ils redressèrent l'échine en le voyant contracter les muscles. Un appel pouvait simplement signifier qu'un télémarketeur avait obtenu le numéro de téléphone secret de Wolf… ou bien qu'ils s'apprêtaient à être envoyés vers une destination inconnue.

Dude vit les quatre femmes autour d'eux se tendre aussi, dans l'attente d'apprendre la nouvelle.

— Très bien. Je lui transmets. Merci.

Wolf raccrocha et se tourna vers Dude. Ne perdant pas de temps, il lui dit urgemment :

— Une possible alerte à la bombe au supermarché de Main Street, ici, à Riverton. On demande un expert.

— J'y vais.

Dude se redressa rapidement, réfléchissant déjà à ce qu'il allait trouver. La police locale faisait souvent appel à l'armée quand ils avaient besoin de renforts. Leur commandant ne voyait aucun inconvénient à contacter l'équipe quand il savait qu'ils seraient en mesure de les aider.

— Contacte-nous si tu as besoin de quoi que ce soit, dit Wolf.

Dude leva la main pour lui signifier qu'il l'avait entendu, puis il partit accomplir sa mission.

Cheyenne n'avait jamais eu aussi peur de toute sa vie. Elle avait vu des films et lu des livres dans lesquels les héroïnes étaient courageuses et échangeaient des joutes verbales avec les méchants. Quelque part, cela marchait toujours pour elles. Cheyenne ne pensait pas que se montrer insolente avec ces hommes effrayants lui serait utile à elle ou à qui que ce soit, de quelque façon que ce soit. Ils étaient vicieux et quelque part, elle savait qu'ils n'hésiteraient pas à appuyer sur la gâchette pour tuer n'importe lequel l'un d'entre eux.

Apparemment, ils avaient voulu dévaliser les drogues qui se trouvaient dans la pharmacie à l'arrière du magasin, mais malheureusement, leur plan avait échoué. Trois membres de la patrouille côtière s'étaient trouvés dans le magasin pendant leur tentative de braquage. Ils avaient tiré leurs armes et une confrontation s'était ensuivie. Cheyenne s'était retrouvée prisonnière du magasin avec deux autres femmes et les cinq malfrats armés. Ils les avaient poussées toutes les trois vers l'arrière du magasin.

La patrouille côtière était parvenue à placer tous les autres clients en sécurité et les avait évacués du bâtiment dans le chaos qui avait eu lieu quand les malfrats avaient dégainé leurs armes. Elle avait l'impression qu'une éternité s'était écoulée depuis qu'ils avaient pris le magasin de force, alors que cela ne faisait qu'une heure et demie. Les assaillants étaient fous et désespérés. Cheyenne voyait que plus le temps passait, plus ils étaient nerveux. Occasionnellement, elle entendait le marmonnement d'un haut-parleur à l'extérieur du bâtiment.

Les deux femmes retenues prisonnières avec elle étaient en pleurs. Elles étaient toutes les deux relativement jeunes, la vingtaine, peut-être. Chaque fois qu'un des malfrats regardait dans leur direction, elles l'imploraient de les laisser partir, disaient qu'elles avaient des familles et des enfants, qu'elles étaient mariées...

tout ce qu'elles trouvaient pour pousser les voleurs à leur montrer de la pitié et à les laisser partir. Quand cela échoua, elles se blottirent simplement l'une contre l'autre et se mirent à pleurer.

Alors que Cheyenne aussi était morte de peur, elle se dit que pleurer ne servirait pas à grand-chose. Ces mecs avaient visiblement pris de la drogue et ils ne pensaient qu'à s'en tirer. Puisqu'ils étaient cinq, elle savait qu'elle et les autres femmes n'avaient de toute façon aucune chance d'essayer de leur filer entre les pattes. Elles étaient coincées là jusqu'à ce que cette confrontation se termine, quelle qu'en soit l'issue.

Elle songea à ses collègues. Quelqu'un avait-il appelé les services d'urgence ? L'un de ses collègues avait-il pris l'appel et envoyé des secours ? Cheyenne regretta de tout son cœur d'avoir mis les pieds dans la supérette ce jour-là. C'est ce qu'elle méritait pour avoir eu envie de manger. Elle aurait donné n'importe quoi pour être dans la salle de contrôle au travail, à organiser ce sauvetage à distance. Elle n'avait jamais songé qu'elle-même pourrait un jour être une victime. C'était toujours elle qui aidait les autres ; elle n'avait jamais pensé que ce serait *elle* qui aurait besoin d'aide.

Elle revint à la situation présente quand l'un des malfrats, le plus grand et le plus effrayant, les rejoignit à grands pas et gronda :

— Aujourd'hui est un bon jour pour mourir.

Bien entendu, cela ne fit que démultiplier l'effroi des caissières. Il éclata de rire avec un grognement bas et cruel. Cheyenne savait qu'il prenait son pied à les terrifier. Elle-même ne versa pas une larme, essayant de tempérer sa terreur.

— Je vous explique le coup, Mesdames, dit l'homme effrayant, d'un air moqueur. On ne pourra pas sortir d'ici tant que ces policiers ne seront pas partis, ce qu'ils ne feront pas tant qu'on ne les y forcera pas ; et c'est là que vous entrez en piste.

Cheyenne inspira profondément, sachant que ce qu'ils avaient prévu pour elles ne présageait certainement rien de bon.

— Puisque je suis de bonne humeur aujourd'hui...

Cheyenne ne put contenir un léger reniflement. Apparemment, son mépris n'avait pas été assez discret, car l'homme la fusilla du regard d'un air mauvais avant de poursuivre :

— Je vais vous laisser choisir qui sortira livrer mon message aux policiers.

Cheyenne était quasiment en mesure de sentir la nervosité qui émanait des caissières. Elle savait qu'elles mouraient d'envie d'être celle qui livrerait le message à l'extérieur du bâtiment. Mais Cheyenne se demandait où était l'arnaque. Il était absolument impossible qu'il laisse l'une d'entre elles s'en sortir libre. Elles représentaient leur occasion de s'en sortir et Cheyenne le savait.

Le malfrat s'éloigna, mais il leur cria :

— Restez là, bande de connes. Je reviens avec le message.

Dès que l'homme ne put plus les entendre, les caissières commencèrent à se disputer.

— Il faut que je sorte de là, dit la blonde.

— Pas question, c'est *moi* qui devrais livrer le message. Tu n'es pas mariée, même si c'est ce que tu lui as dit, rétorqua l'autre femme.

Leurs voix gagnèrent en intensité et en mesquinerie au fil de leur querelle.

— Ouais, mais je dois m'occuper de ma mère, tu sais qu'elle est en mauvaise santé, répliqua la blonde du tac au tac.

Cheyenne soupira, ne prenant même pas la peine de s'impliquer dans leur dispute. Elle était contente que les deux femmes ne s'en soient pas encore prises à elle, qu'elles ne puissent même pas songer que ce soit elle qui puisse sortir de là avec le message. Elle était invisible pour ces femmes. Mais ce n'était pas grave ; Cheyenne était célibataire et n'avait ni mari ni enfants... Pour résumer, elle était sacrifiable.

Les femmes cessèrent de se disputer dès que l'homme revint vers elles, une boîte à la main. Cheyenne frissonna, sachant que quoi qu'elle contienne, cela ne présageait rien de bon. Elles avaient toutes cru qu'il allait se pointer avec un bout de papier où étaient inscrites leurs conditions. Cette boîte était une surprise.

L'homme posa doucement le paquet par terre et se tourna vers elle, les mains sur les hanches comme pour voir si elles allaient le défier.

— Voilà le message... C'est une bombe.

Cheyenne hoqueta et se recroquevilla loin de cette boîte d'apparence inoffensive, imitée par les deux caissières.

— Le message est que s'ils ne nous laissent pas sortir d'ici, on fera exploser cette bombe et tout le monde dans ce magasin. Des éclats d'obus se répandront à des kilomètres à la ronde... Tous ceux qui se trouveront aux abords du bâtiment mourront... leurs corps criblés de trous.

Sa voix mourut et il éclata de rire. Puis il les fusilla toutes les trois du regard et dit :

— Vous avez trois minutes pour choisir qui apportera le message à l'extérieur. Je suis sûr que le choix ne sera pas difficile. Après tout, celle qui l'apportera sera libre.

Il éclata à nouveau de rire, mais Cheyenne n'y discerna pas la moindre note d'humour. Il s'en alla à grands pas pour aller converser avec les autres malfaiteurs, les laissant décider laquelle des trois porterait la bombe aux policiers qui se trouvaient à l'extérieur.

Cheyenne se tourna vers les deux femmes ; elles se contentèrent de se regarder. Sans surprise, les caissières se mirent à pleurer. Cheyenne elle-même était au bord des larmes, même si elle se contraignit à les ravaler. Si elle devait mourir, elle n'allait pas le faire en larmoyant.

Elle se tourna vers les deux autres et murmura :

— C'est nul, mais il a raison, celle qui emportera ça dehors sera libre.

— Mais c'est une bombe, dit la blonde d'une voix blanche, incapable de détacher son regard horrifié de la boîte posée devant eux.

— Et si ce n'en est pas une ? dit l'autre femme. Je veux dire, s'il veut simplement nous faire *croire* que c'est une bombe, mais si ce n'était simplement qu'un morceau de papier à l'intérieur ?

Cheyenne y songea. Cette fille avait raison ; il essayait peut-être de leur faire peur et ce n'était peut-être rien.

— Tu es assez folle pour tenter un truc comme ça ? murmura la blonde.

Les épaules de l'autre caissière s'affaissèrent.

— Certainement pas.

— Perso, je sais que je ne voudrais pas m'y risquer. Ces mecs sont des fous. Je ne sais pas si j'arrive à croire qu'ils savent construire une bombe, et encore moins une assez puissante pour résister au trajet à travers le magasin.

Malheureusement, Cheyenne était d'accord avec elle.

Comme si elles se rendaient compte pour la première fois qu'elle était là, les caissières se tournèrent vers elle.

— Et vous ?

— Hein ?

Cheyenne n'avait rien trouvé d'autre à dire, mais de

toute façon, la blonde ne lui en donna pas l'opportunité.

— Je vois que vous ne portez pas de bague, alors vous n'êtes pas mariée. Vous avez des enfants ?

Cheyenne secoua honnêtement la tête, comprenant où elle voulait en venir.

— Alors c'est à vous de le faire. *Nous* avons des familles, des gens qui dépendent de nous.

Quand Cheyenne se contenta de les dévisager, la femme brune fit écho à la demande de l'autre, mais au moins, elle le fit gentiment.

— Je vous en prie, l'implora-t-elle.

Au bout d'un moment, et consciente que c'était probablement la meilleure décision à prendre, Cheyenne décida de s'y coller. Si tout ce qu'il fallait pour sortir de ce cauchemar était un moment de danger afin de transporter cette maudite boîte à l'extérieur, le jeu en valait la chandelle.

— Je vais le faire, croassa Cheyenne aux deux autres femmes. Je sais que vous avez toutes les deux des familles. J'espère que ça ne sera rien ; on ne peut que croiser les doigts.

Les femmes hochèrent la tête, mais ne répondirent rien.

Le malfrat rejoignit d'un pas vif les femmes terrifiées et demanda :

— Alors ? Qui portera mon message à l'extérieur ?

Cheyenne pointa le menton et dit simplement :

— Moi.

Elle n'apprécia pas le sourire mauvais qui fendit le visage de cet homme quand il se tourna vers elle.

— Alors lève-toi, connasse, je vais préparer mon cadeau pour les policiers.

Cheyenne se redressa lentement, regrettant de toutes les cellules de son corps ce qu'elle s'apprêtait à faire. Elle savait que cela n'allait pas bien se terminer pour elle. Elle le savait.

Dude faisait les cent pas à l'extérieur de la supérette. Il détestait attendre. Jusque-là, personne ne savait vraiment ce qui se passait à l'intérieur du bâtiment. Les membres de la patrouille qui s'étaient trouvés dans le bâtiment avaient fait du bon travail et fait sortir quasiment tout le monde, mais ils avaient dit qu'il restait encore quelques civils à l'extérieur. Ils ne savaient pas exactement combien, et les malfrats ne leur avaient pas vraiment parlé, à part pour leur dire que si on ne les laissait pas partir, ils allaient déclencher une bombe et faire péter tout le monde. C'est là qu'on aurait besoin de lui. Tout le monde savait qu'il était le meilleur ; il avait simplement besoin qu'on lui donne l'opportunité de désamorcer l'explosif... mais personne ne savait si cela arriverait.

Dude entendit un des agents de police dire :

— Regardez !

Il se tourna et vit à travers la vitrine que deux

femmes traversaient l'avant du magasin, se dirigeant vers la porte. Elles étaient collées l'une contre l'autre et marchaient rapidement. Il n'y avait aucun signe des braqueurs. Avaient-ils filé subrepticement ? Était-ce seulement possible ? Il vit les femmes sortir du magasin et se diriger vers l'alignement de véhicules de police.

— Arrêtez-vous là, dit un des policiers dans son haut-parleur. Tournez-vous, placez les mains sur la tête et mettez-vous à genoux.

Les femmes obéirent. Quatre agents de police s'éloignèrent prudemment de la rangée de voitures derrière lesquelles ils s'étaient mis à couvert et s'approchèrent des femmes, leurs pistolets à la main. Ils les attrapèrent par les mains, qui étaient derrière leurs têtes, les firent se redresser et les entraînèrent derrière les voitures de police.

Dude les écouta interroger rapidement les femmes, essayant de glaner plus d'informations sur ce qui était en train de se passer.

— Combien de braqueurs y a-t-il ?

— Cinq.

— Quelle est leur puissance de tir ?

Voyant qu'elles ne comprenaient pas, Dude leva les yeux au ciel alors que le policier expliquait qu'il voulait savoir quels genres d'armes à feu ils avaient à leur disposition.

— Oh, ils avaient chacun un petit pistolet, mais le meneur en avait deux. Et une carabine aussi, expliqua la blonde en se tordant les mains d'un geste dramatique.

— Ils vous ont laissées partir ? Comment êtes-vous sorties de là ?

Cette fois, c'est la femme brune qui répondit :

— Ils voulaient qu'une de nous vous apporte un message à l'extérieur, mais le plus grand a alors dit que le message était une bombe. L'autre femme a dit qu'elle allait le faire et le gars l'a emmenée à l'arrière. Ils nous ont laissées seules, alors on a décidé de se casser ; on ne voulait pas se faire exploser. On a couru vers l'avant du magasin et le temps qu'ils remarquent notre absence, on était trop près de la porte, alors ils ont dû nous laisser partir. Mais ils sont vraiment vénères.

— Alors il n'y a qu'une seule autre otage à l'intérieur ?

Les voyant hocher la tête toutes les deux, l'agent redemanda :

— Vous en êtes certaines ?

— Oui, absolument, dit la blonde en secouant frénétiquement la tête. Mais vous l'avez bien écoutée quand elle vous a dit que le message qu'ils voulaient vous envoyer était une bombe ? On ne voulait pas la prendre ; on a des familles. Hors de question de le faire. L'autre femme s'est portée volontaire.

Dude serra les dents. *Volontaire ? Mes fesses.* C'est plutôt que les deux jeunes femmes avaient tout bonnement refusé de le faire et que la troisième s'était retrouvée, littéralement, avec le paquet sur les bras.

Dude s'impatientait. Il avait vraiment hâte de mettre les mains sur cette bombe... s'il y en avait une. À ce stade, il ne savait vraiment pas si on pouvait croire en la parole de ces malfrats ou bien de ces femmes hystériques. Cela étant, il était certain que tous ceux qui se trouvaient dans les environs étaient en danger. Les braqueurs étaient instables, armés et se sentaient de plus en plus pris au piège. Ils voulaient sortir du magasin et Dude savait qu'ils auraient fait n'importe quoi pour obtenir ce qu'ils voulaient. Il se demanda ce qu'ils allaient faire ensuite.

Il n'eut pas longtemps à attendre.

Cheyenne déglutit fort. Elle était cette misérable Cheyenne Cotton... la femme à qui il n'arrivait jamais rien d'excitant. Comment s'était-elle retrouvée avec une bombe scotchée à son corps ? Elle s'était dit qu'ils allaient lui faire *porter* la bombe à l'extérieur... pour montrer aux policiers qu'ils étaient sérieux, mais le malfaiteur avait une autre idée en tête. Il lui avait fait tenir la bombe contre son ventre et avait commencé à la scotcher à son corps, à tourner encore et encore autour d'elle avec le scotch jusqu'à ce qu'elle ne puisse plus bouger. *Puis* il avait enclenché un commutateur sous le dessous de l'appareil et avait encore rajouté du

scotch. Il avait activé la bombe et avait rajouté tellement de scotch que Cheyenne ne pouvait absolument
pas voir à travers. Mais elle la sentait faire tic-tac contre
sa poitrine. Elle allait mourir. Elle était vraiment
maudite !

Dude regarda les cinq hommes à l'intérieur du
magasin se diriger vers la porte d'entrée. Il aurait
vraiment voulu que son équipe soit là. Il n'avait pas
eu le temps d'appeler Wolf une fois que tout avait
commencé à arriver, et à présent, le fait que tous les
policiers aient sorti leurs pistolets le rendait vraiment
nerveux. Il ne savait absolument pas où cette bombe
dont on parlait se trouvait au milieu de ce chaos,
mais ressentait simplement des fourmis dans les
mains.

Tous les policiers gardaient leurs armes braquées
sur les hommes tandis qu'ils se dirigeaient vers l'avant
du magasin et restaient visibles de l'autre côté de la
grande vitrine. Ils n'avaient aucune chance de s'en
sortir. Les hommes marchaient en formation autour
d'une femme qu'ils tenaient en joue et qui faisait
bouclier. Ils avançaient en la poussant devant eux.
Quand ils parvinrent à la porte d'entrée, ils l'entrou-
vrirent.

Un des hommes cria à l'extérieur :

— Laissez-nous nous en aller et on la laissera

partir. Sinon elle mourra, et vous aussi, à cause de la bombe qu'elle a sur elle !

Dude braqua son attention sur la femme. Il ne s'était pas vraiment concentré sur elle quand les hommes s'étaient fait voir ; il avait plutôt repéré les issues et essayé de déterminer le type de puissance de tir de ces hommes. À présent, Dude ne voyait rien d'autre sur cette femme que des kilomètres de scotch argenté. On aurait dit qu'ils avaient utilisé plusieurs rouleaux pour la momifier avec cet adhésif épais. Dude était honnêtement incapable de déterminer s'il y avait une bombe dessous ou pas, et si les braqueurs bluffaient. Mais il savait qu'ils ne pouvaient pas traiter la situation autrement que comme une alerte à la bombe, pour leur propre sécurité et celle de cette femme blanche comme un linge qu'ils serraient fort par ce qui aurait été le haut de son bras s'il n'avait pas été recouvert de scotch. À en juger par la tête qu'elle faisait, il y avait probablement une bombe sous cet adhésif argenté qui la maintenait en place. Elle avait l'air de flipper et d'être absolument terrifiée. Elle avait manifestement conscience, comme tous les officiers autour de lui, que la probabilité qu'elle se tire de la situation merdique dans laquelle elle se trouvait sans être blessée... ou tuée... était extrêmement réduite.

Dès que l'homme qui avait crié la menace ferma la porte d'entrée, tout se passa très vite. Apparemment, les tireurs d'élite avaient eu l'autorisation d'abattre les braqueurs. S'il y avait cinq hommes à l'intérieur du magasin, il y avait également largement assez de tireurs pour les liquider. Non seulement ils se trouvaient près de la base de la Marine qui regorgeait de tireurs d'élite des Forces Spéciales, mais leur équipe d'intervention spécialisée avait également leur propre groupe d'officiers de liquidation.

La confrontation durait depuis plus de quatre heures et Dude savait que tout le monde voulait en terminer. Du verre vola dans toutes les directions. Il *savait* que les tireurs d'élite étaient doués pour leur travail, mais il espérait vraiment qu'ils n'aient pas manqué leur cible et fait du mal à cette femme. La situation était chaotique et tirer à travers du verre supposait toujours un minimum de danger. La femme n'avait été qu'un témoin innocent et terrifié. Dude ne l'avait vue que rapidement, mais il avait été impressionné par la façon dont elle s'était contrôlée.

Elle avait peur, oui, mais elle n'avait pas crié, n'avait pas essayé de se débattre hors des bras des braqueurs et – étonnamment – n'avait pas pleuré. Rien que pour ça, Dude espérait vraiment que les balles des tireurs embusqués ne l'aient pas touchée simplement pour pouvoir la féliciter de son stoïcisme face à un danger extrême.

* * *

Cheyenne grimaça quand la vitrine devant elle explosa. Elle s'accroupit immédiatement autant que possible, ce qui était peu puisqu'elle était saucissonnée dans le scotch. Alors qu'elle s'aplatissait par terre, elle perçut mieux le tic-tac de la bombe contre son ventre. Plus de verre explosa autour d'elle et Cheyenne sentit un jet d'humidité contre son visage et son dos. Un des braqueurs s'affaissa contre elle et elle perdit l'équilibre, s'écroulant vers la porte d'entrée du magasin. Cheyenne ne parvint pas à jeter une main en avant afin de freiner sa chute, et elle se retrouva coincée contre le verre qui n'avait pas été brisé par les balles, sous le poids d'au moins un des hommes qui l'avaient terrorisée au cours des heures précédentes.

Cheyenne regarda rapidement autour d'elle, voyant le verre brisé, le sang par terre et les corps des cinq hommes autour d'elle. Bon sang, elle était ébahie d'être toujours en vie. Tous les hommes qui l'avaient prise en otage étaient étendus morts, à terre. Elle avait toujours été impressionnée par les capacités des tireurs d'élite, mais elle l'était encore plus à présent qu'elle voyait leurs prouesses de près.

Elle inspira profondément et sut qu'elle perdait la tête quand elle fut reconnaissante de sentir le tic-tac de la bombe contre son corps. Sa chute ne l'avait pas déclenchée, Dieu merci, mais elle était toujours active. Elle ne savait pas combien de temps il lui restait avant qu'elle n'explose, mais elle se dit qu'elle allait mourir. Elle ne voyait pas comment elle allait détacher cette satanée chose d'elle sans qu'elle ne saute, mais elle ne voulait pas que des gens innocents meurent avec elle.

Cheyenne parvint à se servir de la vitre qui tremblait devant elle afin d'y appuyer son épaule et de se redresser. Elle s'éloigna vivement du corps de l'homme qui était plaqué contre son dos, celui qu'elle percevait comme le chef du gang. Ses yeux ouverts et vitreux regardaient le plafond sans le voir. Il était presque aussi terrifiant mort que lorsqu'il était en vie... il avait simplement perdu ce sourire maniaque qu'il lui avait adressé quand il l'avait couverte de scotch. Elle fit un pas vers la gauche, contournant les corps des autres hommes qui maculaient le carrelage à l'entrée du magasin... faisant le tour du verre brisé des flaques de sang qui grandissaient rapidement et elle recula vers les rayons du magasin. Elle garda un œil sur le parking à l'avant, souhaitant de toute son âme que les policiers et le personnel de secours s'en aillent alors qu'elle s'éloignait de toute cette agitation sur le parking, loin des gens, afin qu'elle ne les tue pas lorsque la bombe exploserait.

Dès que la poussière retomba, Dude courut vers le magasin avec environ dix des autres policiers qui avaient attendu et surveillé l'avant de la supérette. Il n'avait pas de pistolet, mais cela ne l'inquiétait pas. Il était là pour la bombe et les autres policiers veilleraient à la sécurité du périmètre. Le temps leur était compté, comme toujours quand il s'agissait d'explosifs.

Dude entendit les policiers crier à quelqu'un :

— Arrêtez, ne bougez pas !

Puis ils s'avancèrent. Il vit les corps des braqueurs allongés à terre, mais il ne repéra pas la femme qu'ils avaient saucissonnée comme une momie. Quand il progressa plus dans le magasin et regarda dans une longue allée, il l'aperçut, toujours ligotée dans l'adhésif, s'éloignant à reculons des agents qui s'avançaient vers elle.

Ils lui criaient de s'arrêter, de se rendre. Elle secouait la tête et disait :

— Non, non, ne vous approchez pas de moi, vous ne comprenez pas.

La femme était aussi pâle que le carrelage sous ses pieds, et ses cheveux sombres qui avaient été coiffés en une sorte de queue de cheval ou de tresse s'étaient presque entièrement défaits et pendaient mollement devant son visage. Du sang lui avait éclaboussé la figure et le côté droit de son corps, et elle titubait légèrement tout en reculant. Dude fut incapable de garder le silence un instant de plus.

— Tout le monde, arrêtez-vous, ordonna-t-il de sa voix la plus alpha.

Les policiers s'immobilisèrent immédiatement, leurs pistolets toujours tirés et principalement braqués à terre et non sur la femme ligotée, mais elle continua de reculer et de s'éloigner d'eux, ignorant son ordre.

— Laissez-moi passer, demanda Dude tout en

jouant des coudes pour venir se positionner à l'avant de la rangée de policiers.

Il tourna le dos à la femme et s'adressa aux hommes nerveux qui se trouvaient devant lui :

— Si c'est bien une bombe qui se trouve sous tout cet adhésif, j'ai besoin d'y parvenir. Et je ne pourrai pas le faire si elle continue de reculer. Donnez-moi un moment.

L'officier responsable hocha la tête, sachant exactement qui était Dude et pourquoi il était là.

— Vous avez deux minutes. Il se peut qu'elle soit de mèche avec eux. On ne va pas poser nos armes. On vous couvre.

Dude hocha la tête, sans penser comme le policier que cette femme terrifiée collabore avec les braqueurs, mais ayant conscience qu'il devait agir rapidement afin de mettre un terme à ce qui était en train de se passer. Il savait que la police locale avait l'habitude de travailler avec l'armée, mais ils étaient à bout et leur taux d'adrénaline crevait le plafond. Lui-même avait appris à contrôler les pics d'adrénaline grâce à son entraînement.

— Laissez-moi simplement lui parler, dit-il sèchement au policier avant de se retourner vers la femme.

Elle avait continué à reculer le long du rayon des snacks et ne s'était pas arrêtée quand il s'était interrompu un instant afin de parler aux agents de police. Dude se dirigea vers elle, laissant la rangée d'agents derrière lui sans regarder en arrière. Il savait qu'ils se disperseraient et que certains resteraient derrière lui tandis que d'autres contourneraient probablement le rayon pour l'empêcher de battre en retraite. C'était ce que lui et son équipe auraient fait dans la même situation. Dude savait qu'il devait découvrir ce qui se passait avant que cette bombe n'explose et qu'ils ne se fassent tous tuer.

— Pourquoi ne pas vous arrêter pour me parler ? lança-t-il. C'est bon, c'est fini, les hommes sont morts, vous vous en êtes sortie.

Dude conservait une voix mesurée et apaisante, mais il exprima juste assez son véritable caractère dans l'espoir qu'elle réponde à cette autorité subtile.

Cheyenne se contenta de secouer la tête. Qu'est-ce qu'ils ne comprenaient pas ? Enfin, c'était *elle* la bombe. Qu'est-ce qu'il faisait ? Pourquoi cet homme venait-il vers elle ? Elle n'écouta pas ses paroles, voulant simplement s'éloigner de lui et aller se cacher à l'arrière du magasin. Elle se dit que si elle parvenait à trouver un endroit où se terrer quand la bombe exploserait, elle ne tuerait personne... enfin, personne d'autre qu'elle. Mais diable, de ce qu'elle en voyait à travers les larmes qui embuaient son regard, l'homme qui se tenait devant elle était magnifique. Elle ne voulait pas être responsable de sa mort. Il avait probablement une famille, une femme, des enfants... Elle ne pouvait pas le tuer.

Elle continua de reculer, y voyant à peine à travers les larmes qu'elle retenait. Elle ne pleurerait pas, elle se le répétait ; elle devait faire sortir ces gens de là. À travers sa panique, elle entendit quelque chose derrière elle, se tourna et fut horrifiée de voir deux agents de police au bout du rayon. Ils lui avaient barré le passage. Merde, ils allaient tous mourir malgré ce qu'elle avait essayé de faire. Elle se tourna de côté, dos aux étagères, et elle serra fort les paupières. Quelques boîtes dégringolèrent derrière elle, mais elle ne prit pas la peine d'ouvrir les yeux pour voir ce que c'était. Elle en était au stade où faire du bordel était le dernier de ses soucis.

— Madame, répéta Dude en la voyant s'arrêter après avoir vu les policiers à l'autre bout de l'allée. Vous m'entendez ? Regardez-moi, parlez-moi et dites-moi ce qu'il se passe.

Cheyenne ouvrit les yeux et pour la première fois, elle observa de plus près l'homme qui l'avait suivie dans l'allée. Il ne portait pas d'arme, mais il se tenait à environ trois mètres d'elle. Il gardait les mains contre son corps, les paumes en l'air, lui montrant qu'il ne représentait aucune menace. Mais Cheyenne savait qu'il était trop proche. Si elle parvenait seulement à le faire reculer, il pourrait peut-être survivre à l'explosion quand la bombe se déclencherait.

— Je vous en prie, croassa-t-elle avant de s'éclaircir la gorge et de réessayer. Je vous en prie, vous devez partir d'ici… Partez !

Dude vit qu'elle essayait de se contrôler et son estime pour elle s'accrut.

— Vous savez que je ne peux pas faire ça. Ces agents sont là pour s'assurer que vous allez bien et que vous n'êtes pas complice.

Dude la vit écarquiller des yeux surpris. Il avait fait exprès d'essayer de la choquer afin qu'elle s'arrête et l'écoute.

— Oui, je sais, ça me semble peu probable, mais ils font simplement leur travail, et vous et moi ne pouvons rien y faire. Pourquoi ne pas nous aider, pour qu'on puisse tous sortir de là et aller déjeuner ?

Dude essaya de la forcer à sourire un peu.

C'était évident que sa tentative d'humour était tombée à plat quand elle lui jeta ces mots :

— Non, vous devez partir, tous autant que vous êtes. Je ne suis pas complice de quoi que ce soit.

Cheyenne désigna sa poitrine du menton.

— Cette bombe va exploser et tuer tout le monde.

Sa voix mourut et elle changea de tactique, se mettant à l'implorer :

— Je vous en prie, partez. Je ne veux tuer personne.

Dude comprit soudain et le respect lui serra le ventre. Elle n'essayait pas de s'enfuir, elle essayait de les *protéger*. Jusque-là, il n'avait pas été certain qu'il y ait eu une bombe, mais à présent qu'il était près d'elle, il voyait une bosse à l'avant de son corps qui aurait pu être n'importe quoi. Mais à la façon dont elle se comportait, c'était probablement ce qu'avait affirmé le braqueur. Si cette bombe explosait, un bon nombre d'entre eux risquaient de mourir ou au moins d'être sévèrement blessés.

Dude se détourna abruptement de la femme qui était visiblement apeurée afin de regarder le policier responsable de l'opération qui l'avait suivi de près dans le rayon.

— Faites sortir vos hommes de là tout de suite ! hurla-t-il. La bombe scotchée à sa poitrine risque d'exploser et il faut évacuer le périmètre. Je m'en occupe.

L'agent n'eut besoin que de jeter un seul regard au visage sérieux de Dude pour ordonner immédiatement à ses hommes de battre en retraite.

Dude se retourna vers la femme alors que les agents s'éloignaient des deux côtés du rayon pour regagner l'avant du magasin.

— Bon, ils sont en train de partir. Vous allez me laisser vous aider, à présent ?

La femme reprit sa retraite entêtée vers l'arrière du magasin à présent que les policiers ne lui bloquaient plus le passage.

— Non, vous devez partir aussi. Ne me faites pas ça.

Cheyenne regarda cet homme avec horreur, reconnaissant soudain que c'était « Cooper », le militaire qu'elle avait à moitié pourchassé dans cette même supérette. Oh, mon Dieu ! C'était plus important encore qu'il se contente de la laisser partir. *Il* ne pouvait pas mourir. Pas lui.

Dude ignora ses paroles et se dirigea à grands pas vers elle, répétant de la voix basse autoritaire à laquelle les femmes qu'il avait rencontrées par le passé avaient eu du mal à désobéir :

— Écoutez-moi, vous me faites perdre du temps. Je suis un agent de déminage et si quelqu'un peut empêcher cette bombe d'exploser et de vous tuer vous, moi et toutes les personnes dans les environs, c'est moi. Alors s'il vous plaît, cessez de vous éloigner de moi et laissez-moi vous aider.

Cheyenne s'arrêta, surprise par ses paroles et le ton de sa voix, et elle laissa l'homme s'approcher d'elle. Alors qu'il venait vers elle, elle murmura :

— Je ne veux pas que vous mouriez.

— Je ne vais pas mourir si vous me laissez jeter un œil à cette bombe. Sans quoi, je vous promets qu'on mourra tous les deux parce que je ne vais pas vous laisser.

Dude fut légèrement surpris des paroles qu'il venait de prononcer. Cela ne lui ressemblait pas d'être téméraire ou de se laisser influencer par une femme, mais il y avait quelque chose dans la bravoure et la volonté de sacrifice de cette femme-là qui le touchait profondément. Il voyait qu'elle s'était montrée entièrement honnête avec lui. Elle aurait sincèrement préféré s'enfermer dans une pièce du fond et se laisser exploser que de permettre à qui que ce soit de l'aider, au cas où cela serait impossible. Aux yeux de Dude, cela n'était pas acceptable.

Il tendit la main pour lui prendre le bras – ou du moins ce qu'il pensait être son bras... c'était difficile à dire sous ces kilomètres de ruban adhésif –, et il la dirigea vers l'arrière du magasin.

— Vous avez quand même raison et il faut s'éloigner de la vitrine, alors venez.

Cheyenne se laissa guider loin de la vitrine, des agents et des témoins qui s'étaient rassemblés devant.

Dude emmena la femme dans la petite pièce à l'arrière de la boucherie. Il l'aida à s'appuyer sur un des étals à viande où on emballait les morceaux et observa le scotch qui entourait son corps, essayant de tout comprendre avant de s'y attaquer.

— Parlez-moi, dit Dude à la femme tremblante qui se tenait à présent devant lui. Dites-moi ce qu'ils vous ont dit quand ils vous ont enroulée là-dedans et comment tout ça est attaché.

Cheyenne n'aimait pas le fait que cet homme soit là avec elle, courant un danger aussi horrible, mais elle ne savait pas quoi faire d'autre. Elle n'avait pas vraiment le choix. Il paraissait savoir ce qu'il faisait. Elle ne serait pas parvenue à se dégager de l'adhésif et n'aurait assurément pas su désarmer une bombe. Elle inspira profondément et lui obéit. Peut-être – elle l'espérait – pourrait-elle lui donner quelque chose qui l'aiderait à retirer cette satanée bombe de sa personne.

— Il n'a pas dit grand-chose. Il m'a demandé de la tenir entre mes mains, ce que je suis toujours en train de faire, puis ils ont commencé à m'entourer de scotch. Juste avant de finir, il a appuyé sur un interrupteur près du dessous, puis il a rajouté du scotch. Je la sens faire tic-tac contre moi.

L'homme ne l'avait pas regardée dans les yeux depuis qu'ils avaient quitté le rayon. Il était entièrement concentré sur l'engin et sur son corps momifié, comme s'il avait des rayons X à la place des yeux et qu'il pouvait voir sous l'adhésif.

— J'ai peur de vous faire mal si j'essaye de retirer le scotch, commença à lui dire Dude, levant des yeux surpris quand elle poussa un petit rire.

— Je crois que le scotch fera moins mal qu'une explosion... Alors vous pouvez vous lâcher.

Dude leva les yeux vers elle pour la première fois. Elle était couverte de sang, une larme s'était échappée de son œil droit et elle avait ce qui commençait à ressembler à un œil au beurre noir, mais elle se tenait toujours là devant lui, avec une bombe attachée à la poitrine, à sortir un commentaire mordant. Fascinant !

— À propos, je m'appelle Dude.

Cheyenne soupira. Est-ce que cela faisait quelque chose ? Oui, elle se dit que ça comptait.

— Dude ?

Sachant qu'elle lui poserait probablement la question, Dude lui avait donné son surnom exprès.

— Oui, c'est un surnom. Quand mes potes au camp d'entraînement ont appris que j'avais passé la plupart de mes années de lycée à surfer au lieu d'étudier, le nom m'est resté.

— Quel est votre vrai nom ?

— Faulkner. Faulkner Cooper. Et comment vous appelez-vous, ma belle ?

— Cheyenne Cotton, lui dit-elle doucement.

— Bon, Cheyenne, on va vous retirer ce truc.

Dude tira une chaise devant elle et s'assit pour se mettre à la tâche.

Après avoir essayé de lui retirer le scotch sans lui faire mal ni déclencher la bombe prématurément, Cheyenne dit d'une voix urgente :

— Promettez-moi quelque chose.

Dude ne leva pas la tête, mais répondit immédiatement et honnêtement :

— Tout ce que vous voulez.

— Si vous ne parvenez pas à retirer ce truc, partez d'ici.

Cela fit enfin relever la tête à Dude.

— Désolé, Shy, je ne peux pas vous le promettre. Tout sauf ça. Demandez-moi de vous inviter à dîner, de venir chez vous pour ratisser les feuilles mortes en automne, demandez-moi même de vous embrasser, et j'accepterais sans problème. Mais vous quitter ? Ça n'arrivera pas.

Le surnom qu'il venait d'utiliser la fit sursauter légèrement. Personne n'avait jamais raccourci son nom. C'était intime. Cela lui plaisait, mais ce n'était ni le temps ni le lieu de le reconnaître. Elle ignora ses autres paroles, se disant qu'il les avait dites pour se faire entendre dans l'agitation du moment.

— Vous ne me connaissez pas, poursuivit-elle

d'une voix désespérée. Vous ne me devez rien. Je ne suis personne. Regardez-vous, vous êtes superbe et vous êtes un véritable héros, je sais que c'est vrai. Vous ne devriez pas sacrifier votre vie pour moi. Je n'en vaux certainement pas la peine.

Cheyenne inspira profondément et continua de parler pour ne rien dire, n'offrant pas à Faulkner l'opportunité de dire quoi que ce soit.

— Je n'ai pas de famille proche, je ne suis pas mariée, je ne manquerai à personne. Mais je *sais* que vous avez des proches qui seront terriblement en colère si vous vous faites tuer. Regardez-vous : vous avez déjà survécu à une explosion, ne laissez pas celle-là vous tuer, je ne pourrais pas le supporter.

La voix de Cheyenne mourut.

Dude ne s'arrêta pas de triturer le scotch ou la bombe après son discours passionné, mais il garda la tête baissée et poursuivit ce qu'il était en train de faire. Cheyenne gigota nerveusement ; s'il était contrarié qu'elle ait mentionné sa main, tant pis. Cela le ferait peut-être partir.

— Comment avez-vous deviné que j'avais déjà survécu à une bombe ? lui demanda Dude, sans relever ses autres arguments.

Ils ne valaient pas la peine d'y consacrer du temps. Mais sa curiosité était piquée par ses déductions et il se demandait comment elle avait deviné qu'il avait déjà survécu à une explosion. Il se disait aussi que cela la distrairait et qu'elle le laisserait travailler. Elle se montrait plutôt insistante, chose qu'il admirait d'ordinaire, mais pour le moment, il voulait qu'elle se concentre sur autre chose.

— Eh bien, euh, votre main... Je me suis que dit, puisque vous êtes ici à essayer de désamorcer cette satanée bombe et que vous aviez dit que vous étiez un technicien de... déminage... c'est ça ? Eh bien... je me suis simplement dit que...

Cheyenne s'interrompit, ne sachant pas vraiment ce qu'elle avait vraiment eu l'intention d'exprimer.

— Eh bien, vous avez raison. C'est effectivement mon travail. Je suis un technicien de déminage pour la Marine, entre autres. Je ne peux pas dire que je sois un héros, mais j'ai toute une équipe d'hommes qui dépendent de mes performances. Et, ma belle, je suis performant dans mon travail. Très, même. Même avec cette bombe qui m'a pris trois doigts, je sais ce que je fais. Je ne me laisserai pas abattre par ces malfrats.

Cheyenne garda le silence un moment, mais elle ne parvint pas à le faire longtemps. C'était trop important.

— Je vous en prie, Faulkner...

Dude l'interrompit, sans la laisser achever sa phrase :

— Chut, vous me déconcentrez, lui dit-il rudement et sans vraiment mentir.

Il était concentré à cent pour cent sur cette bombe. Il se mit à suer et commençait à peine à passer à travers tout cet adhésif pour atteindre la véritable bombe planquée en dessous. Il voyait à présent les mains de Cheyenne et il avait accès à cet interrupteur en dessous dont elle lui avait parlé. Il avait de la chance ; c'était apparemment un commutateur tout simple, mais il ne pouvait pas en être certain. Il ne voulait mettre en danger ni la vie de Cheyenne ni la sienne à cause d'une intuition. Il avait besoin d'en découvrir un peu plus sur la bombe elle-même pour en être certain.

Dude était impressionné par Cheyenne. Il savait qu'elle était morte de trouille, mais elle tenait le coup. Il ne connaissait pas beaucoup de gens, y compris les soldats, qui auraient fait ce qu'elle avait fait... essayé d'éloigner tout le monde du danger. C'est ce qu'il lui dit en continuant à travailler.

Cheyenne secoua la tête.

— Ce n'est pas vrai, lui répondit-elle.

— Dites-moi comment les deux autres femmes ont été capables de s'enfuir au nez et à la barbe de cinq hommes armés et sortir de là pendant qu'on vous attachait à cette bombe ? lui demanda Dude en se disant qu'il connaissait déjà la réponse, mais voulant voir si Cheyenne allait cracher le morceau.

Celle-ci garda le silence.

— C'est bien ce que je pensais, dit Dude au bout d'un moment. Vous vous êtes portée volontaire, n'est-ce pas ? Puis vous avez créé une sorte de diversion...

Il prit le temps de lever lentement la main afin de frôler délicatement son œil qui noircissait avant de se reconcentrer sur l'engin scotché sur son ventre et de terminer sa phrase :

— Ça leur a donné le temps de s'échapper par la porte principale.

Cheyenne soupira. Faulkner était futé, mais elle n'avait tout bonnement pas été capable de se laisser mener comme une brebis à l'abattoir quand on lui avait scotché la bombe dessus. Elle s'était débattue juste assez pour s'assurer que l'attention des hommes soit simplement braquée sur elle, et avant que le mec le plus fort ne la frappe, elle avait accroché le regard des autres femmes et leur avait désigné la porte d'un geste en espérant qu'elles comprennent. Elles l'avaient fait. Elles s'étaient glissées à l'extérieur alors que les hommes la contenaient. Elle trouvait qu'un œil au beurre noir était peu cher payé.

— Comme je vous l'ai dit, je n'ai personne, mais elles, si. C'était mieux comme ça.

Cheyenne regarda le sommet du crâne de Faulkner alors qu'il continuait à essayer d'atteindre la bombe. Elle vit la sueur qui coulait sur le côté de son visage. Il l'essuya d'un coup d'épaule et continua de travailler. Cheyenne aurait voulu avoir les mains libres afin d'essuyer la transpiration de ses yeux à sa place, mais c'était fou. Non, c'était flippant. Elle venait à peine de le rencontrer !

Elle n'arrivait pas à croire que ce soit « Cooper », l'homme dont elle avait rêvé pendant des semaines et qu'elle avait suivi dans ce magasin même. Il était tellement beau... Cela dit, elle n'avait certainement pas rêvé qu'il la toucherait comme *cela*. Le contact de sa main contre son visage avait été court, mais il lui avait quand même fait descendre des frissons le long de son épine dorsale.

Cheyenne observa la main mutilée de Faulkner pour se distraire. Elle lui avait parlé franchement. Elle savait qu'il était un héros et même si sa main n'était pas jolie à regarder, Cheyenne savait également que l'apparence d'une personne n'avait aucun effet sur ce qu'elle était à l'intérieur. En ce qui la concernait, cette main était de la magie pure. Si elle allait décoller cette bombe d'elle, peu lui importait son apparence. Il lui manquait la moitié des trois doigts du milieu de sa main gauche, mais elle n'avait pas l'impression que cela le ralentissait le moins du monde. Il était toujours capable d'utiliser ce qu'il lui restait de ses doigts afin de manœuvrer autour de la bombe. Elle se demandait ce que cela ferait de sentir ses mains sur elle...

Dude travailla en silence pendant un moment, avant que Cheyenne ne lui dise soudainement :

— Je vous connais, vous savez.

Cela surprit Dude et détourna momentanément son attention de la bombe alors qu'il levait brièvement les yeux et croisait ceux de Cheyenne, puis baissait à nouveau la tête pour se reconcentrer sur la bombe.

— Vraiment ? dit-il. On s'est rencontrés ?

Dude ne savait pas s'il aurait dû se souvenir d'elle

ou pas. Elle n'était pas exactement au mieux de sa beauté pour le moment, mais il aimait ce qu'il voyait.

Cheyenne hocha la tête et lui dit :

— Je ne dirais pas qu'on se soit véritablement *rencontrés*, mais je vous ai *vu* dans le coin.

Dude acquiesça, serrant les dents, car il arrivait à un point délicat.

— Ah. C'est une petite ville, répondit-il d'un air absent.

— C'était ici, d'ailleurs. On faisait tous les deux nos achats. On s'est croisés dans un rayon et vous m'avez aidée à attraper une boîte sur l'étagère du haut. Je vous avais dit que je pouvais probablement utiliser celle du bas pour me hisser et la prendre moi-même, mais vous avez insisté, pour ma propre sécurité, que c'était votre devoir de me protéger du danger…

La voix de Cheyenne mourut et elle se frappa mentalement le front, consternée. Elle détestait la tendance qu'elle avait à radoter parfois.

— Je sais que vous ne vous en souvenez pas, ce n'est pas grave. Je suis certaine que c'est juste dans votre nature d'aider les gens.

Ils restèrent tous les deux silencieux alors que Dude, en plein travail, se contenta de répondre par un hochement de tête.

Il inspira profondément. C'était maintenant ou jamais. Il était persuadé d'avoir découvert le fil qui était relié au pain de C-4 attaché à sa poitrine. Il voyait que la bombe avait également au moins un kilo de clous à l'intérieur. Si elle explosait, elle projetterait des éclats. Ils en mourraient certainement, comme le braqueur l'avait dit. Il ne voulait pas penser à quoi ressembleraient le corps de Cheyenne ou le sien si ces clous explosaient.

Il leva la tête vers elle.

— J'ai suffisamment dégagé cette satanée bombe pour la désarmer. Vous êtes prête ?

Cheyenne le regarda dans les yeux. Il ne semblait pas nerveux. Il était calme et posé. Elle essaya d'apaiser les battements de son cœur. S'il était assez confiant pour ne pas trembler comme une feuille, il fallait qu'elle le soit aussi.

— Je suis prête, lui dit-elle avec bien plus de bravoure qu'elle n'en ressentait.

Avant qu'il n'agisse, elle lui demanda rapidement :

— Ça ne vous fait rien si je ferme les yeux ?

Dude ricana, sentant de l'amusement pour la première fois depuis qu'il était arrivé sur les lieux et avait vu cette femme.

— Je les fermerais aussi si je le pouvais, lui dit-il doucement avec un sourire.

Cheyenne serra fort les paupières. Elle était toujours momifiée dans le ruban adhésif, elle n'avait toujours guère de liberté de mouvement, mais elle se sentait plus légère juste par sa présence à ses côtés.

Dude coupa le dernier fil et patienta.

Cheyenne ouvrit brusquement les yeux et vit que Dude la regardait, dans l'expectative.

— Quoi ? demanda-t-il avec urgence.

Il ne *pensait* pas qu'il y ait un deuxième déclencheur, mais on ne savait jamais.

— Je ne l'entends plus, lui dit Cheyenne. C'est fini ?

Dude sourit et se redressa en reculant la chaise. Il s'essuya le front du biceps, essuyant la sueur qui s'y était accumulée.

— C'est fini. Sortons d'ici, lui dit-il en lui prenant le bras afin de l'emmener hors du magasin.

Cheyenne secoua la tête et l'implora :

— Je vous en prie... si vous pouviez me retirer le reste du scotch avant qu'on sorte de là.

Dude l'étudia d'un air critique. Elle tenait le coup extraordinairement bien. Il avait bossé dans des situations où il avait dû assommer des civils parce qu'ils étaient hystériques et ne l'avaient pas laissé se concentrer sur son travail. Non seulement cette femme s'était tenue là sans bouger, mais elle avait gardé son calme du début à la fin. Cela dit, Dude ne voulait vraiment pas lui faire de mal, et il savait que retirer le scotch allait être douloureux.

— Cheyenne, commença-t-il à refuser.

Mais elle l'interrompit, se débattant frénétiquement contre l'emprise de ce qui restait de l'adhésif autour de son corps. À présent que la bombe était retirée, c'était comme si elle ne pouvait pas supporter la sensation d'être ligotée.

— Je vous en prie, Faulkner, je ne peux pas

bouger... Je ne peux pas respirer... J'ai besoin d'en sortir... Je...

Elle s'arrêta et haleta un peu puis baissa les yeux à terre. Elle inspira profondément et s'arrêta de bouger, essayant visiblement de reprendre le contrôle d'elle-même.

— Ce n'est pas grave. Ça va. Allons-y.

Dude ne put retenir le sentiment de perfection qui le traversa quand il entendit son véritable prénom sortir des lèvres de cette femme. Certes, Ice et les autres femmes s'en servaient tout le temps, mais quelque part, c'était différent avec Cheyenne. Dude l'empêcha de s'éloigner de lui en posant une main sur son bras recouvert de scotch. Elle n'avait pas exigé grand-chose durant toute cette épreuve et Dude se dit qu'il pouvait lui donner cela.

— Calmez-vous, Shy. Laissez-moi voir ce que je peux faire. Rappuyez-vous contre cette table.

Cheyenne se retint nouveau à la table pendant que Dude s'emparait de grands ciseaux posés sur la table derrière eux. Il regretta de ne pas avoir son couteau de service avec lui. Puisqu'il s'était rendu à *Aces* avec les mecs, il n'avait pas pris la peine de le mettre dans sa poche avant de sortir pour la soirée. Dude se dit qu'à l'avenir, il devrait se rappeler d'emporter cette satanée chose partout où il irait.

Il commença par le bas de l'adhésif enroulé autour de sa taille et coupa lentement vers le haut. Le scotch ne bougea pas alors qu'il tranchait, puisqu'il était collé à ses bras ainsi qu'à ses vêtements et aux restes de la bombe. Dude se dirigea alors de l'autre côté et fit pareil. Elle n'était pas exactement libre, mais c'était un début. Il continua de fendre le ruban tout autour d'elle jusqu'à ce qu'il soit parvenu à en découper la majeure partie.

Enfin, il regarda Cheyenne et lui dit :

— Je ne veux pas vous faire de mal, mais retirer ce scotch de votre bras va être douloureux.

— Peu m'importe, le pressa Cheyenne. Faites-le.

Elle grimaça quand il arracha le scotch sur son bras gauche. Cheyenne savait que la majeure partie des poils de ses bras avait probablement disparu avec le ruban, mais elle avait peur de regarder. Elle plissa fort les paupières quand elle entendit Dude inspirer profondément.

— C'est si moche que ça ? lui demanda-t-elle doucement.

Dude inspira profondément et essaya de se calmer. Il ne savait pas quel type de produit adhésif recouvrait le ruban, mais il était puissant. Il y avait des endroits sur ses bras où des morceaux de sa peau semblaient avoir été arrachés. Elle était rouge et boursouflée, ce qui semblait extrêmement douloureux. Mais on ne l'aurait toutefois pas deviné en regardant Cheyenne. Elle restait stoïque, attendant sa réponse.

— Eh bien, commença Dude. Ce n'est pas si mal. J'ai essayé de faire attention, mais ça va vous faire souffrir pendant un moment. Je vous en prie, ne me demandez pas de recommencer, dit-il en faisant référence à son autre bras.

Cheyenne soupira. Comment pouvait-elle lui refuser cela alors qu'il en avait déjà tellement fait pour elle ? Ce qui restait de la peau de son bras où le scotch avait été arraché lui faisait un mal de chien, mais elle se disait de façon pragmatique qu'elle aurait eu bien plus mal si elle s'était fait exploser en petits morceaux.

— C'est bon. Merci de l'avoir au moins desserré un peu.

Ils se regardèrent un moment, tous les deux perdus dans leurs propres pensées. Ils venaient de traverser une expérience relativement intense.

Cheyenne regarda Faulkner et elle aima ce qu'elle vit. Elle se dit qu'il était plus vieux qu'elle, mais pas de beaucoup. Il avait des cheveux et des yeux sombres, et il la regardait comme s'il n'y avait personne d'autre sur cette terre. Cheyenne avait toujours aimé les hommes en uniforme, et celui de cet homme lui seyait. Elle ne savait pas ce qu'il pensait, mais elle se prit à aimer cette lueur intense dans ses yeux alors qu'il baissait le regard vers elle.

Dude regardait avec respect cette femme qui se tenait devant lui. Il ne voulait pas l'admettre, mais il avait l'habitude que les femmes soient faibles, hormis celles de ses coéquipiers. Les femmes qu'il voyait l'étaient assurément. C'était en partie dû à leurs désirs d'être sexuellement soumises, mais c'était plus que cela. Dude avait l'habitude de prendre les choses en main et de contrôler les gens autour de lui, mais il n'avait pas dû en faire beaucoup pour prendre le contrôle avec Cheyenne. Elle était forte et faisait ce qui devait être accompli, malgré ce qu'elle ressentait ou aurait voulu faire.

Dude n'aurait pu retenir sa main de remonter vers ses cheveux afin de les écarter de son visage rougi même si sa vie en avait dépendu.

— Vous êtes une femme extraordinaire, Cheyenne Cotton.

Dude s'attarda un moment alors qu'il faisait courir sa main mutilée de ses cheveux jusqu'à son épaule, puis il dit avec un léger regret :

— Partons d'ici.

Il la dirigea avec précaution vers l'avant du magasin. Plaçant sa main sur ses reins, ils commencèrent à marcher vers la porte principale. Cheyenne pila net quand elle aperçut la foule qui se trouvait à l'extérieur du magasin. Bien entendu, il y avait aussi des agents de police et des militaires, mais elle avait également vu beaucoup de véhicules et des caméras de télévision. Elle aurait dû se rendre compte que les médias seraient là, mais elle avait eu d'autres tracas... notamment celui de survivre à l'heure qui venait de s'écouler.

Cheyenne inspira profondément et dit doucement à l'homme qui se tenait patiemment à côté d'elle :

— Je sais que c'est beaucoup vous demander... mais...

Elle s'interrompit et se mordit la lèvre, essayant de

trouver le courage de demander une immense faveur à
ce puissant militaire qui se tenait près d'elle.

— Oui ? l'encouragea doucement Dude.

— Vous voulez bien me tenir la main quand on
sortira d'ici ? demanda Cheyenne en levant les yeux
vers lui. Je sais que ce n'est pas grand-chose, mais je ne
pense pas être capable d'affronter tout ça pour le
moment, expliqua-t-elle en désignant l'avant du
magasin d'un geste du menton.

Elle sentit son visage s'enflammer. Elle était terriblement embarrassée, mais elle ne s'était jamais sentie
aussi seule qu'en face de cette foule qu'elle allait devoir
traverser une fois qu'elle aurait franchi le seuil de la
porte.

Dude sentit quelque chose s'éveiller au plus
profond de lui. Elle était couverte de saleté et de sang,
la majeure partie de son corps était toujours entourée
de scotch, son bras semblait terriblement douloureux
et tout ce qu'elle voulait était que quelqu'un lui tienne
la main. C'était une demande vraiment dérisoire, mais
à ses yeux, c'était immense. Les femmes ne lui demandaient généralement pas des faveurs ; elles attendaient
qu'il les leur donne. Le respect que Dude avait pour
Cheyenne, après tout ce qu'elle ressentait et avait
traversé, s'accrut de façon dramatique, alors qu'il était
déjà relativement élevé.

Il devait avoir hésité un peu trop longtemps avant
de répondre, parce que Cheyenne secoua soudain la
tête, baissa les yeux et marmonna :

— Peu importe, c'était stupide de toute façon. Partons.

Et elle commença à se diriger vers la porte.

Dude saisit la main droite de Cheyenne dans sa main gauche avant qu'elle ne puisse faire deux pas et avant d'avoir réalisé qu'elle serait contrainte de s'agripper à sa main gauche. Il s'était fait un point d'honneur à ne jamais tenir la main d'une femme de sa main mutilée. *Jamais.*

— Cheyenne, dit-il doucement. Ce n'est pas stupide. Rien ne me plairait plus que de vous tenir la main pendant qu'on fera face aux lions ensemble. Venez.

Ces mots n'étaient que la pure vérité. Dude ne voyait pas d'inconvénient à mentir afin que quelqu'un coopère, mais il ne mentait pas en ce moment. Sentir les doigts de Cheyenne entre les siens était quelque chose qu'il était certain de ne jamais oublier. Elle n'était ni dégoûtée ni repoussée, mais elle serra simplement fort les doigts autour des siens et s'y accrocha de toutes ses forces comme si elle ne sentait pas les cicatrices ou les doigts qui lui manquaient. Extérieurement, elle semblait calme et composée, mais la poigne d'acier avec laquelle elle lui broyait la main prouvait que ce n'était qu'une façade.

Cheyenne agrippa fort la main de Faulkner dans la sienne, déglutit fort, leva le menton et inspira profondément. Elle se dirigea vers la porte d'entrée, main dans la main avec cet homme charismatique qui se tenait près d'elle, et elle sut que malgré ce qui lui était arrivé au cours des dernières heures, elle n'oublierait jamais ce moment. Tenir la main de cet homme, le laisser la soutenir de cette façon dérisoire signifiait plus pour elle que n'importe quel autre geste qu'il aurait pu faire. Elle avait eu besoin de lui et il n'avait pas hésité à répondre à l'appel. Qui plus est, sans la faire se sentir coupable de le lui avoir demandé.

Cheyenne fit la sourde oreille à toutes les questions des reporters, les ordres des policiers, les lumières, les sons... tout. Elle ne pensa qu'à rester accrochée à la main de Faulkner et le suivre là où il la mènerait.

4

_____

Cheyenne était assise dans le vestibule des urgences et elle attendait un taxi. Le trajet depuis l'entrée du magasin jusqu'à l'ambulance avait été un cauchemar auquel elle ne voulait plus songer. La seule chose positive était la force de Faulkner alors qu'il avait contribué à lui dégager la route. À un moment donné, elle avait été poussée si fort qu'elle se serait écroulée à terre sans lui. Il lui avait pris la main et avait passé son bras autour de sa taille, la faisant se blottir contre son corps. Cheyenne n'avait même pas eu honte de se pencher contre lui pour le laisser lui venir en aide.

Avec tout ce qui s'était passé au cours des heures qui venaient de s'écouler, cela avait été tellement bon d'être bien serrée et en sécurité contre Faulkner et de le laisser s'occuper de traverser la foule en sécurité. Il l'avait aidée à rejoindre l'ambulance et s'était assuré qu'elle soit installée sur le brancard sans problème.

Une fois qu'elle avait été assise et stable, Faulkner lui avait brièvement embrassé le sommet du crâne et pressé la main une dernière fois. La dernière vision que Cheyenne avait eue de lui était lorsqu'il était sorti à reculons de l'ambulance. Il lui avait adressé un sourire et un bref au revoir de la main avant que les portes ne se referment sur lui.

Elle avait passé les trois dernières heures à l'hôpital. Elle avait fait sa déposition à la police sur ce qui s'était déroulé, et cela avait été bien plus douloureux qu'elle ne l'avait anticipé. Puis on lui avait badigeonné les bras de lotions, d'antibiotiques et de Dieu sait quoi d'autre.

La première fois que Cheyenne s'était regardée dans le miroir, elle avait été choquée. Elle n'était vraiment pas belle à voir. Elle était couverte d'éclaboussures de sang et ses cheveux lui collaient mollement au crâne. Heureusement, une infirmière lui avait donné une combinaison qu'elle avait pu enfiler et l'avait autorisée à se brosser les cheveux. Elle se disait qu'elle avait de la chance, mais la seule chose à laquelle elle songeait était de rentrer à la maison et de prendre une bonne douche chaude.

Le problème était qu'elle n'était pas censée se mouiller les bras pendant les vingt-quatre prochaines heures à cause des bandages et du mélange d'antibiotiques dont ils les lui avaient enduits. Les infirmières avaient fait de leur mieux pour l'aider en essayant de retirer le sang de ses cheveux, mais Cheyenne savait que tant qu'elle n'aurait pas pris de douche, elle ne se sentirait pas propre.

Elle soupira. Elle n'avait pas vu Faulkner depuis qu'il l'avait aidée à monter dans l'ambulance et lui avait pressé la main. Elle n'espérait pas le revoir, pour être honnête. Après tout, il avait juste fait son travail. Il rentrerait à la maison et plaisanterait sûrement avec ses amis de la journée folle qu'il venait de connaître, puis il poursuivrait son existence, comme elle-même allait le faire... sauf que d'abord, elle devait rentrer à la maison.

Sa voiture se trouvant toujours sur le parking de la supérette, Cheyenne fut forcée d'appeler un taxi. C'était vraiment pathétique de n'avoir personne qu'elle aurait pu appeler pour venir la chercher. Il n'était absolument pas question d'appeler sa mère ou bien sa sœur. Elles ne cesseraient jamais de lui reprocher son manque de chance. Sa journée merdique serait encore plus merdique si elle les impliquaient, l'une comme l'autre. Elle finirait bien par les appeler pour leur raconter tout ce qui lui était arrivé, mais il faudrait attendre un jour où elle se sentirait mieux disposée à les affronter. Et ce n'était certainement pas ce jour-là.

Cheyenne savait qu'elle était une solitaire. Cela ne lui faisait pas vraiment grand-chose, à part dans ces moments-là. Elle aurait pu appeler un de ses collègues du travail, mais elle détestait devoir dépendre des autres. Qui plus est, ce n'était pas vraiment le genre d'amis qu'elle pouvait appeler tout naturellement pour venir la chercher à l'hôpital, de tous les endroits imaginables. Alors elle commanda simplement un taxi et attendait à présent de rentrer chez elle. Chez elle, dans son appartement de célibataire. Il lui restait encore deux jours avant de devoir retourner au travail et elle avait l'intention de se fourrer dans son lit et de dormir pendant une journée entière avant de prendre la douche la plus longue de son existence. Puis elle se remettrait et reprendrait le cours de sa vie.

Elle éclata de rire, ce qui lui valut un regard désapprobateur de la part de la vieille dame assise dans la salle d'attente de l'hôpital. Elle devait toujours acheter à manger. C'était précisément pour cela qu'elle s'était rendue à la supérette cet après-midi-là. Il lui restait des boîtes de soupe de champignons à la crème et de la sauce pour la salade, et c'était à peu près tout. *Ça ne fait rien. Je me commanderai à manger le temps que je puisse retourner au magasin.* Elle savait qu'elle n'irait plus jamais faire ses courses dans la supérette où elle avait été retenue en otage, même si c'était là où elle avait rencontré Faulkner pour la première fois. Et même si c'était un magasin régulièrement fréquenté par d'autres hommes en uniforme. Elle ne pensait pas se refaire prendre en otage, c'était simplement que... elle ne savait pas. L'idée de mettre à nouveau les pieds dans ce magasin la mettait mal à l'aise.

Le taxi arriva enfin devant les portes automatiques. Cheyenne sortit, vérifia que la voiture était bien la sienne et grimpa sur la banquette arrière qui sentait légèrement la sueur et la fumée de cigarette. Après avoir donné l'adresse au chauffeur de taxi, elle bascula la tête en arrière contre le siège, sans songer à combien de germes ou saletés pouvaient s'attarder sur l'appuie-tête, et elle ferma les yeux. Elle se sentait bizarre. Les antidouleurs que lui avaient donnés les médecins faisaient manifestement leur boulot, car elle ne ressentait aucune douleur, mais ils la laissaient également dans les choux. Elle ne devrait probablement pas conduire une fois qu'elle arriverait à sa voiture, mais son appartement n'était pas très loin de la supérette. Il faudrait qu'elle fasse très attention. Tout irait bien. Comme toujours.

Dude ne pouvait pas s'empêcher de penser à Cheyenne. Elle devait être la personne la plus courageuse qu'il avait rencontrée depuis longtemps. Ses actions lui rappelaient beaucoup celles d'Ice. Bon sang, toutes les femmes de ses coéquipiers, d'ailleurs. Cheyenne avait fait face à ce qui lui était arrivé avec courage et elle n'avait pas paniqué. Depuis la première fois où Dude l'avait vue s'éloigner à reculons des policiers afin de les protéger, jusqu'à la dernière vision qu'il avait eue d'elle, lui souriant courageusement alors qu'il la quittait dans l'ambulance, elle avait été la grâce personnifiée.

Il n'avait pas voulu la quitter, mais il savait qu'il

devait faire sa déposition auprès de la police locale et reprendre contact avec son commandant. Il avait passé une bonne heure à relater ce qui s'était déroulé dans le magasin avec Cheyenne, ce qu'il avait fait et ce qu'il avait vu. Puisque Dude n'était pas un membre de sa famille, il n'avait absolument aucune raison et aucune excuse pour l'accompagner à l'hôpital.

La presse ne lui avait pas lâché du lest. Il savait que c'était leur boulot, tout comme c'était son boulot à lui de faire un rapport des événements, mais cette fois, quelque part, c'était différent. Chaque fois qu'ils avaient posé au représentant du département de la police des questions personnelles sur Cheyenne – où elle vivait, ce qu'elle avait dit, ce qu'elle pensait et ce qu'elle avait fait –, Dude avait simplement eu envie de leur crier dessus, de leur dire que cela ne les regardait absolument pas et de la laisser tranquille. Cheyenne était une adulte, elle pouvait se débrouiller toute seule... Elle n'avait pas besoin de lui. Mais elle dégageait quelque chose qui lui donnait tout de même envie de la prendre dans ses bras et de la protéger du monde entier.

Le taxi s'arrêta devant la supérette. *J'étais vraiment là ce matin ?* se dit Cheyenne avec mélancolie. Sérieusement, elle avait l'impression que des journées entières s'étaient écoulées depuis qu'elle était entrée dans le magasin avec l'intention de remplir son garde-manger afin d'être tranquille pendant un bon moment.

Cheyenne descendit péniblement de la banquette arrière après avoir payé le chauffeur. Alors que le taxi s'éloignait, elle commença à se diriger vers sa voiture. Elle s'était garée vers l'arrière du parking ce matin-là, comme d'habitude, afin d'essayer de se bouger un peu. Alors qu'elle se rapprochait de sa voiture, elle entendit le son d'un véhicule qui s'arrêtait derrière elle.

Ressentant le besoin d'être extraordinairement prudente après tout ce qui venait de lui arriver, Cheyenne se tourna rapidement et vit un grand pick-up s'arrêter et Faulkner en sortir. Elle le regarda d'un air confus. Que faisait-il là ? Elle observa autour d'elle pour voir s'il était là pour retrouver quelqu'un d'autre, mais il n'y avait personne. Le parking était désert ; ils étaient seuls.

Dude détailla Cheyenne tout en s'approchant. Elle semblait perplexe de le voir. Elle paraissait également fatiguée et adorablement mignonne. Elle portait une combinaison d'hôpital bleue, sans doute parce que ses vêtements étaient irrécupérables. Elle était trop grande pour elle et on aurait dit qu'au moindre mouvement, son pantalon allait lui tomber sur les chevilles. Des cernes sombres lui entouraient les yeux, ce qui ne faisait que souligner son œil au beurre noir, et ses deux bras étaient bandés du poignet au coude, et probablement au-delà, mais Dude ne pouvait pas le voir à cause de la combinaison qu'elle portait.

— Rebonjour, dit doucement Dude alors qu'il s'arrêtait devant elle.

— Euh... Salut, dit Cheyenne d'une voix hachée. Que faites-vous ici ?

Dude rit et la regarda dans les yeux.

— Je me suis dit que vous aviez probablement pris la voiture pour venir au magasin aujourd'hui, et puisqu'on vous avait emmenée à l'hôpital en ambulance, vous seriez obligée de revenir ici pour la récupérer. J'ai voulu vous retrouver à l'hôpital pour voir comment vous alliez et vous ramener, mais quand j'ai appelé, on m'a dit que vous étiez déjà sortie. Je suis désolé de vous avoir ratée.

Cheyenne regarda d'un air penaud l'homme qui se tenait devant elle.

— Vous avez appelé ? Pourquoi auriez-vous fait une chose pareille ? demanda-t-elle, ne réalisant pas à quel point c'était impoli avant qu'il ne soit trop tard. Je... je veux dire..., bafouilla-t-elle, voulant s'assurer que Faulkner ne se vexerait pas.

Dude ricana.

— Je sais ce que vous voulez dire, Shy, et pour être honnête, je ne suis pas certain de savoir pourquoi... Je voulais simplement m'assurer que vous alliez bien et voir si je pouvais vous aider d'une quelconque façon. Qu'a dit le médecin ?

Il désigna ses bras du menton.

— Euh, d'accord, eh bien, je vais bien. Ils m'ont simplement bandé les bras pour s'assurer qu'ils ne s'infectent pas. Ils sont couverts d'une sorte de produit collant horrible qui me donne envie de me gratter. Je ne suis pas censée les mouiller, ce qui est ridicule, parce que le produit est beurk et que je me sens dégoûtante après tout ce qui m'est arrivé aujourd'hui. Je n'ai pas de nourriture chez moi, ce qui n'est pas surprenant, compte tenu du fait que j'étais au supermarché ce matin. Ma bouffe est toujours probablement en train de m'attendre dans mon chariot au milieu d'un des rayons, et j'ai faim. Et puis je ne sais pas si je peux manger quelque chose, parce que les pilules qu'ils m'ont données me font me sentir vraiment zarbi.

Les mots de Cheyenne moururent dans l'air autour d'eux et elle ferma immédiatement les yeux. Bon sang, venait-elle vraiment de dire toutes ces âneries ? Elle était mortifiée.

— Oh, venez-là, Shy.

Dude sentit son cœur fondre davantage à ses paroles. Elle était adorable. Les médicaments qu'on lui avait donnés la rendaient visiblement plus prolixe qu'elle ne l'était d'ordinaire. Il avait connu de nombreux marines et soldats qui réagissaient de la même façon aux antidouleurs. Ils parlaient sans pouvoir s'arrêter et apparemment sans filtre. C'était bien plus mignon chez Cheyenne.

Sans attendre qu'elle réagisse, Dude fit un pas vers elle et la prit dans ses bras. Il se détendit alors que Cheyenne fondait contre lui. Il avait eu un peu peur qu'elle ne repousse ses efforts pour l'apaiser. Dude l'entendit renifler une fois, puis il la sentit enfoncer son nez contre son cou. Son souffle était chaud contre sa peau et Dude inclina légèrement la tête jusqu'à ce qu'il la touche de sa joue.

— Vous sentez bon.

Dude sourit. Il ne s'était pas attendu à ce qu'elle lui dise cela. Elle le surprenait constamment.

— Merci.

Dude se tenait dans un parking sombre à serrer contre lui une femme géniale, et il se rendit compte qu'il ne voulait pas la lâcher.

— Puis-je vous ramener chez vous ?

— J'ai besoin de ma voiture.

— Je ne pense pas que vous devriez conduire. Je ne vous connais pas bien du tout, mais je m'imagine que si vous étiez dans votre état normal, vous ne m'auriez pas raconté tout ça, n'est-ce pas ?

Il la sentit hocher la tête à contrecœur contre lui et sourit.

— Alors c'est décidé. Je vous raccompagne. Je m'arrangerai pour ramener votre voiture à votre appartement.

Dude savait qu'il pouvait appeler n'importe lequel de ses coéquipiers pour qu'ils aillent la récupérer et la ramener pour elle.

Cheyenne était trop fatiguée pour argumenter ou même pour protester. C'était tellement bon de sentir qu'on s'occupait d'elle ! Elle ne parvenait pas à se remémorer une époque où quelqu'un avait proposé de le faire, et qu'elle ait accepté. Sur le moment, elle aurait probablement accepté tout ce que Faulkner lui aurait dit.

Elle sursauta quand il reprit la parole.

— J'ai besoin d'entendre dire que c'est bon, Cheyenne.

Cheyenne se força à lever les yeux vers l'homme qui la tenait dans ses bras. Elle le regarda dans les yeux et n'y vit que de la sincérité.

— Très bien, mais si vous êtes vraiment un *serial killer*, pouvez-vous me tuer rapidement ? J'ai vraiment passé une mauvaise journée.

Elle lui confia cela dans un murmure, mais avec une sincérité parfaite.

Dude éclata de rire et mit la main sur la joue de Cheyenne.

— Les antidouleurs vous délient vraiment la langue, n'est-ce pas ? demanda-t-il sans attendre de réponse. Ne vous inquiétez pas, Cheyenne, je promets de vous ramener chez vous en un seul morceau. Vous êtes en sécurité avec moi.

— Je me *sens* en sécurité avec vous. Je ne sais pas pourquoi ni comment, mais c'est vrai. Merci, Faulkner. Sérieusement. Je sais que vous avez probablement mieux à faire que de me coltiner. Mais j'apprécie. Vraiment, je vous jure.

Dude se recula et passa une main autour de la taille de Cheyenne, la guidant vers le véhicule.

— Je le sais, ma belle. Allez, je vous ramène. Je ne

vais pas vous laisser vous transformer en citrouille. Vous avez vos clés ?

— Oui, un des policiers m'a rapporté mon sac à main à l'hôpital quand il est venu pour prendre ma déposition. Je ne sais pas comment ils l'ont retrouvé dans le chaos du magasin. Ce n'est vraiment pas comme si j'avais pu le mettre sur mon épaule et sortir fièrement du bâtiment avec vous.

Dude hocha la tête, reconnaissant de ne pas être obligé de forcer la serrure de son appartement pour rentrer à l'intérieur. Il l'aurait fait, mais ce n'était pas vraiment la première impression qu'il souhaitait donner à Cheyenne. Il ouvrit la porte côté passager et l'aida à s'asseoir, puis tendit le bras pour enclencher sa ceinture. Il ferma ensuite la porte et se dirigea vers le siège conducteur. Tout en s'y installant, il se tourna vers Cheyenne. Elle s'était appuyée contre l'appuie-tête et était tournée vers lui.

— Que se passe-t-il, ma belle ?

— Vous êtes chaud. Je pense que vous le savez.

Cheyenne s'exprimait comme si elle lui confiait un sombre secret.

— Shy...

Il ne disait pas le contraire, mais il n'était pas tout à fait d'accord non plus. Elle était extrêmement charmante sous l'emprise des médicaments. Dude frissonna en songeant qu'elle aurait pu conduire dans cet état.

— Sérieusement, vous l'*êtes*. Mais je ne sais vraiment pas pourquoi vous êtes là. Vous avez perdu un pari ou quoi ? Vos potes sont planqués quelque part, prêts à sortir de leur cachette pour se foutre de nous ?

— Quoi ?

Dude sentit l'énervement monter. Impossible qu'elle pense ce qu'elle paraissait impliquer !

— Ouais. Un gars comme vous ne se serait jamais retourné sur quelqu'un comme moi. Je suis juste moi. Et vous... eh bien... vous êtes une bombe.

Dude ne sourit même pas à ses paroles. Elle devait être en train de plaisanter !

— Ma belle...

— Non, vraiment. Je sais que je ne suis pas un boudin. Je suis passable. En fait, je pense même que j'ai des mollets super, et j'aime bien mes bras... du moins avant qu'ils ne se retrouvent complètement déplumés. Je vous le dis sincèrement, je ne crois pas que le ruban adhésif soit en passe de devenir la dernière mode. Mais je ne suis certainement pas le genre de femmes avec qui vous passez probablement tout votre temps. Je parie que les meufs se jettent sur vous. Quand vous sortez au bar, je parie que vous repartez toujours avec quelqu'un, n'est-ce pas ? Ouais ! Je parie que vous passez votre temps avec une bande de bombasses, n'est-ce pas ? Et vous faites des ravages partout où vous allez, hein ?

Dude leva la main droite et couvrit légèrement la bouche de Cheyenne. Il ne savait pas s'il devait être contrarié ou flatté par ses hypothèses. Quand elle garda le silence et se contenta de le regarder avec de grands yeux, il lui dit :

— Cheyenne, d'abord, il n'y a pas de pari et je suis vraiment énervé que vous puissiez m'accuser d'une telle chose. Je vous trouve exquise. Drôle. Charmante. Intéressante. Et il n'existe aucun endroit où j'aimerais mieux me trouver qu'ici, présentement, avec vous. Deuxièmement, oui, j'ai un groupe d'amis avec lesquels je passe du temps, mais la plupart d'entre eux sont mariés ou dans une relation sérieuse. On ne fait pas de ravages, parce qu'on est simplement concentrés sur nos femmes.

Dude ne prit même pas une seconde pour réfléchir à ce qu'il était en train de dire ni au fait qu'il inclue soudain Cheyenne dans ses pensées et ses paroles.

— J'espère vraiment que quand vous vous réveillerez demain, les antidouleurs se seront dissipés et que vous vous souviendriez de cette conversation et voudrez bien passer du temps avec mes amis et moi. Vous les apprécierez vraiment.

Dude sourit en voyant son visage. Elle ne s'était pas décollée de l'appuie-tête, mais le regardait avec des yeux sérieux.

— Mais... vous êtes parfait...

Elle marmonna des paroles sous sa main et en aurait dit davantage s'il ne l'avait pas interrompue.

— Je suis très loin d'être parfait. Je suis un peu bordélique, j'ai tendance à jeter mes affaires par terre jusqu'à ce que ça m'énerve tellement que je me retrouve obligé de les mettre dans la corbeille. Je m'emporte facilement, mais je ne lèverais jamais la main sur vous ou aucune autre femme. Je suis autoritaire et j'aime diriger. Et...

Dude brandit sa main gauche, lui rappelant sa mutilation.

— Suffisamment de femmes m'ont dit que c'était dégoûtant ou bien immonde pour m'empêcher de croire que je suis parfait.

Cheyenne ne prit même pas le temps de réfléchir. Elle lui prit la main, la serra fort et la porta à sa bouche. Elle embrassa chaque moignon de doigt tout en parlant.

— Ces bécasses ne savent pas de quoi elles parlent. Vous êtes parfait, Faulkner. Ces petites cicatrices ne signifient rien. Enfin, si. Elles signifient beaucoup. Elles signifient que vous êtes un héros. Que vous avez souffert pour aider notre pays, aider les gens à se sortir de situations délicates. Je ne sais pas quel genre de situations, parce que si vous me le disiez, vous seriez probablement forcé de me tuer, mais je ne souhaite pas vraiment savoir, de toute façon, parce que je suis relativement poule mouillée. Mais si ces femmes vous ont rejeté à cause de votre main, ce sont des idiotes finies. Je suis sérieuse.

Cheyenne ferma les yeux. Elle avait toujours le vertige et en même temps envie de se concentrer sur la sensation de la peau de Faulkner contre la sienne. Puis elle porta sa main sur sa joue, sans voir la tendresse sur le visage de Dude.

— Votre peau est tellement douce. Excepté ici.

Cheyenne frotta son visage sur ses cicatrices.

— C'est dur, et à l'endroit où vos doigts se trouvaient, la peau est épaisse et rugueuse. C'est tellement bon contre ma peau. C'est comme un masseur. Je ne peux que m'imaginer ce que cela ferait...

Cheyenne s'interrompit abruptement et Dude la vit rougir. Est-ce qu'elle allait vraiment dire ce qu'il pensait ?

— Allez-y, Shy, j'ai envie de vous l'entendre dire.

Cheyenne lui lâcha la main, mais Dude continua de frotter ses doigts contre sa joue.

— Euh, quoi qu'il en soit, ces femmes étaient des idiotes.

— Seigneur, vous êtes mignonne !

Cheyenne ouvrit les yeux et lut l'intensité dans ceux de Faulkner. Elle voulait fermer les paupières, car il y avait une drôle d'atmosphère à l'intérieur du véhicule, mais elle en fut incapable.

Ils se contemplèrent pendant encore un moment avant que la main de Dude ne quitte sa joue et ne se pose sur sa nuque. Il l'attira vers lui et lui embrassa le front, restant près d'elle pendant un moment, ses lèvres contre elle, avant de s'écarter.

— Je vais vous ramener chez vous, Cendrillon, avant les douze coups de minuit.

— Cette histoire me plaît, soupira Cheyenne, d'un ton rêveur.

— Pourquoi est-ce que cela ne me surprend pas ? dit Dude, d'un air absent, en démarrant avant de quitter le parking.

Ses paroles firent pouffer Cheyenne et elle redevint silencieuse.

— Où dois-je me rendre, Shy ?

— À mon appartement.

— Oui, j'ai bien compris. Mais c'est où exactement ?

— Ah, mince. Ces médicaments sont super forts.

— Je vois ça, oui.

Dude attendit un peu puis lui reposa la question.

— Pardon. J'habite à la résidence Oak Tree, à l'angle de Copper et de la Cinquième avenue.

— Je vois où c'est. Merci. Je vais vous y emmener. Quel appartement ?

Cheyenne se tourna à nouveau vers lui et le taquina :

— Vous êtes *certain* que vous n'êtes pas un tueur en série ?

Dude rit à nouveau de sa blague.

— Certain.

— Alors j'habite au numéro 513 dans le bâtiment 4.

— Fermez les yeux, Shy, on y sera vite. Reposez-vous et je vous réveillerai quand on sera arrivés.

Cheyenne fit ce qu'il lui demandait. Elle referma les yeux et se cala sur son siège.

— Merci de me raccompagner, Faulkner. Je n'avais personne d'autre à appeler.

Elle n'avait pu retenir cette information.

— Je vous en prie. À présent, reposez-vous.

Cheyenne sourit, mais elle n'ouvrit pas les yeux. Elle avait trop le vertige pour s'endormir, mais c'était divin d'être en mesure de se relaxer et de ne s'inquiéter de rien pour un moment.

5

Cheyenne ouvrit les yeux et grogna. Elle avait précisément conscience de l'endroit où elle était et de ce qu'elle avait dit et fait la veille au soir. Elle aurait été reconnaissante d'avoir pu tout oublier, mais elle n'avait pas cette chance.

La veille, Faulkner s'était garé devant son appartement et l'avait aidée à descendre de la voiture. La portant à moitié en marchant, il l'avait fait monter jusqu'à son appartement et lui avait retiré les clés de la main quand elle n'avait pas été capable de l'enfoncer dans la serrure.

Elle était embarrassée que Faulkner ait vu son appartement. Elle était bordélique, comme lui-même avait affirmé l'être. Elle en avait conscience, mais c'était son petit secret. Plus maintenant. Elle n'allait certainement pas lui dire qu'elle faisait pareil quand il avait dit ne pas aimer ramasser ses vêtements qui traînaient par terre. Quelque part, c'était masculin et macho quand un homme le faisait, mais quand une femme avait une maison en désordre, c'était pathétique. Faulkner avait ouvert sa porte et avait carrément éclaté de rire quand il avait vu son désordre. Cheyenne avait expliqué que quand elle rentrait chez elle après le travail, elle n'avait pas envie de nettoyer ou de ranger son appartement, mais il s'était contenté de rire de ses explications.

— Si on vivait ensemble, ce serait vraiment le bordel. Mais au moins maintenant, je sais que vous n'êtes pas parfaite, Shy.

Cheyenne l'avait regardé comme s'il avait trois têtes.

— Bien sûr que je ne suis pas parfaite, Faulkner. C'est *vous* qui êtes parfait.

— Je crois qu'on a déjà eu cette conversation. Allez, venez, on va vous mettre au lit.

Il l'avait emmenée dans sa chambre et avait ouvert les couvertures. Il l'avait bordée, toujours vêtue de sa combinaison d'hôpital, lui avait déposé un autre baiser sur le front et avait murmuré :

— Dormez bien, Shy. On se voit demain.

Cheyenne n'avait pas relevé sur le coup ; elle avait été trop fatiguée et à bout à cause des médicaments, mais à présent, à la lumière du jour, elle flippait. Faulkner allait la voir *aujourd'hui* ? S'étaient-ils mis d'accord et avait-elle oublié ? Cheyenne ne savait pas si elle était prête à passer du temps avec Faulkner... enfin, dans des circonstances normales. Sans bombe, malfaiteurs ou médicaments, et sans qu'elle ne soit la femme en détresse. Elle se dit qu'il s'enfuirait aussi loin d'elle que possible, particulièrement avec la logorrhée verbale qui lui avait échappé la veille. Elle enfonça la tête dans le coussin et grogna, se remémorant qu'elle lui avait dit qu'il passait probablement son temps avec un groupe de mecs super chauds. Qu'est-ce qui lui avait pris de sortir une chose pareille ? Satanés médicaments !

Elle se rassit, prête à sortir du lit et à essayer de prendre une douche, quand la porte de sa chambre s'ouvrit et que Faulkner entra d'un pas vif.

Qu'est-ce qui se passait, putain ?

Cheyenne remonta les couvertures assez haut pour pouvoir les caler sous son menton.

— Bonjour, Shy. J'espère que tu te sens mieux ce matin ?

Cheyenne ne put que le dévisager, stupéfaite, puis hocha la tête.

— Parle-moi.

Cheyenne avait oublié ce détail le concernant. Faulkner aimait recevoir une confirmation verbale à ses questions.

— Je me sens mieux.

— C'est bien. Je t'ai préparé un petit-déjeuner. On pourra manger une fois que tu auras pris ta douche.

— Un petit-déjeuner ?

Cheyenne ne put que le regarder d'un air perplexe.

— Je n'ai rien à manger dans l'appartement. Je suis

quasiment certaine que c'est l'une des trois cent mille choses que je t'ai dites hier soir et que j'aimerais bien ne jamais avoir racontées.

— Tu as à manger maintenant. J'ai appelé Fiona, l'épouse d'un de mes coéquipiers. Elle est allée faire les courses ce matin et nous a rapporté trois tonnes de nourriture. Ça devrait te suffire pendant un bon moment.

— Fiona ?

Cheyenne essaya de se libérer de cette étrange dimension dans laquelle elle avait l'impression d'être tombée.

— Ouais, Fiona. Allons, lève-toi. On va essayer de retirer ces bandages. On va voir la tête que ça a et si je trouve tes bras assez guéris, tu pourras te doucher. Mais seulement une fois qu'on t'aura retiré tes bandages.

Cheyenne inclina la tête vers Faulkner, mais elle fit ce qu'il lui demandait. Elle jeta les jambes sur le côté du lit et s'assit.

Dude passa une main sous son coude et l'aida à se redresser. Quand Cheyenne se retrouva fermement plantée sur ses jambes, il recula et attendit qu'elle se dirige vers la salle de bains qui était connectée à la petite chambre à coucher.

Cheyenne le précéda dans la salle de bains.

— Je te donne une minute pour faire ce que tu as à faire, puis je vais venir t'aider à retirer ces bandages.

Cheyenne se dit qu'elle n'aurait pas pu être plus

embarrassée que lorsqu'elle s'était remémoré la façon dont elle avait déblatéré la veille en face de cet homme magnifique qui l'attendait dans sa chambre, mais elle avait eu tort. Elle se dépêcha d'aller aux toilettes et de se brosser les dents, et quand Faulkner revint, elle se tenait devant le lavabo, la tête baissée et s'appuyait sur ses mains.

Il se plaça derrière elle et posa les mains à côté des siennes sur le comptoir. Cheyenne sentait sa chaleur le long de son dos. Son corps était entièrement fait de muscles et elle aimait le sentir contre le sien. Elle se sentait aimée et en sécurité. C'était fou, mais c'était également une sensation à laquelle elle savait qu'elle ne pouvait pas s'habituer. Elle aurait dû ressentir beaucoup plus de crainte envers cet homme, cet inconnu, qui avait apparemment passé la nuit dans son appartement et se trouvait toujours là, mais elle ne parvenait pas à en prendre ombrage. Il n'avait fait que s'occuper d'elle. Cheyenne savait qu'elle pouvait lui faire confiance, mais elle ne savait pas pourquoi il avait passé la nuit là.

— Pourquoi êtes-vous... pourquoi es-tu là ? lui demanda-t-elle sérieusement en levant la tête afin de pouvoir le regarder dans le miroir.

— Parce que tu as besoin de moi.

— Mais on ne se connaît pas.

— On se connaît mieux que certaines personnes le font après deux ou trois rendez-vous.

— Oui, mais on n'est même pas *sortis* ensemble.

— C'est un point que j'espère vite corriger.

— Tu vas avoir une réponse à tout ce que je vais te dire ?

Cheyenne était frustrée par les réponses calmes et rationnelles de Faulkner à toutes ses objections.

— Oui. Bon, tu es prête à retirer les bandages ?

Cheyenne hocha la tête puis leva les yeux au ciel quand Faulkner ne bougea pas, se contentant de la regarder en haussant les sourcils.

— Oui, je suis prête à retirer ces bandages.

Dude lui adressa simplement un sourire. Il recula d'un pas et la laissa se tourner entre ses bras. Il passa le bras derrière lui afin d'en tirer un couteau impressionnant.

— Bon sang, Faulkner. Est-ce vraiment nécessaire de te trimballer un truc comme ça ?

Il baissa les yeux vers le couteau d'élite qu'il tenait à la main.

— Oui, Shy. C'est nécessaire. Je suis simplement désolé de ne pas l'avoir eu avec moi hier quand j'essayais de retirer tout ce satané adhésif de tes bras. Il était dans ma voiture, et c'était une putain d'erreur de ma part de ne pas l'avoir eu sur moi.

Dude n'allait pas dire quoi que ce soit d'autre, mais le couteau lui avait sauvé la vie plus d'une fois. Il l'approcha de son bras et lui dit :

— Ne bouge pas.

Il n'allait pas la couper. Il aurait préféré affronter dix terroristes à mains nues plutôt que de faire du mal à cette femme. Mais il valait mieux qu'elle reste immobile pour qu'il soit sûr de ne pas lui faire le moindre mal.

Dude sentit Cheyenne se raidir et il réprima le sourire qu'il sentait se former sur son visage. Il sentait qu'il avait une chance folle qu'elle lui ait témoigné autant de confiance qu'elle l'avait fait jusqu'alors. Si elle lui avait raconté qu'elle s'était réveillée un matin et avait trouvé dans son appartement un homme qu'elle connaissait à peine après avoir passé une journée infernale, et qu'elle ne l'avait pas immédiatement mis à la porte, il lui aurait botté les fesses. Mais puisque c'était lui et qu'il savait qu'il ne lui ferait jamais de mal, il n'avait pas émis le moindre commentaire sur sa capitulation facile.

Il fit courir le couteau sur le bandage qui entourait son bras droit, le tranchant aisément. Il posa alors la lame sur le comptoir et s'y prit à deux mains afin de retirer lentement et facilement la gaze blanche. Il grimaça en voyant les plaques de peau malmenées qui avaient été irritées quand il avait retiré le scotch.

— Ça a l'air bien, dit Cheyenne avec satisfaction en baissant les yeux vers son bras dénudé.

— Bien ?

— Ouais, tu aurais dû voir hier. Ce qu'ils m'ont mis sur les bras est vraiment une pâte magique !

Ils éclatèrent tous les deux de rire et Dude reprit le couteau afin de retirer rapidement les bandages sur

l'autre bras de Cheyenne. Une fois qu'il les eut également retirés, il se recula d'un pas.

— Bon, Shy, je crois que c'est bon pour prendre ta
douche. Vas-y et lave-toi. Je t'attendrai dans la cuisine.
Prends ton temps.

Cheyenne hocha la tête et regarda Faulkner sortir
de la petite salle de bains puis refermer la porte
derrière lui. Elle secoua la tête, perplexe. Elle avait eu
l'intention de passer la journée à ne rien faire et à
paresser. Mais à présent, elle ignorait ce que ce jour-là
allait lui réserver. Elle ne savait pas pourquoi elle
faisait confiance à Faulkner. C'était peut-être parce
qu'elle l'avait déjà vu dans le magasin. Peut-être parce
que c'était un soldat. Peut-être était-ce à cause de la
situation extrême dans laquelle elle s'était retrouvée la
veille et le fait qu'il ait été si gentil et qu'il lui avait
sauvé la vie. Quoi que ce soit, Cheyenne savait que
c'était probablement stupide, mais elle ne parvenait
pas à s'alarmer le moins du monde du fait qu'il se
trouve dans son appartement, et qu'il y soit apparemment resté toute la nuit. Tout en haussant les épaules,
elle se tourna vers la douche et fit couler l'eau, la laissant se réchauffer pendant qu'elle retirait la combinaison dans laquelle elle avait dormi.

Elle passa trop de temps dans la douche, mais
c'était divin. Elle se frotta la peau aussi fort qu'elle
l'osait et pouvait le tolérer. Elle avait l'impression que
l'eau chaude effaçait ses problèmes en même temps

que la saleté et les impuretés de son épreuve de la veille.

Elle coupa enfin l'eau et sortit de la cabine. Les vêtements de rechange posés sur le comptoir n'étaient certainement pas là quand elle était entrée dans la douche. Elle rougit violemment, sachant que Faulkner était entré dans la pièce alors qu'elle avait été complètement nue à seulement quelques pas de là. Avait-il vu quelque chose ? Est-ce qu'il avait apprécié ?

Elle avait été sincère quand elle lui avait dit qu'elle ne se trouvait pas horrible. Elle aimait certaines parties de son corps, mais pour d'autres, elle aurait pu vivre sans. Elle n'était pas énorme, mais elle n'était pas maigre. Elle n'avait pas les cheveux longs, mais ils n'étaient pas courts non plus. Elle n'avait pas les yeux lavande ou bien bleu glacial ; ils étaient d'un brun des plus communs. Elle n'était pas petite, mais elle n'était pas grande non plus. Elle était pile dans la norme pour tout. Tout à fait normale. Sa mère et sa sœur lui avaient répété assez souvent qu'elle n'avait rien de spécial, et même si Cheyenne savait qu'elle n'aurait rien dû écouter de ce qu'elles lui disaient, dans ce cas-là, elles avaient plus raison que tort.

Elle revêtit rapidement les vêtements qu'il lui avait laissés sur le comptoir, rougissant face à son choix de sous-vêtements. C'était évident qu'il avait dû plonger profondément dans son tiroir à sous-vêtements afin de trouver le string en dentelle noire. Elle ne portait généralement pas ce genre de choses, et elle savait qu'il devait avoir été enterré sous les ensembles plus pratiques en coton et en nylon. Elle ne voulait pas le mettre, mais elle ne put s'en empêcher. Elle se sentait troublée et ravissante de savoir que Faulkner l'avait choisi et qu'elle le portait à présent.

Il avait également sélectionné un pantalon de jogging gris et un haut en V qui était vraiment trop décolleté au goût de Cheyenne. Le soutien-gorge qu'il avait également repêché dans son tiroir était le seul push-up qu'elle possédait. Elle l'avait acheté sur un coup de tête, pensant que cela l'aiderait à se sentir sexy, mais au contraire ; cela l'avait mise mal à l'aise, comme si elle faisait de la publicité mensongère de ce qu'elle ne possédait pas. Mais le porter parce que Faulkner l'avait choisi ? Pas de problème. Elle se sentait sexy.

Cheyenne se regarda dans le miroir une fois qu'elle eut fini de s'habiller. Le soutien-gorge lui donnait plus de poitrine que jamais, et il méritait bien son nom. Il faisait pigeonner ses seins et les accentuait à l'intérieur du décolleté plongeant. Cheyenne savait qu'elle aurait probablement dû enfiler un t-shirt normal ainsi qu'un de ses soutien-gorge habituels, mais elle se força à franchir le seuil de la salle de bains et à entrer dans sa chambre.

Elle n'aurait peut-être plus jamais une telle occasion. Elle ne savait pas où cela allait l'emmener, ni même ce que c'était. Ce serait peut-être nulle part, mais elle se laisserait porter aussi longtemps qu'elle le pourrait. Elle serait bête de ne pas le faire. Elle ne savait pas ce que Faulkner faisait toujours là. Elle avait été honnête, trop même, à cause des antidouleurs, la veille, lorsqu'elle avait demandé à Faulkner ce qu'il faisait avec elle, mais ce n'était pas beaucoup plus clair à présent au matin alors que son esprit n'était pas plus flouté par les médicaments que la veille.

Cheyenne entra dans la pièce principale de son appartement et s'arrêta brusquement pour observer la scène. Faulkner se tenait dans la cuisine, une spatule à la main au-dessus d'une poêle fumante qui contenait ce qui ressemblait à une omelette. Il releva la tête à son arrivée comme s'il avait senti sa présence.

— Hé, tu parais mieux en point.

Ses mots étaient innocents, mais la lueur dans son regard ne l'était pas. Elle vit son regard remonter le long de ses jambes, s'arrêter un moment sur sa poitrine puis se braquer à nouveau sur ses yeux.

— Merci.

Ils se contemplèrent durant un moment qui s'éternisa trop pour être véritablement agréable ou poli, avant que Dude ne baisse à nouveau les yeux vers l'omelette qu'il préparait. Il inspira profondément et essaya de ne pas s'imaginer comment les sous-vêtements qu'il avait choisis pour elle lui allaient sous son jogging et son haut.

Il avait ouvert les tiroirs, cherchant quelque chose que Cheyenne pourrait porter après sa douche, et il était tombé sur sa lingerie. Elle était fourrée dans un tiroir au hasard, sans aucune organisation, et rien n'était plié. Dude en était resté ébahi un moment puis, comme un pantin, il s'était vu fouiller la pile de coton jusqu'à ce qu'il aperçoive le petit string noir au bas de l'empilement de tissus. Il l'en avait sorti sans y penser et l'avait frotté du pouce.

La même chose lui était arrivée quand il avait trouvé ses soutien-gorge. Ils étaient tous pratiques et confortables, à part pour cette petite chose en dentelle noire au rembourrage stratégiquement placé. Dude n'était pas un expert, mais il savait à quoi servait le tissu en plus sur le côté des bonnets.

Coulant un autre regard discret à Cheyenne, il devina qu'elle avait au moins enfilé le soutien-gorge qu'il avait choisi pour elle. Il eut une vision généreuse de son décolleté quand elle se hissa sur le tabouret du bar qui courait le long du bord de la cuisine. Il afficha un demi-sourire en voyant une rougeur lui monter au visage. Elle l'avait surpris à la regarder.

Dude se tourna et s'empara d'une des assiettes qu'il avait placées près de la cuisinière, décollant soigneusement l'omelette et la transférant dedans. Il prit une fourchette, la plaça sur l'assiette et l'apporta à Cheyenne.

— Tu n'étais pas obligé de cuisiner, essaya-t-elle de protester.

— Je sais. Mange.

— Je n'avais que de la sauce à salade dans le réfrigérateur... Tu as dit que quelqu'un qui s'appelle Fiona a apporté tout ça ?

— Mange, Shy.

Dude sourit quand Cheyenne s'empara docilement de la fourchette afin de trancher un bout d'omelette. Il ne s'écarta pas d'elle avant qu'elle n'en ait avalé un morceau et ait fermé les yeux de plaisir. Il retourna à la cuisinière et cassa deux œufs de plus dans la poêle toujours chaude, puis il répartit son attention entre Cheyenne et sa propre omelette.

Le temps qu'il finisse de préparer son propre petit-déjeuner, Cheyenne avalait ses dernières bouchées. Elle le regarda soudain avec embarras.

— Je suis désolée. J'aurais dû t'attendre. Bon sang, je suis horrible.

— C'est bon, Shy. Si tu avais attendu, tu aurais mangé froid.

— Mais...

— J'ai dit que ça allait.

Dude savait qu'il se montrait un peu trop dur pour la situation, mais il ne pouvait pas s'en empêcher. Cela faisait partie de qui il était. Il avait l'habitude qu'on lui obéisse. C'était parce qu'il était un soldat d'élite et se trouvait dans des situations où obéir était tout autant une seconde nature que nécessaire à sa survie. Il n'était pas vraiment tenté par le contrôle absolu et tous ces trucs qu'impliquait un style de vie BDSM, mais il avait véritablement besoin d'avoir le dessus quand il allait au lit avec une femme.

Dude n'avait pas vraiment songé à ce que cela pouvait signifier d'être dans une vraie relation, parce qu'il n'avait *jamais* connu de vraie relation. Comme la plupart de ses amis l'avaient fait avant de se caser, il aimait avoir des aventures. Il ramenait des femmes chez lui et passait un bon moment pour la nuit. Mais après cette unique occasion, il ne les revoyait plus. Toutes les femmes avaient été prévenues et elles ne s'étaient jamais plaintes. Ou du moins, elles ne le lui avaient jamais fait savoir. Elles lui avaient toutes volontairement cédé le contrôle et étaient parties le lendemain matin, mais Dude n'avait jamais vraiment réfléchi à la façon dont cela fonctionnerait pour plus longtemps qu'une nuit.

Il secoua la tête. Dude désirait Cheyenne et pas comme il avait possédé les autres femmes. Elle lui *plaisait*. Comme il le lui avait dit la veille, elle était intéressante et rigolote. Ce n'étaient pas des adjectifs qu'il aurait utilisés par le passé pour décrire des femmes qui lui plaisaient. Bon sang, il n'avait même pas pris la peine de connaître la moindre des femmes avec lesquelles il avait couché. Cela faisait probablement de lui un connard, mais il était trop tard pour changer le passé.

Apprécier une femme et vouloir la connaître avant de coucher avec elle étaient des choses nouvelles pour Dude. Il n'avait également encore jamais invité ses amis dans ses relations... quelle que soit sa relation avec Cheyenne. Il n'avait jamais pris la peine d'impliquer une relation d'un soir dans son cercle d'amis. Mais voilà qu'un jour après l'avoir rencontrée *elle*, il avait volontairement demandé de l'aide à ses amis. Fiona s'était fait un plaisir de l'aider et d'aller faire les courses. Dude n'avait pas voulu quitter Cheyenne alors qu'elle avait mal et était sous l'emprise des médicaments qu'on lui avait donnés à l'hôpital, alors il avait appelé Cookie, mais était tombé sur Fiona. Elle avait acheté suffisamment de nourriture pour lui durer le mois.

Dude avait passé la nuit sur le canapé de Cheyenne, s'éveillant au moins une fois toutes les heures afin d'aller passer la tête dans sa chambre pour voir comment elle allait. Elle dormait comme une pierre. Elle n'avait même pas remué d'un cil quand il s'était tenu à son chevet. Une fois, il l'avait même touchée, et elle avait grogné et roulé *vers* lui, pas loin de lui. Après quoi, il avait trouvé plus difficile qu'il ne l'avait envisagé de quitter la pièce.

Et voilà qu'il se retrouvait à donner des ordres à Cheyenne et à s'imposer à elle, en fait. Dude savait qu'il aurait dû partir et lui donner de l'espace, mais il n'en avait honnêtement pas envie.

— Que vas-tu faire aujourd'hui, Shy ?

Cheyenne regarda Faulkner pendant qu'il mangeait. Elle écarta son assiette et s'appuya sur ses coudes.

— Je n'y ai pas vraiment réfléchi. Généralement, je glande pendant mon jour de congé.

— Merde, je ne t'ai même pas demandé ce que tu faisais comme boulot. Je suis désolé.

Cheyenne haussa les épaules.

— C'est bon. Ce n'est pas comme si on avait réellement eu l'occasion de discuter de ma vie. En plus, ce n'est pas vraiment intéressant. Je réponds au téléphone lorsque les gens appellent les urgences.

Dude reposa le morceau d'omelette qu'il s'apprêtait à mettre dans sa bouche et la regarda d'un air incrédule.

— Quoi ?

Se sentant nerveuse et ne sachant pas pourquoi Faulkner se comportait bizarrement, Cheyenne répéta :

— Je suis opératrice pour les urgences téléphoniques.

— Alors tu contribues à sauver la vie des gens quand ils ont désespérément besoin que quelqu'un leur vienne en aide.

Ce n'était pas une question, mais Cheyenne la traita comme telle.

— Eh bien, oui, mais la plupart du temps, c'est vraiment ennuyeux et on doit gérer beaucoup d'appels qui ne sont même pas des urgences.

— Ne minimise pas, Shy, la gronda Dude. Tu aides des gens à traverser parfois le pire moment de leur vie. Tu es là pour eux quand ils demandent de l'aide. C'est génial.

Se sentant gênée par ses compliments, Cheyenne se contenta de lever une épaule.

Dude inclina la tête et l'observa de plus près. Son

travail le subjuguait et il l'imaginait bien en train de le faire. Elle était restée calme la veille, confrontée à sa propre mortalité, et à présent, il savait pourquoi. Elle avait largement l'habitude de gérer ses émotions dans des situations extrêmes.

— Comment gères-tu le stress du boulot ?

— Quoi ?

La question de Faulkner avait surpris Cheyenne.

— Je t'ai demandé comment tu gères le stress du boulot ?

— Euh. Je lis ? Je glandouille à la maison ?

Faulkner la scruta. Elle n'avait pas répondu à sa question, se contentant de lui lancer une autre question.

— Tu ne gères pas, hein ?

— Ce n'est pas très important.

— C'est important, Shy. Bon sang, même moi et mes potes devons nous défouler un peu après une mission. Tu dois apprendre à lâcher du lest.

— Je sais que tu bosses avec des explosifs, mais qu'est-ce que tu fais exactement, Faulkner ? lui demanda-t-elle, sur la défensive.

Elle voulait détourner l'attention d'elle et puisqu'il avait abordé ce sujet, elle s'y accrocha.

— Je suis membre des Forces Spéciales.

Cheyenne le regarda d'un air horrifié. Pas possible !

— Non, non. Ce n'est pas bien.

Dude repoussa son assiette et se pencha vers elle. Il n'aimait pas le ton de sa voix.

— Quoi, « ce n'est pas bien » ? Ça fait longtemps que je n'ai pas ressenti quelque chose d'aussi bien que ce que je ressens à ton propos, Shy.

— Je veux dire que tu es vraiment un héros. Qu'est-ce que tu fais ici ?

Dude se redressa et s'approcha d'elle jusqu'à ce qu'elle se penche en arrière contre le comptoir du bar. Il posa les mains dessus, derrière elle, jusqu'à ce qu'il se retrouve au-dessus d'elle et qu'elle soit incapable de l'ignorer lui ou ce qu'il avait à dire.

— En ce qui me concerne, c'est *toi* l'héroïne, Shy.

Il ne releva pas quand elle nia d'un geste de la tête et il poursuivit :

— Tu aides des gens tous les jours. Tous les jours. Tu es leur bouée de sauvetage quand ils en ont besoin. Ils t'appellent à l'aide et tu es là.

— Mais je ne les sauve pas. La plupart du temps, ils sont déjà morts ou mourants, eux ou quelqu'un qu'ils connaissent.

— Bon sang, Shy.

Dude vit qu'elle commençait à trembler.

— Vraiment, la majorité du temps, je n'ai aucune idée de ce qui s'est passé ou de comment tout s'est terminé, mais je regarde les informations. Parfois, je le vois. Je ne fais rien de plus qu'appeler les policiers et les urgentistes, Faulkner. J'appelle des gens comme toi qui les sauvent pour de vrai.

Dude se sentit dégoûté. Il n'aimait pas que Cheyenne pense cela d'elle-même et de son travail.

— Shy, j'ai une histoire à te raconter. Tu vas rester ouverte d'esprit et vraiment écouter ce que je m'apprête à te dire ?

La voyant hocher la tête, il lui adressa un haussement de sourcils.

— Pardon. Oui. Je t'écoute.

— Je suis une déception pour mes parents.

Il voyait que Cheyenne s'apprêtait à protester et il lui coupa la parole :

— Je ne te dis pas cela pour que tu me prennes en pitié ou quoi que ce soit. Contente-toi de m'écouter.

Cheyenne secoua la tête et vit un muscle se contracter dans la mâchoire de Faulkner. Ce qu'il voulait lui dire était manifestement sérieux.

— Une fois, quand j'avais treize ans, j'ai fait l'école buissonnière. Je suis rentré du surf, m'attendant à ce que mes parents me prennent le chou parce que j'avais séché, et j'ai vu du sang partout dans notre cuisine. Mes parents n'étaient pas là. Il n'y avait pas de mot, rien du tout. Je ne savais pas où ils étaient ni ce qui s'était passé. Tout ce que je savais était que la maison était vide et qu'il y avait plein de sang sur le comptoir, l'évier et même le sol de notre cuisine. J'ai complètement paniqué. J'ai appelé les urgences et j'ai pété un câble. La dame qui m'a répondu était un ange. Elle m'a calmé et m'a demandé de répondre à quelques questions. J'ai appris plus tard que la technique qu'elle a utilisée invoque le lobe droit du cerveau et fait que les gens réagissent moins avec leur côté émotionnel et plus avec le côté rationnel de leur cerveau. Elle m'a demandé comment je m'appelais, quel âge j'avais et où j'habitais. Je suis certain que tu utilises ces techniques toi aussi, mais le temps qu'elle arrive à la question suivante, j'étais capable de penser un peu plus clairement.

» J'ai regardé autour de moi et j'ai aperçu un couteau de cuisine posé près d'une planche à découper, avec quelques légumes. Quand je lui ai décrit la scène, la dame a fait sa petite enquête. Elle m'a dit que mon père avait emmené ma mère aux urgences. Elle s'était fait une mauvaise coupure en préparant le dîner et avait saigné partout pendant qu'elle attendait que mon père lui mette une compresse et appuie dessus.

Dude sourit quand Cheyenne plaça une main sur son biceps et le caressa. Elle gardait toujours les yeux levés vers lui, le front plissé, et se mordillait la lèvre. Inconsciemment, elle essayait de le rassurer et cela lui plaisait.

Il acheva rapidement de raconter son histoire et parvint à la conclusion :

— J'étais vraiment embarrassé d'avoir jugé trop vite et d'avoir pensé que mes parents avaient été poignardés et kidnappés. Je n'ai jamais oublié la sensation de soulagement que j'ai ressentie quand cette dame a répondu au téléphone. Elle a été ma bouée de sauvetage et je ne sais pas ce que j'aurais fait si elle n'avait pas été présente pour moi. *Tu* fais ça pour les gens, Shy. Tu es une bouée de sauvetage pour toutes les personnes en crise qui appellent quand tu décroches. Je ne sais pas comment s'appelait cette dame, je ne l'ai jamais rencontrée et je n'ai jamais eu l'occasion de la remercier correctement. Je le regrette encore à ce jour. J'aimerais que tu rencontres toutes les personnes que tu aides, Shy. J'aimerais que tu voies de tes propres yeux à quel point tu les aides.

Dude s'interrompit et posa à nouveau sa main mutilée à l'arrière du cou de Cheyenne. Il lui fit lever le menton pour la forcer à le regarder dans les yeux.

— Ce que tu fais est important, Shy. Tu touches plus de vies que tu ne le penses. Les gens à qui tu parles ne t'oublieront jamais, ni toi ni ce que tu as fait pour eux, même si la personne qu'ils aiment n'y survit pas. Accepte-le, ma belle. Sois fière de toi.

Cheyenne ferma brièvement les yeux, aimant sentir le pouce de Faulkner sous son menton et son petit doigt sur sa nuque. C'était une sensation géniale.

— J'essayerai, murmura-t-elle.

— Absolument.

Dude se rapprocha d'elle et retira son autre main du comptoir pour la poser sur sa taille. Il lui caressa la taille de son pouce.

— Je vais t'embrasser comme jamais, Shy. Puis je te toucherai probablement bien plus intimement que je devrais le faire vu qu'on ne s'est rencontrés qu'hier. Je n'arrête pas de penser au fait que tu portes le string que j'ai choisi pour toi et qu'il est présentement plaqué contre ton intimité. Une fois que je me serai décollé de toi – avant d'aller trop loin, je l'espère –, je vais te laisser tranquille pendant quelques heures. J'ai des petites choses à faire, mais je reviendrai plus tard. Je vais t'emmener rencontrer les gens les plus importants de ma vie... mon équipe de soldats d'élite et leurs femmes. Puis je te ramènerai chez moi et tu passeras la nuit dans mon lit pendant que je dormirai sur le canapé. Quand je te prendrai enfin, je veux être sûr qu'on sera prêts tous les deux. Cela te pose-t-il le moindre problème ?

Cheyenne essaya de ne pas céder à l'hyperventilation. Il y avait tant de choses qui n'allaient pas dans ce que Faulkner venait de dire, mais elle les souhaitait toutes avec un désir qui frisait le désespoir.

— Je dois travailler demain, parvint-elle à répliquer, le souffle court.

Elle vit le sourire de Faulkner s'élargir et se faire un peu coquin.

— Très bien, je te ramènerai ici avant ton tour de garde pour que tu puisses te changer et faire ce dont tu as besoin pour te préparer. Ça marche ? D'autres objections ?

Cheyenne voulut secouer la tête, se reprit et dit :

— Non, Faulkner, pas d'objections.

La lueur qu'elle décela dans ses yeux était électrique.

— Tu as exprimé une idée la nuit dernière et je te fais savoir que j'ai hâte de te faire connaître la sensation de ma main contre ta... peau.

Dude baissa la tête, ne lui fournissant pas l'opportunité de réagir à ses paroles, et il se mit à l'embrasser passionnément, comme il l'avait promis.

Sans lui demander la permission et sans prendre le temps, il plongea et prit les commandes. Dude ne lui donna pas l'occasion de contrôler la situation. Il enfonça sa langue dans la bouche de Cheyenne et la prit agressivement. Il se servit de ses dents, de sa langue et même de ses lèvres. Il la taquina, la mordilla, la mordit et la caressa. Quelques secondes plus tard, Cheyenne se contorsionnait entre ses mains, perdue dans la passion qu'ils partageaient.

Dude lui saisit les poignets de sa main droite et les plaça derrière elle. Il les maintint sur ses reins, l'encourageant à s'arquer contre lui. Du revers de sa main gauche, il lui frôla alors la poitrine, rehaussée par son t-shirt décolleté et son soutien-gorge pigeonnant.

Il se décolla lentement de la bouche de Cheyenne, ignorant son gémissement de protestation et baissant les yeux vers sa main qui caressait sa poitrine. Il voyait ses mamelons qui pointaient à travers son soutien-gorge en dentelle et le coton de son t-shirt.

— Normale ? Seigneur, Shy, regarde-toi. Tu es *tout* sauf *normale.*

Sans lui donner l'opportunité d'ajouter quoi que ce soit, Dude baissa la tête et traça un trait entre ses seins avec sa langue. Il la tint en place d'une main, lui immobilisant les poignets derrière le dos alors que l'autre se contentait de rester juste sous ses seins. Il sentait le cœur de Cheyenne battre dans sa poitrine comme si elle venait de courir un marathon.

— Tu es belle, tellement belle, murmura Dude en s'écartant à nouveau pour lever les yeux vers son visage. Tu ne sais pas à quel point j'ai envie de te prendre par terre, de te retirer tous tes vêtements et de passer le reste de la journée à te dévorer et découvrir ce que ça fait de t'avoir sous mon corps. Tu ne le sais pas. Ce n'est pas un coup d'un soir, Shy. Dis-le.

— Pas un coup d'un soir.

— C'est bien. Ouais, un soir ne suffirait jamais.

Dude luttait contre lui-même. Cheyenne était si belle et malléable entre ses bras, attendant qu'il fasse ce qu'il voulait lui faire. Il savait qu'il jouait avec le feu. Il testait les limites de son contrôle, mais il devait voir quel goût elle avait.

— Attends, Shy. Il faut que je sente la pointe de ton sein sous ma langue juste une fois avant de partir.

Dude se pencha en arrière et de sa main mutilée, il écarta le décolleté en V de son t-shirt. Il était probablement en train de le détendre, mais il s'en fichait. Il l'écarta suffisamment pour pouvoir voir le rebord de la dentelle sur le bonnet du soutien-gorge. Retenant le t-shirt, il se servit d'un des moignons de ses doigts pour l'écarter entièrement. Deux centimètres seulement et le mamelon de Cheyenne se libéra du bonnet. Dude le vit se durcir encore davantage à l'air frais.

Cheyenne avait de larges aréoles et son mamelon était d'une teinte légèrement plus sombre que la peau tout autour. Dude y fit glisser l'ongle de son pouce. Il vit Cheyenne grogner et se cambrer contre sa main tout en s'approchant de lui.

— Putain, tu es belle.

Dude se pencha en avant et suça fort Cheyenne dans sa bouche. Comme il l'avait fait pour le baiser, il ne commença pas lentement. Il suça fort et se servit de ses dents pour tirer sur son mamelon et l'étirer davantage. Dude sentit les bras de Cheyenne tressauter sous son emprise alors qu'elle se trémoussait sous lui.

Il lâcha son mamelon avec un petit bruit et baissa les yeux. S'ils n'avaient pas été habillés, Dude savait qu'il l'aurait pénétrée. Ils étaient plaqués ensemble de façon si intime qu'il aurait pu jurer qu'il sentait la chaleur de Cheyenne à travers leurs vêtements.

Alors que son pouce continuait de lui caresser le mamelon, Dude se pencha en avant et lui murmura à l'oreille :

— Ah oui, ce string est trempé, n'est-ce pas, Shy ? J'aimerais le frotter contre ma joue maintenant que tu l'as porté. Je me suis imaginé ce que ça ferait, ce qu'il sentirait quand je l'ai sorti de ton tiroir, mais à présent je tuerais pour pouvoir le toucher.

Dude entendit Cheyenne gémir et elle inclina la tête sur le côté, l'invitant à se faire joueur.

Il attrapa le lobe de son oreille dans sa bouche et le mordit. Puis il se déplaça vers son cou. Machinalement, il se mit à la marquer là où tout le monde pourrait le voir. Choisissant exprès un endroit où elle serait incapable de dissimuler sa marque, il aspira sa peau dans sa bouche.

— Tu es... tu es en train de me faire un suçon ? bégaya Cheyenne sans le repousser, mais inclinant la tête afin de lui faire plus de place. On a quinze ans ou quoi ?

Attendant de lui avoir suffisamment meurtri le cou avec sa bouche, Dude leva enfin la tête pour observer son travail.

— Oui, je te marque. Je veux que tu penses à ma bouche sur toi, mes doigts sur tes mamelons et tes jambes qui me serrent fort à chaque fois que tu regardes dans le miroir, Shy.

Regardant ses doigts tirer sur son mamelon dardé, Dude répéta en détachant clairement chaque mot :

— Ce n'est pas un coup d'un soir. Je ne pense pas pouvoir me lasser de toi un jour.

Enfin, à regret, il sut qu'il devait s'arrêter, sans quoi cela n'arriverait jamais. Il se pencha pour donner un dernier coup de langue langoureux à son mamelon, appréciant de sentir qu'elle le désirait autant. Sa langue remonta vers son décolleté et la goûta à nouveau entre ses seins. À contrecœur, il lui pinça une dernière fois le téton avec son pouce et remonta le bonnet de son soutien-gorge afin qu'il lui couvre à nouveau le sein. Il se pencha et lui reprit la bouche. Sa main gauche changea de position, se retrouvant derrière sa nuque.

Dude se recula afin que leurs points de contact

soient sa main qui retenait ses poignets derrière son dos et son autre main autour de sa nuque. Il attendit patiemment avec un large sourire que Cheyenne ouvre les yeux.

Quand elle leva enfin les paupières, il la vit devenir écarlate.

— Tu es délicieuse, Shy. Je suis désolé que tu te sois retrouvée dans cette situation hier, mais je ne suis pas désolé de t'avoir rencontrée. Si c'était la seule façon que tu avais d'entrer dans ma vie, alors je suis content que tu aies été là. Ça fait peut-être de moi un connard égoïste, mais c'est ce que je ressens.

Dude attendit, et comme Cheyenne ne répondit rien et se contenta de le regarder calmement, il poursuivit :

— Tu me plais, Cheyenne. Je te trouve géniale. Au lit, je suis un fils de pute autoritaire, mais à en juger par cet intermède, on va vraiment bien s'entendre.

Cheyenne se rebiffa pour la première fois quand elle se rendit compte à quel point Faulkner l'avait menée à la baguette. Quand il ne la lâcha pas, elle lui décocha un regard noir. Cela n'eut manifestement aucun effet sur lui, car il se contenta de rire et de lui tenir les poignets plus fort.

— J'aime te sentir près de moi. J'aime te sentir lutter contre moi. Si à un moment donné, tu n'aimes honnêtement pas ce qu'on est en train de faire, dis-le-moi. Je jure que je t'entendrai, Shy. C'est bon ?

— C'est bon.

Cheyenne accepta immédiatement. Jusque-là, Faulkner n'avait rien fait qu'elle n'apprécie pas. Ce n'était peut-être pas très féministe de sa part, mais elle aimait ne pas avoir à penser à quoi que ce soit d'autre qu'aux sentiments qu'il éveillait en elle. Elle aimait le fait qu'il prenne le contrôle de leurs ébats.

Dude lui lâcha alors les mains et fit un pas en arrière pour s'écarter d'elle. Il baissa vers elle des yeux appréciateurs alors qu'elle changeait de position, essayant de reprendre son équilibre. Il fit courir son index le long du décolleté en V distendu de son t-shirt, et l'enfonça profondément entre ses seins. Enfin, il ferma les yeux et soupira.

— Bon, à présent que tu me prends pour un maniaque du sexe, je vais partir. J'ai des choses à faire à propos d'hier. Je dois débriefer mon commandant et reprendre contact avec la police. Je serai revenu aux environs de trois heures pour venir te chercher. On ira chez Wolf et Ice. Ils ont un pique-nique impromptu aujourd'hui.

— Impromptu ?

Dude sourit.

— Ouais, dès que Fiona est venue apporter la nourriture hier soir, elle a appelé les filles et elles ont organisé un truc aujourd'hui pour pouvoir te rencontrer.

Voyant la surprise dans les yeux de Cheyenne, Dude se pencha et posa le front contre le sien.

— Tu leur plairas, Shy. Fais-moi confiance.

Souviens-toi que tu as dit que ce n'était pas un coup d'un soir ? C'est ce que je veux dire. Je n'aurais jamais amené un coup d'un soir dans la maison de mes amis pour rencontrer mon équipe et leurs compagnes.

— Tu m'as forcée à le dire.

— Je ne t'ai pas forcée à dire quoi que ce soit. Tu l'as dit de toi-même.

— Mais...

— Non, pas de « mais », l'interrompit Dude. Ce n'est pas un coup d'un soir, articula-t-il calmement et fermement.

Cheyenne sourit.

— D'accord, Faulkner, tout ce que tu voudras.

Dude se contenta de secouer la tête. Elle était tellement mignonne. Son sourire s'estompa et il la regarda sérieusement.

— C'est bon pour toi ? Pour ce qui nous concerne ?

— On vient à peine de se rencontrer. C'est rapide.

— Certes. Mais ça sonne juste. N'est-ce pas ?

— Ouais.

— Alors je viendrai te chercher à trois heures.

— D'accord, Faulkner. Je serai prête.

Dude s'éloigna complètement de Cheyenne, mais ne détourna pas le regard d'elle avant d'être parvenu à la porte d'entrée.

— Repose-toi aujourd'hui, Shy. Ne te stresse pas, n'en fais pas trop. On se voit tout à l'heure.

Puis il tourna les talons et ouvrit la porte. Juste avant de partir, il se retourna et lui dit :

— Referme le verrou derrière moi.

Il attendit qu'elle hoche la tête pour disparaître à l'extérieur.

Cheyenne se dirigea vers sa porte d'entrée en traînant des pieds. Elle tourna le verrou avec diligence et réenclencha la chaîne de sécurité, puis elle s'affaissa contre la porte.

Bon sang, fut la seule chose qui lui vint à l'esprit tandis qu'elle fermait les paupières avec un sourire.

6

Assise dans le véhicule à côté de Faulkner, Cheyenne
s'agitait nerveusement. Il était revenu chez elle plus
tard dans l'après-midi comme il le lui avait dit.
Cheyenne avait passé la journée à paniquer à propos
de ce qu'elle était censée porter pour cette « soirée »
avec ses amis, de ce qu'il faisait avec elle, de sa motiva-
tion pour l'autoriser à revenir la chercher... et à propos
de toutes les autres petites choses qui lui vinrent à
l'esprit.

Cela ne lui ressemblait pas. D'abord, elle n'était pas
du genre à agir si rapidement avec un homme.
D'ailleurs, avec le dernier homme qu'elle avait
fréquenté, ils avaient mis un mois avant de se palucher.
Ensuite, elle n'était pas le type de femmes dont les
hommes tombaient amoureux, mais Seigneur, comme
c'était agréable ! Elle avait rêvé de Faulkner. Depuis

qu'elle l'avait vu à la supérette, à faire ses courses en toute insouciance, elle avait rêvé qu'il pose les yeux sur elle et lui déclare son amour éternel. C'était stupide, mais comme le lui rappelait souvent sa famille, elle avait la tête dans les nuages.

Entre deux crises de panique, Cheyenne avait passé la journée à récurer son appartement du sol au plafond. Elle admettait volontiers qu'elle était paresseuse, mais savoir que Faulkner s'était trouvé dans son appartement merdique toute la nuit, confronté à son laisser-aller, était trop pour elle.

Alors elle avait fait le ménage. Elle avait lavé la vaisselle sale qui s'attardait dans l'évier, passé l'aspirateur, ramassé tout le courrier publicitaire qu'elle se contentait généralement de jeter sur la table basse, puis l'avait trié. Elle avait signé quelques chèques pour des factures qui arrivaient à échéance et avait également fait tourner quelques machines.

En regardant autour d'elle, Cheyenne se dit qu'elle aurait probablement dû faire la poussière, mais c'était pousser le bouchon un peu loin. Elle n'avait jamais compris le coup de faire la poussière. À quoi cela servait-il ? Ce n'était pas comme si nettoyer un meuble allait faire disparaître les particules de poussière dans l'air. Dès qu'elle aurait eu fini d'essuyer une étagère, une table ou quoi que ce soit, elles retomberaient immédiatement... alors c'était simplement une perte de temps. Cheyenne se disait également que Faulkner ne se préoccuperait pas de savoir s'il y avait de la poussière et ne s'en rendrait même pas compte.

Enfin, en début d'après-midi, Cheyenne sut qu'il était temps qu'elle trouve ce qu'elle allait porter. Elle garda le string avec un sourire secret. Au fil de la journée, elle s'y était habituée et pour être honnête, elle voulait faire plaisir à Faulkner en le gardant.

Après avoir essayé – et rejeté – ce qui paraissait être la moitié de sa garde-robe, Cheyenne se décida pour un jean motard taille basse – mais pas trop, car elle n'avait plus dix-huit ans –, un pull en laine noire qui avait une encolure dégagée et qui dévoilait un léger décolleté, mais pas assez pour être déluré. Cheyenne songea pendant environ une demi-seconde à porter le soutien-gorge pigeonnant du matin, mais elle se ravisa. Certes, Faulkner l'avait choisi pour elle plus tôt dans la journée, mais cela lui semblait étrange de le porter pour aller rencontrer ses amis.

Elle n'aurait rien pu faire pour dissimuler le bleu que Faulkner lui avait laissé sur le côté du cou, mais pour être honnête, il la faisait sourire chaque fois qu'elle le regardait. Elle n'avait reçu de suçon qu'une seule fois dans sa vie, au collège. Le garçon qui le lui avait fait avait aspiré bien trop fort, lui provoquant un bleu horrible. Elle avait porté un col roulé pendant au moins une semaine jusqu'à ce qu'il ait assez disparu pour ne plus faire peur. Mais la marque de Faulkner était subtile. Il avait exercé suffisamment de pression pour la marquer, mais pas assez pour qu'elle donne l'impression qu'elle avait treize ans et découvrait la sensualité.

Son haut avait des manches assez longues pour dissimuler ses bras toujours meurtris, ce qui était l'un des critères les plus importants pour Cheyenne ce soir-là. Elle ne voulait pas se faire trop remarquer quand elle rencontrerait les amis de Faulkner, et si elle portait un haut à manches courtes, c'est ce qui arriverait certainement. Elle enfila une paire de tongs noires soulignées par une rangée de strass, et elle paracheva sa tenue par une paire de longues boucles d'oreilles en faux diamants.

Cela dit, elle ne pouvait pas faire grand-chose pour son œil au beurre noir. Elle n'avait jamais vraiment appris à se maquiller et elle se disait que si elle essayait maintenant elle ressemblerait à une adolescente qui jouait avec la palette de maquillage de sa mère pour la première fois. Elle passa du mascara sur ses cils et mit du baume à lèvres à la menthe. Elle fourra le tube dans sa poche afin de pouvoir en remettre plus tard. Elle ne mettait jamais de rouge à lèvres, mais elle était complètement accro au baume à lèvres parfumé.

Cheyenne se disait qu'elle était passable. Elle ne remporterait jamais de concours de beauté, mais elle se disait qu'elle avait l'air très bien. Le haut était un de ses préférés et le jean la mettait en valeur. Durant la demi-heure qui précédait l'arrivée de Faulkner, Cheyenne avait fait les cent pas dans le salon en se mordant l'ongle du pouce. C'était une mauvaise habitude qu'elle avait quasiment réussi à perdre – en partie parce que sa sœur l'avait taquinée impitoyablement à ce sujet –, mais aussi parce qu'elle ne paraissait visiblement pas capable de s'en empêcher lorsqu'elle était stressée.

Elle avait également préparé un sac pour la nuit. Faulkner l'avait informée – et ne lui avait pas demandé – qu'elle passerait la nuit chez lui. Elle ne savait pas s'il le pensait vraiment, mais si c'était le cas, elle voulait être prête. Elle savait que c'était un peu étrange et bien trop rapide, mais peu importait. Elle décida de vivre pour l'instant présent. Faulkner lui avait dit – et l'avait d'ailleurs poussée à admettre – que ce qui se passait entre eux n'était pas qu'un coup d'un soir, mais elle n'était pas certaine de le croire. Il faudrait pourtant qu'elle fasse avec. Et si tout cela n'était qu'éphémère après tout, elle n'allait pas s'en plaindre. Elle flashait sur ce militaire de la supérette depuis trop longtemps pour pouvoir ne serait-ce que songer à le repousser à présent. Et puis les gens avaient tout le temps des histoires d'une nuit. Elle décida de vivre un peu et de s'en inquiéter plus tard.

Cheyenne prit un t-shirt, un short élastique pour dormir et un ensemble décontracté pour le lendemain ; un autre jean et un t-shirt au décolleté en V cette fois. Faulkner avait dit qu'il la ramènerait chez elle le lendemain avant son tour de garde, alors elle pourrait enfiler ses vêtements de travail à ce moment-là. Elle emporta aussi ce dont elle aurait besoin pour la

matinée – entre autres du shampoing et du dentifrice
–, et elle était prête.

Enfin, alors que Cheyenne se disait qu'elle allait
faire une crise cardiaque, Faulkner arriva. Elle ouvrit la
porte et vit qu'il la dévisageait des pieds à la tête.
Quand ses yeux rencontrèrent enfin les siens, il était
évident qu'il aimait ce qu'il voyait.

— On pourrait peut-être rester ici.

Hein ?

— Quoi ?

Dude secoua la tête comme pour s'éclaircir les
idées.

— Merde. Non, il faut qu'on y aille. Tout le monde
nous attend.

— Tu ne veux plus y aller ?

Elle porta machinalement son pouce à sa bouche.
Si après l'avoir bien regardée, Faulkner avait décidé
qu'il ne voulait plus qu'elle rencontre ses amis, elle
allait mourir.

Dude lut l'incertitude dans les yeux de Cheyenne
et se le reprocha mentalement. Il fit un pas en avant
afin de se retrouver dans son espace. Il fut satisfait de
voir qu'elle ne s'écarta pas.

Il lui prit le bras de la main droite et porta sa main
gauche scarifiée à son visage. Par le passé, il n'aurait
jamais songé à toucher une femme avec sa main mutilée, mais Cheyenne ne semblait même pas le remarquer. D'ailleurs, si ses paroles et ses actes dans la
voiture avaient été sincères, cela lui plaisait.

— Shy, je souhaite plus que tout que tu rencontres mes amis. Tu vas leur plaire et réciproquement. Mais à la seconde où je t'ai vue, la seule chose à laquelle j'ai pensé est à ce à quoi tu ressemblerais allongée sur ton lit, à lever les yeux vers moi comme tu viens de le faire en ouvrant la porte. J'essaye vraiment d'aller lentement, pour nous prouver à tous les deux que ce n'est pas qu'un coup d'un soir. Je n'ai jamais eu à me retenir par le passé, alors j'apprends au fur et à mesure. Les mots me sont sortis de la bouche avant que je n'aie pu les retenir.

Cheyenne le regardait avec de grands yeux et Faulkner vit ses mamelons darder sous la maille de son haut. Il ferma les yeux un instant puis les rouvrit et s'efforça de lui faire comprendre.

— Je dis ce que je pense, Shy. Si je n'avais pas envie que tu rencontres mes amis, tu ne le ferais pas. Si je voulais être ton ami et seulement ton ami, je te le ferais savoir. Je suis un homme simple. Si je suis fatigué, je dors, si j'ai faim, je mange. Mais sache simplement... que je te veux. Je ne désire rien de plus que de t'emmener dans ta chambre et te regarder retirer tes vêtements pour moi. J'ai envie que tu me regardes comme tu es en train de le faire alors que je me déshabille pour toi. Je veux te prendre fort et rapidement, puis lentement et tendrement. J'ai envie de toi dans ta douche et sur tous les meubles de la maison. Je veux te prendre par-derrière alors que tes mains sont attachées derrière ton dos, et je veux te regarder me prendre dans ta gorge jusqu'à ce que j'explose. Toutes ces pensées m'ont couru dans la tête à la seconde où tu as ouvert la porte et que je t'ai vue. C'est pourquoi je t'ai dit ça, pas parce que je n'ai pas envie que tu rencontres mes amis. Tu comprends ? Ne doute pas de moi, Shy.

Cheyenne ne put que le regarder. Elle avait officiellement le cerveau grillé. Elle sentait que ses mots l'avaient fait mouiller et elle savait que si elle baissait les yeux, elle serait embarrassée de voir à quel point ses paroles avaient fait durcir ses mamelons.

— Je comprends. Je peux te dire que tu as apaisé toutes mes craintes à savoir si oui ou non tu voulais que je rencontre tes amis.

— C'est bien. Encore une chose.

— Oui ?

— Tu ne portes pas le soutien-gorge que j'ai choisi pour toi tout à l'heure. Pourquoi ?

Cheyenne rougit ; elle n'était pas certaine que Faulkner le remarquerait.

— Tu vois ça ?

Dude fut charmé par la teinte rose qui se répandit sur son visage et son cou. Il avait plus envie de la prendre dans ses bras et de l'emporter dans sa chambre que de respirer, mais il se contrôla... difficilement.

— Oui, je vois ça. Tu as de beaux seins, Shy. Ils ne tombent pas et pointent sur ta poitrine. Mais quand tu portais l'autre soutien-gorge de tout à l'heure, ils étaient encore plus pigeonnants et le décolleté que ça créait me donnait envie d'enfoncer mon visage contre ta chair et de passer des heures à t'y aduler. Alors oui, je m'en rends compte.

Dude porta sa main droite à sa poitrine et lui caressa le sommet des seins, qui était visible au-dessus de l'encolure dégagée de son haut.

— Je... euh... Je suis mieux dans ce haut sans le porter ?

Dude n'aima pas entendre l'incertitude dans ses paroles. Bon sang. Il s'adressa un autre reproche silencieux. Ce soir, il disait vraiment ce qu'il ne fallait pas. Il savait que Cheyenne n'avait pas confiance en elle et en son apparence. Il faudrait qu'il fasse attention.

— Je crois que j'ai déjà exprimé que tu es parfaitement bien dans ce haut, Shy. Et à bien y songer, mes coéquipiers sont peut-être mariés, je ne veux pas qu'ils te reluquent toute la soirée, et c'est ce qu'ils auraient fait avec ce soutien-gorge. Je pense que je vais devoir m'assurer que tu ne portes tes sous-vêtements sexy que lorsqu'on sera seuls.

Dude vit Cheyenne lui adresser un demi-sourire timide.

Il l'attira alors vers lui, mit sa main droite sous son menton et lui fit lever la tête afin de pouvoir s'approcher d'elle à un angle idéal, puis il l'embrassa longuement et profondément. Le baiser prit fin trop rapidement, mais Dude savait qu'ils devaient partir. Il avait été parfaitement honnête et s'ils ne bougeaient pas, ils ne partiraient jamais.

Dude se recula.

— De la menthe. Chaque fois que je t'embrasse, tu as un goût différent.

— C'est mon baume pour les lèvres, lui dit doucement Cheyenne.

— Ça me plaît.

Dude mit sa main droite sous son menton, la forçant à le regarder, puis il replia sa main gauche avant les doigts qu'il lui restait et fit courir les moignons des autres sur la marque sur le côté de son cou, sur sa clavicule, puis le long des collines de ses seins. Sans détourner le regard de ses yeux, il fit descendre sa main plus bas et la passa sur son mamelon droit. Le sentant darder encore plus qu'avant, il baissa enfin les yeux.

— Bon sang, Shy. Tu es vraiment réactive.

— Ça ne m'était jamais arrivé avant.

Cheyenne avait prononcé ces paroles sans y penser, puis elle grimaça. *Merde.*

Sans flipper de l'entendre mentionner qu'elle avait connu d'autres hommes, Dude commenta :

— Oh, on va bien s'amuser, n'est-ce pas ?

Tout en inspirant profondément, il déplaça sa main et lui agrippa délicatement le bras.

— Tu as préparé un sac ? Tu viens chez moi ce soir.

Cheyenne lui répondit d'un hochement de tête timide et désigna le sac posé à côté de la porte.

Dude inspira profondément, ressentant quelque chose à l'idée de voir son sac déjà prêt, sachant qu'elle lui avait obéi sans rechigner. Certes, il lui avait dit de le faire, mais fondamentalement, c'était sa décision à elle. C'était ce qui lui plaisait le plus à l'idée d'être avec des femmes dociles. C'étaient elles qui avaient le pouvoir. Il pouvait bien ordonner à Cheyenne de faire tout ce qu'il voulait, en fin de compte, c'était elle qui l'autorisait ou pas. Dude se pencha en avant et s'empara du petit sac, souhaitant soudain qu'il contienne bien plus de choses, et il dit :

— Viens. Il faut qu'on parte. Tout de suite.

Cheyenne lui sourit. Faulkner aimait lui donner des ordres ; c'était évident qu'il aimait prendre les commandes au lit, mais elle parvenait quand même à l'affecter. Cela lui plaisait.

À présent, ils étaient dans sa voiture, en route vers la maison d'Ice et de Wolf.

— Reparle-moi un peu de tes amis, lui demanda Cheyenne sur le trajet.

— Wolf est notre chef d'équipe. Ice est sa femme et elle est chimiste. Elle lui a sauvé la vie quand ils étaient dans un avion qui a été détourné.

— Je m'en souviens ! Merde ! C'était *ton* équipe des Forces Spéciales ?

Fascinée par la rougeur qui monta au visage de Faulkner, Cheyenne attendit qu'il poursuive.

— Oui, c'était nous. Ils ont connu pas mal de merdes, mais Caroline a fini par déménager ici pour être avec lui. Ils se sont mariés récemment. Puis il y a Abe et Alabama. Les choses allaient très bien jusqu'à ce qu'Abe dise quelque chose de déplacé quand Alabama a été arrêtée par la police, et il s'est battu bec et ongles pour la récupérer. Je ne pense pas avoir déjà vu un couple plus amoureux et fusionnel que ces deux-là. En tant que soldats d'élite, nous sommes faits pour protéger les autres, mais Abe a vraiment merdé en ne protégeant pas les émotions de Fiona. Dieu merci, elle le lui a pardonné.

» Ensuite, ce sont Cookie et Fiona qui se sont mis en couple. Fiona avait été kidnappée par un réseau d'esclavage sexuel et on lui a fait franchir la frontière. C'est Cookie qui y est allé, l'a retrouvée et l'a ramenée. Mozart et Summer sont les derniers à s'être mis ensemble. Mozart avait pourchassé l'homme qui avait tué sa petite sœur quand il était adolescent et celui-ci a découvert l'existence de Summer et a voulu atteindre Mozart en enlevant sa compagne. Benny et moi sommes les derniers de l'équipe à ne pas avoir de compagnes.

Quand Dude acheva son explication, le silence remplit la cabine du véhicule. Il se tourna pour regarder Cheyenne qui le dévisageait d'un air incrédule.

Dude ricana.

— Ouais, ça semble fou, mais je te jure que ce sont des gens normaux et que tu vas leur plaire.

— On devrait peut-être rentrer.

Cheyenne paniquait. Une chimiste ? Un réseau d'esclavage sexuel ? Arrêtée ? Un kidnapping ? Elle était vraiment dépassée.

— Non. Tu ne comprends vraiment pas ?

— Quoi donc ?

— Pense à la façon dont *on* s'est rencontrés, Shy.

— Oh, mince...

— Exactement. Maintenant, quand les gens vont parler de nous, ils raconteront la fois où je t'ai sauvé la vie quand tu avais une bombe scotchée à la poitrine. C'est tout aussi dramatique que la façon dont mes amis ont rencontré leurs compagnes. Détends-toi, Cheyenne.

Dude se tourna vers elle alors qu'il s'arrêtait à un feu rouge et plaça une main sur son genou.

— Je ne te mettrai jamais dans une position dans laquelle tu risquerais de ne pas te sentir la bienvenue. Tu vas peut-être être un peu mal à l'aise, au début ; c'est difficile de rencontrer de nouvelles personnes. Mais je sais qu'à la fin de la soirée, tu auras quatre nouvelles copines ainsi que le respect des hommes de mon équipe. Détends-toi.

Se mordillant l'ongle, Cheyenne répondit :

— Très bien. Je vais essayer.

Dude lui retira le pouce de la bouche, le porta à ses propres lèvres et le suça un moment avant de le lâcher. Il rit du regard effaré que lui adressa Cheyenne.

— Ne te mordille pas l'ongle. Chaque fois que je te

surprendrai à le faire, je te ferai pareil. Peu importe où nous nous trouvons. Souviens-t'en.

— Euh...

Dude se contenta de rire et il lui tapota le genou alors qu'il braquait à nouveau son attention sur la route.

Décidant de s'en amuser et non de s'en irriter, Cheyenne rit enfin de lui :

— Je ne suis pas certaine que ça me dissuade vraiment, Faulkner.

Il se contenta de lui sourire.

— Oh, je crois que ça te dissuadera si tu ne veux pas que tes seins deviennent durs comme de la pierre et commencer à te trémousser sur ton siège devant d'autres personnes. Je parie que je peux te faire les deux rien qu'en te suçant le pouce.

Dude éclata de rire quand il vit Cheyenne s'agiter sur son siège.

Il ne filtra pas les mots qui lui vinrent à l'esprit, se contentant de les lui décocher :

— Seigneur, Shy. Si c'est l'effet que mes mots ont sur toi, tu vas vraiment aimer ce que ma bouche est capable de faire.

— Arrête, Faulkner. Sérieusement. Je ne... Je ne peux pas...

Dude se rasséréna rapidement en la voyant si gênée.

— Je suis désolé, Shy. Je vais me calmer. Je n'arrive

pas à me souvenir que c'est tout nouveau pour toi et que tu n'y es pas habituée.

— C'est simplement que... merde ! Pourquoi est-ce que je n'arrive pas à parler quand tu es là ?

— Tu pouvais parler hier soir, lui rappela Dude.

— Oui, parce que ces méchants docteurs m'avaient bourrée de médicaments. Je ne savais pas que prendre à bloc de médocs pouvait me délier la langue comme ça.

La voiture s'arrêta devant une petite maison dans un quartier charmant. Il y avait un porche, plusieurs voitures et grosses cylindrées garées dans l'allée et le long de la rue. Cheyenne se dit qu'à bien y réfléchir, elle n'était pas encore prête.

— Hé, regarde-moi une seconde, Cheyenne.

Celle-ci tourna la tête et s'essuya les mains sur ses cuisses. Elle se sentait plus nerveuse à l'idée de rencontrer les amis de Cheyenne qu'elle l'avait été lorsqu'elle avait attendu d'avoir son premier appel au travail.

— Si tu veux partir, on peut le faire. On n'a pas à faire ça aujourd'hui.

Cheyenne ne s'attendait pas à ce qu'il lui dise cela.

— Mais tu voulais que je rencontre tes amis...

— Et c'est toujours le cas, mais je ne veux pas que tu t'en rendes malade. J'ai accéléré les choses, je le sais et je suis désolé. Mais tu me plais et je voulais que tu rencontres les gens les plus importants de ma vie. Nous avons tout le temps de faire ça un autre jour. C'était une idée stupide.

Cheyenne vit Faulkner toucher les clés qui pendaient toujours au contact. Elle avança la main et la plaça sur son avant-bras, l'arrêtant avant qu'il ne puisse redémarrer.

— Je suis nerveuse, je ne vais pas le nier, mais je veux les rencontrer. Vraiment. Je ne sors pas beaucoup, Faulkner. Ça ne changerait rien de les rencontrer aujourd'hui ou dans trois mois, je serais quand même nerveuse, en partie parce que je dois rencontrer des gens nouveaux, mais aussi parce qu'ils sont vraiment importants pour *toi*. Tu me plais.

Cheyenne baissa les yeux et joua avec un fil qui pendait du siège, devant elle.

— Et s'ils ne m'apprécient pas ? Et si on n'a rien en commun ? Je... je veux apprendre à mieux te connaître et puisque je sais à quel point ils sont importants pour toi, je sais que ça ne durera jamais s'ils ne m'apprécient pas.

Dude savait que c'était un moment important et il prit la peine de chercher les mots adéquats pour lui faire comprendre.

— Fais-moi confiance quand je te dis qu'ils vont t'apprécier, Shy. Caroline est chimiste, mais elle venait de perdre ses parents quand elle a rencontré Wolf. Alabama était femme de ménage quand elle a rencontré Abe. Elle passait ses soirées à nettoyer des bureaux. Elle s'apprêtait à traverser le pays pour commencer un nouveau travail parce qu'elle n'avait aucune attache en Californie. Personne n'avait signalé la disparition de Fiona quand elle a été enlevée. Elle n'avait aucun ami proche ou de parents qui se soient inquiétés pour elle. Summer était divorcée et n'avait pas un sou quand elle a rencontré Mozart et travaillait comme femme de chambre dans un motel miteux. Ce sont des femmes qui ne te jugeront pas, je te le promets. Et au cas où ce ne serait pas déjà évident, tu me plais aussi. Et dans le cas improbable où tu ne t'entendrais pas avec les autres, je veux quand même mieux te connaître.

Dude s'interrompit un instant et ajouta :

— C'est à toi de choisir, Shy. Je ne te forcerai jamais à faire quelque chose que tu ne veuilles pas faire. *Quoi que cela puisse être.*

Cheyenne savait qu'il ne faisait pas simplement référence à ses amis, mais elle ne voulait pas y songer pour le moment.

— Très bien, allons-y. On m'a déjà collé une bombe à la poitrine, ça ne peut pas vraiment être pire, n'est-ce pas ?

Dude rit et tendit le bras vers elle. Il l'attira à lui pour l'embrasser rapidement puis la lâcha.

— Attends ici. Je fais le tour.

Cheyenne leva les yeux au ciel, mais patienta le temps que Faulkner fasse le tour de la voiture et vienne lui ouvrir la portière.

Il lui prit le bras, le cala dans le sien et ils remontèrent lentement l'allée qui menait à la maison. Cheyenne inspira profondément et se prépara à ce qui allait se passer. Elle décida alors de faire le nécessaire pour passer un bon moment. Ces gens comptaient pour Faulkner et elle souhaitait avec une légère obsession qu'ils l'apprécient. Elle se mit en garde de ne pas se comporter comme une truffe, une idiote ou une mauviette. Elle serait simplement elle-même et espérait que ce soit suffisant.

7

— Faulkner !

Cheyenne recula d'un pas quand la porte d'entrée s'ouvrit brusquement et qu'une boule d'énergie brune se jeta sur Faulkner. Il fit un pas en arrière et éclata de rire alors que ses bras s'enroulaient autour de la femme et qu'il la soulevait.

— Hé, Alabama ! Comment vas-tu ?

— Ça fait trop longtemps que je ne t'ai pas vu !

Alabama se recula et embrassa Faulkner sur la joue. Se tournant soudain et posant les yeux sur Cheyenne, elle dit :

— Oh, mince, je suis désolée. C'est simplement que ça fait longtemps que je ne l'ai pas vu. C'est vraiment impoli de ma part. Merde.

Cheyenne se détendit un peu. Cette femme lui plut immédiatement.

— Ce n'est vraiment pas grave.

Dude se pencha, embrassa Alabama sur la joue puis se tourna vers Cheyenne.

— Viens. Shy, entrons et je te présenterai à tout le monde.

Cheyenne hocha la tête et sourit à Alabama pendant qu'ils entraient dans la maison. Ils se rendirent dans le salon et Cheyenne se glaça. Merde. Elle savait qu'il y aurait beaucoup de gens, mais les voir tous ensemble au même endroit et en même temps était intimidant. Regardant les hommes musclés qui l'entouraient, Cheyenne soupira. Elle avait vu juste ! Se penchant vers Faulkner, elle se hissa sur la pointe des pieds, et quand il se pencha vers elle pour qu'elle puisse atteindre son oreille, elle lui dit en toute honnêteté :

— Je le savais, tu passes ton temps avec un groupe de bombasses !

Dude jeta la tête en arrière et éclata de rire. Bon sang, sa Shy était vraiment hilarante.

Cheyenne le regarda avec un petit sourire. Elle aimait le voir rire. Elle se souvint du sérieux dont il avait fait preuve au magasin pendant qu'il travaillait sur la bombe. Être capable d'insuffler un peu de légèreté à sa vie lui paraissait être le meilleur cadeau qu'on aurait pu lui donner.

— Ma belle, tu es officiellement l'une d'entre nous maintenant. Je n'avais jamais vu Faulkner rire comme ça avant. Jamais.

Se souvenant où ils étaient et en face de qui ils se

trouvaient, Cheyenne rougit et regarda la femme qui venait de parler.

— Je suis Caroline. Je suis contente de te rencontrer. Quand Fiona a appelé et a dit que Faulkner avait besoin qu'elle vienne apporter de la nourriture chez toi, on a dû se retenir de ne pas s'y précipiter. On est super contents que tu sois venue aujourd'hui. Je suis sûre que tu flippes ; on est tous là et on ne s'est pas encore rencontrés. Sache simplement que tu n'es pas seule.

Cheyenne sourit, se prenant immédiatement d'amitié pour l'autre femme. Manifestement, ces gens ne se gênaient pas pour dire les choses.

— Je suis contente de te rencontrer aussi, Caroline. Merci de m'inviter aujourd'hui.

Un homme immense vint se placer près de Caroline. Il semblait un peu plus âgé que les autres, mais il était absolument magnifique. Cheyenne voyait des muscles volumineux se contracter sous son t-shirt.

— Laisse-moi faire les présentations avant que tu ne sois obligée de faire de la télépathie pour deviner qui est tout le monde.

Avant qu'il ne puisse continuer, Caroline lui enfonça l'index dans les côtes et leva les yeux vers lui.

— Et utilise les vrais prénoms de tout le monde. Les surnoms n'iront pas.

Wolf adressa un sourire indulgent à Caroline.

— Oui, ma chérie.

Elle leva les yeux au ciel.

Cheyenne sourit à nouveau et se détendit légèrement. Tout le monde semblait tellement... normal. Faulkner passa un bras autour de sa taille et elle se tourna vers lui un instant. Il lui sourit puis se pencha :

— Je t'avais dit que tu leur plairais, murmura-t-il.

Cheyenne se contenta de secouer la tête. Elle n'était là que depuis deux minutes, donc les choses n'étaient pas encore décidées, mais ça se présentait bien... jusque-là.

— Je suis Wolf, ou Matthew, si tu préfères, et voici Caroline, ma femme. Parfois, tu nous entendras l'appeler par son surnom, Ice.

Cheyenne vit Matthew baisser les yeux vers Caroline avec tant d'amour et de désir qu'elle en rougit. Elle essaya d'ignorer l'homme immense qui se tenait près d'elle et se concentra sur les présentations.

— Voici Mozart, ou plutôt Sam, et sa compagne Summer. À côté, ce sont Cookie, ou plutôt Hunter, et Fiona. Puis voici Abe dont le vrai nom est Christopher, et Alabama. Et ce mec tout seul là-bas est Benny, ou plutôt Kason. C'est le dernier d'entre nous à devoir se trouver une femme.

— Hé là ! protesta Benny. J'ai des femmes !

Cela fit rire tout le monde.

Cheyenne rit aussi, mais à l'intérieur, elle tremblait. Comment diable allait-elle se rappeler les noms de tout le monde ? C'était un vrai point faible pour elle. La première chose qu'elle faisait lorsque le téléphone sonnait au travail et qu'elle demandait à la personne à l'autre bout du fil comment elle s'appelait était de l'écrire sur un post-it près de son clavier. Merde, elle avait déjà presque oublié les noms de tout le monde et on venait *à peine* de les lui dire.

— Alors, voici Cheyenne Cotton. Je vous en prie, ne la faites pas flipper ce soir. Gardez toutes les histoires effrayantes ou zarbi pour vous. Je ne veux pas qu'elle s'enfuie de la maison en criant.

Cheyenne salua le groupe d'un geste embarrassé de la main. Seigneur, c'était gênant…

— Bon, alors, dit Caroline qui prit les commandes du groupe, Matthew, toi et Christopher pouvez aller faire griller les steaks. Est-ce que quelqu'un veut m'aider avec le reste de la bouffe ?

Cheyenne répondit immédiatement. La dernière chose qu'elle aurait voulue était de rester les bras croisés alors que tout le monde préparait la nourriture.

— Je veux bien.

Caroline lui sourit.

— C'est bien. Merci. J'ai besoin d'un coup de main.

Cheyenne voulut suivre Caroline dans la cuisine, mais Faulkner refusa de lui lâcher la taille. Elle lui adressa un regard interrogateur.

Il l'observa avec intensité pendant un moment.

— Quoi ? murmura Cheyenne, se demandant soudain si elle avait bien fait de proposer son aide après tout.

— Merci.

— De quoi ?

— D'être là. De te porter volontaire. De faire un effort, pour moi.

— Tout le monde semble très gentil, Faulkner. Je suis contente que tu m'aies amenée ici.

Cheyenne voyait qu'il aurait voulu dire autre chose, mais au lieu de cela, il se pencha et l'embrassa sur le front. Il laissa ses lèvres s'attarder pendant un instant plus long qu'il n'aurait été convenable devant ses amis, avec une femme qu'il n'avait rencontrée que la veille, mais il releva rapidement la tête.

— Va me faire à manger, femme.

Cheyenne rit et lui donna une claque sur le bras.

— C'est ça, gros lourd.

Dude lui serra la taille avec affection puis la laissa partir. Elle se dirigea en souriant vers la cuisine.

Cheyenne regarda autour de la pièce, heureuse. La soirée avait été géniale. Elle s'était détendue plus vite qu'elle ne l'avait escompté. Rigolotes et enjouées, les filles ne se préoccupaient pas de savoir si elles disaient quelque chose de stupide devant elle ou les hommes.

Et les hommes ! Bon sang ! À un moment donné, elle avait dû se pincer pour être certaine que ce soit bien réel, qu'elle était vraiment assise dans une maison à discuter avec six mecs incroyablement séduisants.

Elle ne se souvenait pas du nom de tout le monde, et elle n'aurait pas su dire quel surnom correspondait à quel homme, mais tout bien pesé, cela ne faisait rien. Elle suivait simplement le mouvement et personne ne semblait le remarquer.

— Je n'en peux plus. Bon sang, Caroline, tu avais besoin de préparer autant à manger ? se plaignit Fiona.

Elle était assise dans un fauteuil sur les genoux de Hunter. Cheyenne voyait qu'il lui caressait machinalement la hanche de la main.

— J'ai peut-être un peu exagéré, mais c'était vraiment bon, non ?

— Je crois que si j'avale une bouchée de plus, je vais exploser comme le mec dans ce film des Monty Python, grommela Alabama en riant.

— J'ai adoré ce film, dit Cheyenne.

Imitant une réplique du film, elle parodia un accent britannique et dit :

— *Je ne pourrais pas avaler une bouchée de plus.*

Tout le monde rit et Cheyenne leur sourit à tous.

— Comment vont les études ? demanda Dude à Alabama, sachant qu'elle cherchait à obtenir son diplôme.

— Ça va. Ce sont les parents surprotecteurs qui me rendent chèvre. Il y a une mère qui est même venue en classe pour prendre des notes pour son gamin. C'était ridicule. C'est vraiment difficile parfois de suivre des cours avec des adolescents qui n'ont aucune idée de ce qu'est vraiment le monde. S'ils comprenaient vraiment à quel point s'éduquer est important, ils travailleraient plus sérieusement et ne prendraient pas les choses pour acquises.

— C'est tellement vrai, dit Summer. Je me suis cassé le cul pour obtenir mon diplôme et j'adorais travailler dans les ressources humaines.

— Je me souviens, quand je travaillais à l'université du Texas, j'étais obligée de me coltiner ce genre de parents tout le temps. Une mère m'a même appelée une fois pour son fils de *trente-et-un* ans. Il ne trouvait pas comment commander un relevé de notes. C'est fou ! ajouta Fiona en secouant la tête.

Cheyenne aurait bien voulu poser quelques questions, mais elle resta silencieuse et laissa simplement la conversation se dérouler autour d'elle. Elle espérait qu'à l'avenir, elle apprendrait à mieux connaître ces femmes et comprendrait mieux ce qui les faisait réagir. Elle pourrait alors participer à la conversation sans que ce soit bizarre.

— Ice, tu as trouvé la formule pour ce nouveau composé sur lequel tu travailles ?

Caroline rit de la question de Benny.

— Tu veux la réponse technique ou bien la réponse courte ?

Sachant qu'elle aurait pu passer toute la nuit à parler de produits chimiques et de son travail, Benny sourit et lui dit :

— La réponse courte.

— Alors oui.

Tout le monde rit quand Caroline ne développa pas.

— Alors tu as bien bossé. Félicitations.

— Merci, Benny. J'espère qu'à l'avenir, ça signifiera que beaucoup de gens n'auront pas à subir un traitement aussi horrible pour certaines des pires maladies qui existent... Si le produit fonctionne comme on le pense.

Il y eut un instant de silence dans la pièce, puis Summer demanda :

— Et qu'est-ce que tu fais dans la vie, Cheyenne ?

Celle-ci s'agita sur le canapé, mal à l'aise. Bien sûr, Faulkner qui était assis à côté d'elle s'en rendit compte.

— Summer..., prévint-il son amie, sachant que Cheyenne avait encore des sentiments contradictoires envers son travail et en voulant à Summer de l'avoir involontairement mise sur la sellette.

Cheyenne l'interrompit rapidement et posa la main sur la cuisse de Faulkner pour le tranquilliser.

— Non, c'est bon. Ce n'est pas très grave. Mon boulot est de répondre au téléphone.

— Oh, alors tu fais du service client ou quelque chose dans ce genre ?

— Pas exactement. Je suis opératrice pour les services d'urgence.

Personne ne dit rien pendant un moment, puis Fiona demanda d'un ton d'excuse :

— Qu'est-ce que ça veut dire exactement ? Je suis

désolée si c'est quelque chose que je devrais savoir, mais je ne connais pas.

— Oh, ne sois pas gênée, j'aurais dû mieux m'expliquer. Je réponds au téléphone lorsque les gens appellent pour une urgence. S'il y a le feu, si quelqu'un fait une crise cardiaque ou quelque chose comme ça.

— Tu réponds au téléphone pour la ligne d'urgence ? demanda Caroline d'une voix étrange.

Cheyenne regarda Caroline qui était assise de l'autre côté de la pièce dans un autre fauteuil moelleux. Elle aussi était assise sur les genoux de son homme, et Cheyenne vit que les yeux de Matthew se braquèrent instantanément sur sa femme. Le ton de sa voix paraissait le contrarier. Il semblait inquiet.

Cheyenne se tendit. Oh, merde ! Caroline était-elle froissée ? Avait-elle eu une mauvaise expérience avec la ligne d'urgence par le passé ?

— C'est bon, Shy, lui murmura Dude à côté d'elle quand il la sentit mal à l'aise.

Il plaça son bras autour de son épaule et l'attira contre lui.

— Oui, je réponds au téléphone pour le numéro d'urgence, répondit prudemment Cheyenne à Caroline.

Elle la vit alors se lever des genoux de Matthew et se redresser. Elle osa couler un regard aux autres occupants de la pièce. Les visages des femmes étaient doux ; ceux des hommes n'étaient pas vraiment durs, mais ils n'étaient pas spécialement détendus non plus.

Il se passait quelque chose et Cheyenne ne savait absolument pas ce que c'était.

Caroline traversa la petite pièce pour venir se placer face à elle. Se mettant à genoux devant elle, elle posa les mains sur ses genoux.

Cheyenne ne savait pas quoi faire. Elle risqua un regard rapide à Faulkner, mais il gardait les yeux braqués sur Caroline. Nerveuse, Cheyenne se tourna à nouveau vers la femme agenouillée devant elle, sans savoir à quoi s'attendre.

— Merci. Tu n'as apparemment pas conscience de l'importance de ce que tu fais.

Cheyenne ne savait pas quoi répondre, alors elle ne dit rien.

— J'aurais bien voulu avoir rencontré la femme des urgences qui m'a aidée.

Oh, merde ! Cheyenne ne savait pas si elle était prête à entendre cette histoire. Elle se tendit et Faulkner la serra davantage, lui attrapant la main gauche de sa main mutilée. Cheyenne la lui serra comme s'il était la seule chose qui la protégeait d'un peloton d'exécution.

Cheyenne entendit Faulkner dire à Caroline :

— Je le lui ai déjà dit, Ice, mais je ne suis pas certain qu'elle ait vraiment compris. Raconte-lui ton histoire. Peut-être qu'à nous tous, on parviendra à la convaincre qu'elle peut changer des vies.

— Faulkner...

— Chut, Shy. Écoute.

Cheyenne se retourna vers Caroline puis jeta un bref regard à Matthew. Il regardait Caroline avec affection depuis son siège de l'autre côté de la route. Il s'était assis et avait appuyé ses avant-bras sur ses genoux. Il semblait détendu, mais Cheyenne savait qu'il traverserait la pièce en un clin d'œil si besoin était.

— Quand je vivais en Virginie, on m'a suivie après le travail un soir. Matthew et le reste de l'équipe étaient partis en mission. Je venais de commencer dans une nouvelle boîte et je ne connaissais encore personne. Un homme a pénétré de force dans mon appartement et j'ai été forcée de me cacher dans la douche. J'avais vraiment peur et j'ai appelé les urgences presque sans y penser. Tous les enfants apprennent depuis qu'ils sont tous petits qu'ils doivent appeler quand ils ont besoin d'aide, et c'est simplement ce que j'ai fait. Je n'ai pas beaucoup parlé à la dame à l'autre bout du fil, mais elle a été super. Elle n'a pas paniqué et m'a envoyé la police juste quelques secondes après avoir compris mon problème.

» Je ne sais absolument pas qui elle était ni comment elle s'appelait, mais elle m'a sauvé la vie. Je ne l'oublierai jamais. Alors pour cette dame et pour tous les gens qui ont appelé la ligne d'urgence, merci. Merci d'être là. Merci d'avoir assez d'humanité pour essayer de nous aider. Merci.

Cheyenne vit les yeux de Caroline se remplir de larmes avant qu'elle ne pose la tête sur ses genoux.

Alors elle leva la main et la posa sur la tête de la jeune femme.

— Je... De rien.

Cheyenne ne savait pas quoi dire d'autre. Elle était à la fois embarrassée et touchée.

Caroline leva enfin la tête et adressa à Cheyenne un sourire larmoyant.

— Ma belle, tu auras un bon karma pour le reste de ta vie grâce à ce que tu fais.

Cheyenne était gênée et elle espérait que la conversation dévie rapidement pour qu'elle ne soit plus centrée sur elle. Son travail ne la faisait toujours pas bondir de joie, mais Caroline et Faulkner avaient commencé à lui faire penser qu'elle contribuait peut-être à faire une différence sur cette planète. Du moins pour certaines personnes.

— Alors... Que pensez-vous du match des LA Kings ? dit Benny pour tenter de détendre l'atmosphère.

Il y parvint et tout le monde éclata de rire. Caroline se redressa et essuya ses larmes. Elle retourna vers Matthew qui la fit asseoir sur ses genoux et l'embrassa profondément.

Cheyenne vit Matthew mettre sa main à l'arrière de la tête de Caroline et l'allonger jusqu'à ce qu'elle soit étendue de côté sur ses genoux. Ses jambes pendaient sur un des bras du fauteuil et la partie supérieure de son corps était soutenue par le bras de Matthew. Waouh !

Cheyenne se décala sur sa chaise et frissonna quand Faulkner lui murmura à l'oreille :

— Je t'avais dit que *tu* étais extraordinaire.

Elle se contenta de sourire.

Un petit moment plus tard, Hunter alluma la télévision. Le groupe se sentait serein après le bon repas, des révélations pleines d'émotion et du temps passé avec des amis proches.

Après avoir regardé une sitcom idiote, les informations du soir commencèrent. Cheyenne, surprise, se raidit quand elle entendit le journaliste prononcer son nom. Fascinés, ils regardèrent tous le présentateur parler alors qu'on montrait un clip de la veille.

« *Autre nouvelle, Cheyenne Cotton a pu sortir de l'hôpital la nuit dernière après n'avoir reçu que des blessures superficielles au supermarché Kroger hier dans l'après-midi. Cinq hommes ont été tués après avoir attaché une bombe sur Mademoiselle Cotton et essayé de négocier pour sortir du bâtiment. Un agent de déminage de la Marine a été appelé afin de neutraliser l'explosif. Nous les voyons ici quitter le magasin après que la bombe eut été neutralisée.* »

Cheyenne, choquée, regarda la vidéo d'elle et de Faulkner qui sortaient du magasin. Elle était pâle et elle lui tenait la main alors qu'il la guidait parmi les éclats de verre vers l'avant du magasin et vers l'ambulance. Elle les vit se faire entourer de reporters puis Faulkner passer son bras autour de sa taille pour la soutenir. La vidéo prit fin et la caméra revint sur le présentateur assis derrière son bureau. Il acheva son récit :

« Les cinq hommes qui ont été tués ont apparemment agi de façon indépendante. Pour le moment, la police n'est pas en mesure de confirmer ou de dénier qu'ils faisaient partie d'un gang. Les autorités n'ont pas communiqué leurs noms, car l'enquête est toujours en cours. Mademoiselle Cotton a refusé toute interview et la Marine s'est abstenue de communiquer au public le nom de l'agent qui a neutralisé la bombe et sauvé de nombreuses vies hier. Nous continuerons d'enquêter sur cette affaire et vous communiquerons des éléments nouveaux. Mais passons à Tina, avec les prévisions météorologiques pour la semaine... »

Personne ne dit rien pendant un moment jusqu'à ce que Mozart souffle :

— Bon sang, Cheyenne, on ne savait pas que c'était *toi*. Ça va ? Est-ce que c'est raisonnable pour toi d'être dehors ?

Cheyenne ne put s'empêcher de pouffer. Seigneur, ces garçons étaient tous les mêmes : protecteurs jusqu'à l'os.

— Je vais bien. Faulkner est arrivé à temps.

Dude s'exprima :

— Ces bâtards l'avaient entourée de tant de scotch qu'il m'a fallu dix minutes pour parvenir à cette satanée bombe. L'adhésif lui a arraché des lambeaux de peau sur les bras et vous voyez qu'un de ces connards lui a aussi fait un œil un beurre noir.

Cheyenne le fusilla du regard.

— Je peux parler, tu sais.

— Je sais, mais tu nous aurais probablement dit quelque chose du genre : « Je vais bien, merci de me poser la question », dit Dude d'une voix aiguë pour l'imiter.

Cheyenne entendit les autres femmes pouffer. Elle essaya d'empêcher ses lèvres de sourire, mais elle n'y parvint pas. C'était drôle, il fallait bien l'admettre.

— Bon, je vais bien, Faulkner, et c'était gentil de leur part de me le demander.

Cela fit éclater tout le monde de rire.

— Vous êtes super drôles, leur dit Fiona. On est tellement contents que Faulkner ait été là hier. Sérieusement, il est le meilleur pour ces trucs de boum-boum.

— Ces trucs de boum-boum ? feignit de gronder Dude.

— Ouais, les bombes et tout ça.

Cheyenne observa le groupe qui s'échangeait des piques. Elle n'avait jamais eu des amis comme eux. On ne se taquinait pas au sein de sa famille. Quand Karen lui faisait des réflexions, c'était méchant et certainement pas de la taquinerie. Mais ceci était agréable. Les amis de Faulkner lui plaisaient vraiment.

Cheyenne ne prit conscience qu'elle était en train de s'endormir que lorsqu'elle entendit Faulkner dire :

— Il est temps qu'on y aille. Shy n'arrive pas à garder les yeux ouverts.

Cheyenne se força alors à ouvrir entièrement les paupières et regarda Faulkner se redresser et serrer la main de ses amis.

— Ouais, il est temps qu'on parte tous. L'entraînement va vraiment être difficile demain matin, grogna Mozart.

— Tu veux aller à la salle de bains avant de partir, Cheyenne ? demanda poliment Caroline.

— Oui, merci.

Cheyenne suivit Caroline le long d'un couloir vers la petite salle de bains pour invités qui se trouvait là. Caroline se tourna alors vers elle avant qu'elle n'ait le temps d'entrer.

— J'étais sincère tout à l'heure, Cheyenne.

Celle-ci se contenta de hocher la tête. Elle ne souhaitait pas vraiment en reparler. Elle aimait bien Caroline, mais c'étaient trop de « merci » en une seule soirée.

— Je suis vraiment contente que Faulkner et toi soyez ensemble. Il mérite quelqu'un comme toi dans sa vie. Je serais probablement morte sans lui et le reste de l'équipe.

— Je ne suis pas certaine qu'on soit ensemble,

Caroline, lui répondit honnêtement Cheyenne. Je veux dire qu'on s'est rencontrés hier dans des circonstances plutôt extrêmes.

— Je sais que c'est ce que tu crois, mais tu ne comprends pas vraiment ces mecs-là. La seule fois où nous avons rencontré une « copine » de Faulkner, c'était au *Aces Bar and Grill* ou dans un restaurant. Il n'a jamais eu une relation sérieuse avec l'une d'entre elles. Jamais. Il gardait toujours un mur. C'est un gars très tranché. Ou alors il est à cent pour cent, ou bien pas du tout. Et crois-moi, ma belle, il est à cent pour cent branché sur toi. Et même si je t'aime bien, je dois te le dire : Faulkner est mon ami. Ne lui fais pas de mal. S'il ne te plaît pas, pars tout de suite. Je peux t'appeler un taxi. Il sera en colère, mais il s'en remettra. Si tu ne veux pas de relation à long terme avec lui, ne lui fais pas croire des choses.

— Mais...

— Laisse-moi finir, s'il te plaît.

Quand Cheyenne hocha la tête, Caroline poursuivit :

— Ces mecs tombent vite amoureux. Sous leurs airs revêches, ce sont de gros nounours. Faulkner a envie de toi. Je le vois. Tout le monde le voit, mais je ne suis pas certaine que *tu* le voies. Si tu as simplement envie de coucher avec un soldat d'élite, je t'en prie, trouve-toi quelqu'un d'autre que Faulkner.

— Tu plaisantes ?

Cheyenne ne voulait pas contrarier Caroline, mais

elle n'arrivait sincèrement pas à croire ce qu'elle venait de dire.

— Non.

— Sérieusement, tu crois que j'avais envie de venir ici ce soir ? Vraiment ? Quand l'homme que j'ai quasiment harcelé dans une supérette me sauve la vie et semble – par un putain de miracle – intéressé par moi veut que je vienne rencontrer ses coéquipiers et ses amis, tu crois que je *voulais* venir avec lui ? Je savais que vous alliez me juger. Je le *savais*. Je ne me fais pas des amis facilement. Je ne savais pas si vous alliez m'apprécier. Je voulais vous plaire et que vous me plaisiez aussi, mais je pensais que c'était trop tôt. Et pourtant je l'ai fait. Parce que j'ai envie d'être avec Faulkner. Il me plaît. Il me plaît tellement que s'il voulait m'attacher à son lit et faire ce qu'il veut de moi ce soir, et puis tous les autres soirs, je dirais oui sans y réfléchir à deux fois. Voilà à quel point j'ai confiance en lui.

Ne remarquant pas que d'avoir haussé le ton avait attiré l'attention du groupe qui se tenait à présent à l'autre bout du couloir derrière elle, à les regarder, Cheyenne poursuivit :

— J'apprécie le fait que tu souhaites protéger ton ami, vraiment, mais je n'apprécie pas que tu insinues que je souhaite simplement coucher avec un soldat d'élite. Bon sang, Caroline, j'ai passé la majeure partie de ma vie à Riverton. Tu crois qu'un soldat s'est déjà intéressé à moi avant ? Ce n'est pas comme si je pouvais en choisir un dans la rue comme si je commandais une pizza. Je ne sais absolument pas ce que Faulkner voit en moi et j'espère toujours qu'il est sérieux et n'est pas simplement en train de jouer avec moi, mais je peux te garantir que tant qu'il sera intéressé par moi, je suis à lui.

Le temps qu'elle achève sa phrase, Cheyenne respirait fort. Elle remarqua que Caroline lui souriait. Mais pourquoi ? Elle comprit quand un bras s'enroula autour de sa taille tandis qu'un autre lui entourait la poitrine et qu'elle se retrouva collée contre un corps musclé. Faulkner !

— Tu m'intéresses, Shy.

Sans jeter un œil en arrière et restant immobile, Cheyenne regarda Caroline qui n'essayait même plus de dissimuler son amusement, puis elle murmura :

— Je t'en prie, dis-moi qu'il n'a pas entendu tout ce que je viens de dire.

— Désolée, Cheyenne, je crois que *tout le monde* a tout entendu.

Cheyenne ferma les yeux quand elle entendit le froissement des vêtements et les pas discrets d'autres personnes qui venaient la rejoindre dans l'étroit couloir.

— Seigneur...

Elle ne savait pas quoi dire d'autre. Tous les amis de Faulkner l'avaient entendu beugler sur Caroline, l'apparente matriarche du groupe ? Merde.

— Bon, on va partir maintenant. Merci pour le repas, Ice. Wolf. On se voit tous demain.

Dude était sérieux. Il se décala jusqu'à ce que Cheyenne se retrouve contre lui et il plaça son bras autour de sa taille, s'assurant qu'elle reste là. Puis il la guida à travers le groupe qui leur souriait.

— Au revoir, Cheyenne. Ravi de t'avoir rencontrée.

— On t'appelle bientôt !

À travers son embarras, Cheyenne entendit la voix de Caroline lui dire :

— On se fera vite une virée shopping entre filles. Je t'appellerai !

Le reste des hommes les salua aussi et Faulkner la pressa hors de la maison et jusqu'à sa voiture. Il ouvrit la portière et l'installa pour qu'elle soit à son aise. Puis Cheyenne le regarda faire le tour du véhicule afin de s'asseoir à côté d'elle. Sans mot dire, il démarra la voiture, fit demi-tour au milieu de la route et partit, les conduisant probablement jusqu'à chez lui.

8

———

Cheyenne ne dit rien durant le trajet jusqu'à la maison de Faulkner. Elle était vraiment embarrassée que Faulkner et tous ses amis l'aient entendue. Cela dit, elle n'était pas contrariée par *ce* qu'elle avait dit à Caroline, puisque c'était entièrement vrai. Elle comprenait que Caroline ait voulu protéger son ami, mais bon sang, elle aurait dû savoir rien qu'en la regardant qu'elle n'était pas ce genre de femmes.

Mais savoir que tous ses amis ainsi que Faulkner en personne avaient entendu ce qu'elle avait sorti était terriblement embarrassant. Il ne lui avait d'ailleurs pas dit grand-chose. Il avait gardé le silence pendant tout le voyage du retour. Cheyenne s'était à moitié attendue à ce qu'il la ramène à son propre appartement et l'y dépose sans dire un mot, mais ce n'est pas ce qu'il avait fait.

Ils s'étaient arrêtés devant une petite maison de

brique bien entretenue qui avait seulement une marquise devant la porte d'entrée. Il y avait une longue allée qui menait à un garage une place sur le côté et l'arrière de la maison. Le jardin était soigné, avec des buissons taillés qui encadraient la maison, et le gazon avait visiblement été tondu récemment.

Faulkner s'engagea dans l'allée, se gara au bout et coupa le moteur. Il n'ouvrit pas le garage, se contentant de sortir et de faire le tour vers le côté de la voiture qu'occupait Cheyenne. Il l'aida à en sortir, puis ouvrit la portière arrière et prit son sac de nuit sur la banquette. Toujours sans rien dire, il posa la main sur sa taille et la dirigea vers l'entrée de derrière. Après avoir mis la clé dans la serrure, il la guida à l'intérieur.

Ils entrèrent dans une buanderie qui contenait une machine à laver et un sèche-linge de base. Sans lui donner l'opportunité de regarder autour d'elle, Faulkner la poussa quasiment à travers la cuisine, qui était petite mais fonctionnelle, puis dans le salon. Sans surprise, il avait fixé un énorme écran de télé au mur, ainsi qu'un canapé et un grand fauteuil disposés en L autour d'une table basse.

Le gris discret des murs faisait ressortir le brun sombre de l'ensemble canapé. C'était assurément une pièce masculine qui convenait parfaitement à Faulkner.

Sans s'arrêter, celui-ci encouragea Cheyenne à avancer. Il la guida jusqu'à une chambre située à l'arrière de la maison. Une fois qu'il y fut entré, Dude laissa tomber son sac et fit tourner Cheyenne sur elle-même jusqu'à ce qu'il lui tienne le haut des bras et qu'elle le regarde.

— Je suis désolée…

Dude l'interrompit avant qu'elle ne puisse continuer :

— Tu n'as pas besoin d'être désolée. Tu ne sais pas ce que tes mots ont représenté pour moi. Je ne sais même pas par où commencer. D'abord, je suis énervé que Caroline ait osé essayer de te mettre en garde.

— Elle t'aime ; elle voulait te protéger.

— Peu m'importe. C'était malpoli. Cela dit, si elle ne t'avait pas mise au pied du mur, tu n'aurais pas dit ces choses-là et je n'aurais pas été là pour les entendre. Je crois que je vais chérir tes paroles à jamais. Je sais que tu n'étais pas super ravie d'aller là-bas ce soir, mais après notre discussion, je pensais que ça ne te dérangeait pas. Mais c'était bien le cas, n'est-ce pas ? Tu l'as fait parce que tu pensais que c'était ce que je voulais. Tu as fait ça pour moi.

Il la regardait comme s'il attendait qu'elle confirme, alors Cheyenne hocha légèrement la tête.

— Oui, tu l'as fait parce que tu voulais me faire plaisir.

Une fois encore, quand Faulkner n'ajouta rien, Cheyenne secoua la tête, lui offrant le réconfort dont il avait besoin. Pour une fois, il ne lui demanda pas de s'exprimer à haute voix.

— Je te plais. Tu l'as dit. Je l'ai entendu. Tous mes

amis l'ont entendu. Je ne vais pas te laisser revenir dessus.

— Je ne veux pas revenir dessus. Je ne suis pas une idiote, Faulkner. Même si tu me forces un peu la main et me donnes des ordres, si je ne voulais pas être avec toi, je ne le serais pas. Si je ne voulais pas être dans ta chambre ce soir, je ne serais pas là. Je ne suis pas une crétine finie.

Cheyenne fut fascinée par l'effet que ses paroles eurent sur Faulkner. Elle vit ses pupilles se dilater. Ses doigts lui emprisonnèrent les bras un peu plus fort et elle le vit serrer les dents avant de poursuivre :

— Tu ne sais pas tout ce que je vois en toi.

Cheyenne se contenta d'agiter la tête en signe d'accord. Effectivement, elle ne savait absolument pas ce qu'il lui trouvait.

— Seigneur, Shy, c'est *tout*. Tu gardes la tête froide, tu es loyale, indépendante, humble et timide. Mais tu sais aussi t'emporter quand il faut le faire. Tu es une contradiction ambulante et ça m'excite tellement que je ne peux pas le supporter. Mais t'entendre dire que tu me fais confiance ? Que tu me laisserais t'attacher à mon lit ? Tu ne comprends pas ce que tu viens de partager avec moi. Je ne pense pas que tu comprennes tes propres besoins ni les miens, mais je vais t'aider à le faire. Tu as dit que tu étais à moi tant que j'étais intéressé. Eh bien, Shy, je suis intéressé et tu es à moi.

Embarrassée, Cheyenne murmura :

— Tu es en train de parler de sadomasochisme ?

— Va t'asseoir sur le lit, Shy, lui ordonna Dude, sans répondre à sa question et lui lâchant les bras avant de faire un pas en arrière.

— Quoi ?

— Va t'asseoir sur le lit. Vas-y.

Sans comprendre, Cheyenne recula d'un pas. Faulkner aussi. Chaque fois qu'elle faisait un pas en arrière, il avançait d'un pas. Elle en fit un autre, puis un autre. Elle garda les yeux braqués sur Faulkner tandis qu'elle reculait lentement vers l'intérieur de la pièce jusqu'à ce que l'arrière de ses jambes entre en contact avec le matelas.

Elle s'assit, le regardant toujours. Machinalement, elle porta l'ongle de son pouce à sa bouche et le mâchouilla. Elle se sentait très nerveuse. Que se passait-il ?

— Ce n'est pas du sado-maso, Shy. Jamais. Je n'aime pas les étiquettes. C'est simplement ce qu'on choisira de faire ensemble. Rien de plus, rien de moins. Mais songe à ce qui vient de se passer ici. Je t'ai demandé de faire quelque chose et tu l'as fait. Pourquoi ?

Cheyenne réfléchit à ce qu'il vient de dire.

— Je ne sais pas.

— Tu le sais.

— Parce que tu me l'as demandé et que je voulais te faire plaisir.

— Exactement. C'est de ça que je te parlais. Je veux te faire plaisir et tu veux me faire plaisir. Et on y parviendra si je prends les rênes. C'est ce dont j'ai envie, et tu t'y soumets si bien !

Dude s'accroupit devant elle. Il prit le pouce qu'elle avait mordillé et le porta à sa bouche.

— Qu'est-ce que je t'avais dit que je ferais si je te surprenais encore à le faire ?

Il attendit qu'elle réponde.

— Que tu ferais la même chose.

— C'est bien vrai.

Sans détourner le regard des yeux de Cheyenne, il prit son pouce dans sa bouche. Il lui mordilla la chair puis y enroula sa langue. Il suçota, caressa et mordit.

Quand il s'arrêta enfin, Cheyenne avait les jambes en coton.

— Sérieusement, c'est censé me dissuader, Faulkner ? Parce que je dois te dire que ça ne marche absolument pas.

Ses paroles firent ricaner Dude et il referma sa main mutilée autour de la sienne.

— Tu es à moi, Shy. Tu l'as dit. Je l'ai entendu. Mes amis l'ont entendu. Dieu merci, je n'étais pas en mission et j'étais libre hier. Oh, quelqu'un d'autre aurait probablement été capable de désarmer cette bombe, mais ce n'était pas quelqu'un d'autre. C'était moi. Il y a entre nous une connexion enflammée que je n'ai jamais ressentie avant. On trouvera nos marques avec le temps. Mais je te préviens, mon intérêt pour toi n'est pas près de disparaître.

— Très bien.

Cheyenne ne trouva rien d'autre à dire. Ce n'est pas comme si elle pouvait lui répondre quoi que ce soit.

— Très bien. Alors voilà comment on va faire ce soir. Tu vas enfiler ce que tu as apporté pour dormir. Je t'ai dit que j'allais dormir sur le canapé, mais je ne pense pas en être capable. Je dormirai ici avec toi. Dans mon lit. Il ne va rien se passer. Je te l'ai promis. Tu peux me faire confiance. Je veux que tu te détendes et que tu t'habitues à moi, que tu sois plus à l'aise en ma compagnie avant d'explorer cette partie-là de notre relation. On se lèvera demain matin. Je te préparerai ton petit-déjeuner puis je te conduirai chez toi afin que tu puisses te préparer pour ton service. On essayera de comprendre le reste au fil du temps.

Cheyenne remarqua immédiatement qu'il ne posait pas de question. Il disait les choses. Elle y songea un moment. Réalisant qu'elle était d'accord avec tout ce qu'il lui disait, elle se contenta de hocher la tête comme si Faulkner lui avait véritablement demandé son accord.

Il sourit et se pencha en avant, rapprochant sa bouche à quelques centimètres d'elle.

— Tu me plais, Shy. Bon sang, tu me plais. Maintenant, va te changer.

Dude se redressa et aida Cheyenne à se remettre debout. Il la vit se diriger rapidement vers son sac, s'en emparer et pénétrer dans la petite salle de bains connectée à la chambre à coucher. La porte se referma derrière elle et Dude s'affaissa sur le lit. Merde, il était foutu. Il connaissait Cheyenne depuis un jour à peine et il était tellement amoureux que ce n'était même pas drôle. Il avait toujours cru que le coup de foudre était une fumisterie, quelque chose que les auteurs de romances avaient inventé pour vendre des livres.

Mais il était profondément mordu. C'était terriblement effrayant, particulièrement pour quelqu'un qui avait l'habitude de contrôler tous les aspects de sa vie, mais cela n'empêchait pas Dude de l'accepter. Dormir à côté de Cheyenne sans être en elle serait une des choses les plus difficiles qu'il aurait jamais faites de toute sa vie, mais il ne pouvait pas dénier que la tenir dans ses bras toute la nuit lui paraissait être un rêve. Il n'avait jamais passé la nuit tout entière avec une femme ; pas une seule fois. Certes, il avait sommeillé après le sexe, mais il s'était toujours réveillé et était parti avant que la nuit ne se termine. Avec le recul, il se rendait compte qu'il s'était probablement comporté comme un connard, mais il était ce qu'il était et les choses devaient en aller ainsi. Mais à présent, la simple perspective de tenir Cheyenne dans ses bras toute la nuit sonnait juste. Au lieu de ce sentiment de panique qu'il ressentait généralement à devoir gérer une femme « le lendemain matin », Dude avait hâte de voir à quoi ressemblait Shy au réveil.

Il quitta la chambre, ne voulant pas que Cheyenne se sente mal à l'aise quand elle sortirait de la salle de bains. Dude décida de faire passer le temps dans la cuisine en s'assurant d'avoir tout ce dont il avait besoin pour le petit-déjeuner le lendemain matin. Lorsqu'il se dit qu'il lui avait donné assez de temps, il retourna dans sa chambre.

Voir Cheyenne dans son lit lui provoqua une sensation étrange. Il déglutit une fois, fort. Sans un mot, il se dirigea vers la salle de bains. Sachant qu'elle ne pouvait pas le voir, il ne prit pas la peine de fermer la porte. La pièce avait son odeur. Elle sentait le dentifrice ainsi qu'une sorte de lait pour le corps sucré. Dude observa le flacon posé sur son comptoir. Du massepain. Super, il ne serait plus capable de penser à Noël sans songer à son satané lait pour le corps au massepain. Dude se dit que cela aurait dû l'irriter de voir ses affaires partout sur son comptoir, mais au contraire, cela lui plaisait.

Il se brossa les dents à son tour puis se déshabilla, ne gardant que son caleçon. Il dormait généralement nu, mais il savait que c'était impossible ce soir-là. Il aurait probablement dû enfiler un t-shirt, mais il ne put résister à la pensée que Cheyenne soit collée contre sa peau. Il repoussait ses limites, mais il ne parvint pas à s'en empêcher.

Il entra dans sa chambre et vit Cheyenne allongée dans son lit, les couvertures relevées jusqu'au menton. Elle était manifestement nerveuse et hésitante.

Ne voulant pas prolonger son anxiété, Dude traversa la pièce, éteignit la lumière puis retourna vers le lit et tira les couvertures à côté d'elle. Il s'y glissa et se tourna immédiatement, tirant Cheyenne contre lui.

Il la positionna pour la plaquer contre lui, la tête reposant sur son épaule. Dude plaça une main autour d'elle et l'autre sur sa taille.

Il se détendit quand il sentit la main de Cheyenne s'aplatir sur sa poitrine. Il se relaxa encore davantage quand il vit qu'elle se détendait et fondait enfin contre lui.

— Ça va ?

— Étrangement, oui.

— Pourquoi étrangement ?

— Je n'ai jamais passé la nuit avec un homme avant.

En entendant Faulkner inhaler profondément, Cheyenne se hâta d'expliquer :

— Non, Seigneur ! Faulkner, je ne suis pas vierge. Bon sang. Détends-toi. Je veux simplement dire que je n'ai jamais passé toute une nuit dans le même lit qu'un homme.

— Je ne veux plus jamais t'entendre parler d'un autre homme alors que tu es dans mes bras et dans mon lit, Shy. Mais soit dit en passant, c'était des idiots. Je ressens bien plus de satisfaction à te tenir ainsi dans mes bras tout en sachant que tu seras là demain matin, comme ça, que j'aie déjà ressentie à faire l'amour avec une femme.

Cheyenne se redressa rapidement sur les coudes et essaya de fusiller Faulkner du regard à travers l'obscurité.

— Si je n'ai pas le droit de parler d'autres hommes,

tu n'as pas le droit non plus de parler d'autres femmes, lui décocha-t-elle d'un ton irrité.

Ricanant, Dude leva la main et la passa sur son dos, sentant le coton délicat de son haut de pyjama.

— Tu as raison. Je suis désolé, Shy. Ça ne se reproduira plus.

— Je veux dire que je sais que tu as couché avec plein de femmes, mais je ne veux pas en entendre parler.

— Ce n'était pas vraiment « plein ».

— Peu m'importe.

Dude ricana.

— Ce que je voulais dire était que je n'ai jamais été aussi satisfait que je le suis, simplement en te tenant dans mes bras.

— Bien rattrapé, sourit Cheyenne.

Comment pouvait-elle continuer de lui en vouloir quand il lui disait ce genre de choses ?

— Endors-toi, Shy. Je veille sur toi.

— Je sais.

Un moment plus tard, elle murmura :

— Tu ne m'embrasses pas pour me souhaiter bonne nuit ?

— Je ne peux pas. Si ma bouche te touche, je suis foutu. Je vais sentir le goût de ce dont tu t'es badigeonné les lèvres et ça me montera directement au cerveau. C'est déjà difficile d'être allongé là à sentir le lait au massepain que tu as utilisé ce soir. Je m'imagine la sensation de ta peau sous la mienne et ton odeur enivrante quand je poserai enfin les lèvres sur ton intimité. Si je sens ne serait-ce qu'un soupçon de massepain mélangé à la moiteur de ton excitation, je vais perdre la tête. Alors pour toi, c'est peut-être un simple baiser de bonne nuit, mais pour moi, c'est un précipice au sommet duquel je me raccroche du bout des doigts. Alors maintenant chut, et ferme les yeux. Je te promets que je t'embrasserai, Shy. Mais simplement pas ce soir, et pas tout de suite.

Pouffant doucement, Cheyenne se contenta de répondre :

— D'accord.

— Dors, Shy. Pour l'amour de Dieu, ferme les yeux et dors.

Dude était assis dans le noir, attendant que Cheyenne s'endorme. Cela ne fut pas long. L'excitation des deux derniers jours et la nervosité qu'elle avait ressentie ce soir l'avaient visiblement fatiguée.

Dude ne lui avait pas menti. La tenir dans ses bras était l'une des choses les plus satisfaisantes qu'il avait jamais ressenties. Savoir qu'elle était précisément le genre de femme dont il avait besoin et que Cheyenne voulait lui faire plaisir était enivrant. Ce n'était pas simplement le fait d'avoir dans son lit *une femme* qui – il le savait – serait ouverte à quasiment tout ce qu'il voudrait faire d'elle. C'était le fait que *Cheyenne* soit dans son lit, ouverte à quasiment tout ce qu'il voudrait faire d'elle. C'était à cause de cela qu'il avait du mal à maintenir le contrôle. Quand on l'avait appelé pour aller désamorcer une bombe, il ne s'était pas attendu à rencontrer sa moitié, mais Dude savait qu'il passerait le reste de sa vie à en remercier le Ciel.

Quand Cheyenne marmonna dans son sommeil, Dude la serra plus fort contre lui, et il sourit en la sentant se détendre. Il savait que la situation allait très vite et qu'il faudrait qu'il lâche un peu du lest pour ne pas l'effrayer, mais il ne laisserait pas s'écouler une journée sans qu'elle ne sache qu'il pensait à elle.

9

Cheyenne sourit en voyant le texto de Faulkner.

Je pense à toi.

Il n'utilisait jamais d'abréviations quand il lui envoyait des textos. Il épelait toujours tous les mots et ne se servait jamais de mignonnes petites icônes dans ses messages. Il ne se passait pas une journée sans qu'il ne lui en envoie au moins un.

Elle repensa à leur premier matin ensemble. Elle s'était réveillée et, lorsqu'elle avait ouvert les yeux, elle avait découvert que Faulkner la regardait. Elle était allongée sur le dos et il était au-dessus d'elle, appuyé sur le coude. Il lui avait replacé une mèche de cheveux derrière l'oreille.

— Bonjour, Shy.

— Bonjour.

Ils s'étaient simplement regardés l'un l'autre, mais quand il avait baissé la tête comme s'il s'apprêtait à l'embrasser, Cheyenne avait bondi. Pas question de le laisser s'approcher d'elle et de son haleine du matin. Elle pouvait sentir à quel point sa bouche était sèche. Beurk. Quand elle le lui avait expliqué, il avait simplement ri et l'avait laissée regagner la salle de bains.

Il lui avait préparé un petit-déjeuner comme il avait promis de le faire. Ils avaient passé un matin paresseux ensemble, à apprendre à mieux se connaître. Cheyenne avait découvert que Faulkner aimait lire et n'avait pas de complexe à dévorer des romances. Il lui adressa un clin d'œil en lui expliquant que c'était de la « recherche ».

Quand il l'avait déposée à son appartement, il lui avait donné un baiser long et profond. Cheyenne avait décidé de mettre un baume à lèvres à la pomme verte ce matin-là et la réticence de Faulkner à la laisser partir lui avait montré qu'il appréciait vraiment. Ce souvenir la fit sourire.

Puis, en accord avec sa personnalité, il lui avait simplement tendu la main et lui avait demandé de lui donner son téléphone portable. Elle l'avait déverrouillé, le lui avait donné et l'avait regardé y programmer ses numéros. Puis il avait appelé son propre téléphone et avait laissé sonner une fois afin que lui aussi ait son numéro.

Il le lui avait rendu, lui avait fait avancer les lèvres vers les siennes en lui mettant une main derrière la nuque, lui avait donné un autre baiser profond puis l'avait laissé filer.

— Je te contacte plus tard.

Puis il était parti.

Faulkner n'avait pas manqué à sa parole. Elle avait reçu plusieurs textos de lui pendant son tour de garde. Il lui avait demandé de lui dire quand elle rentrait. Il n'aimait pas savoir qu'elle allait devoir retourner chez elle à onze heures du soir.

Ce texto autoritaire lui avait fait lever les yeux au ciel. Elle travaillait sur ce créneau du soir depuis si longtemps que les longs horaires nocturnes ne la dérangeaient même plus. Elle l'avait dit à Faulkner, mais il lui avait rétorqué que si elle ne s'inquiétait pas que les criminels partent à l'affût de victimes une fois la nuit tombée, lui si.

Elle avait beau feindre l'irritation, au fond, Cheyenne savait qu'elle se mentait. Elle aimait voir Faulkner s'inquiéter pour elle. Cela la réconfortait.

Au cours des deux semaines précédentes, leurs emplois du temps avaient été décalés, aussi avait-il été impossible de passer une autre nuit ensemble. Cela avait inquiété Cheyenne jusqu'à ce que Faulkner la rassure.

— Peu m'importe qu'on mette un an à être ensemble, Shy. Tu es à moi. On a tout le temps du monde. Ne t'inquiète pas pour ça.

Repenser à ses mots la faisait toujours frissonner et se sentir mieux, quoi qu'il puisse se passer d'autre dans sa vie.

Ce jour-là, Cheyenne avait eu besoin de son texto

plus que d'habitude. Elle avait parlé à sa mère ce matin-là, qui lui avait rebattu les oreilles à propos de Karen qui avait bossé sur une grosse affaire qui l'avait emporté au tribunal. Sa mère s'était vantée à propos de Karen pendant vingt bonnes minutes avant de prendre la peine de demander à Cheyenne comment se passait sa journée.

Quand Cheyenne lui avait dit comment elle avait aidé un homme qui avait appelé les urgences à mettre un enfant au monde, sa mère lui avait tout bonnement répondu :

— Cheyenne, quand vas-tu te trouver un véritable travail ?

Celle-ci s'était contentée de soupirer et l'avait écoutée d'une oreille distraite jusqu'à ce que sa mère lui dise enfin qu'elle devait partir. Elle retrouvait Karen pour le déjeuner. Cheyenne était toujours blessée de savoir que sa mère et Karen se retrouvaient régulièrement sans même songer à l'inviter.

Alors, voir les trois mots de Faulkner sur son téléphone portable la rasséréna.

Tu me manques aussi :)

Elle reposa son téléphone quand le fixe placé sur la console en face d'elle se mit à sonner.

— Services d'urgence, quelle est la nature de votre appel ?

La voix à l'autre bout du téléphone semblait totalement calme, ce qui était particulièrement inhabituel.

— Oui, je cherche une Cheyenne qui travaille comme opératrice pour les services d'urgence.

Cheyenne fronça les sourcils. Quoi ? La voix était tellement basse et étouffée qu'elle ne parvenait pas à déterminer si la personne à l'autre bout du fil était un homme ou une femme.

— Vous avez une urgence ? Ce numéro est simplement destiné aux cas d'urgence.

Cheyenne entendit qu'on raccrochait. Elle frissonna. C'était vraiment étrange. Elle ne tenait pas spécialement son travail secret, mais jamais personne n'avait appelé pour la demander en personne. Elle essaya de voir si elle était capable de déterminer de quel numéro on l'avait appelée, mais la personne n'était pas restée en ligne pendant assez longtemps et s'était servie d'un téléphone portable. Les informations n'étaient tout simplement pas disponibles.

Son téléphone bipa quand elle reçut un texto.

Je viens te chercher après le travail ce soir.

Oubliant cet appel étrange, elle s'empara de son portable avec excitation.

Et l'entraînement 2main matin ?

Je m'en fiche.

Mais tu vas être fatigué

Je t'ai dit que je m'en fiche. C'est trop long. J'ai besoin de te voir.

Cheyenne sourit, heureuse. Elle aussi avait besoin de voir Faulkner. Ils avaient appris à bien se connaître au cours des deux semaines précédentes. Il l'appelait à son travail et ils discutaient jusqu'à ce qu'elle doive répondre à un appel urgent. Le cas échéant, Faulkner ne voyait pas d'inconvénient à ce qu'elle lui raccroche au nez. Il lui avait simplement dit de lui envoyer un texto quand elle aurait fini afin de pouvoir reprendre leur conversation.

Cela avait très bien fonctionné. Cheyenne avait découvert toutes sortes de choses à propos de Faulkner et de ses amis. Elle aimait sa loyauté et voir que ses amis la lui rendaient. Elle apprit qu'il aimait cuisiner, mais détestait faire la lessive. Il avait admis qu'il avait lu sa première romance après un pari avec Caroline, mais qu'en fait, il avait bien aimé.

Cheyenne lui avait parlé de sa mère et de sa sœur, et de son impression de passer constamment au second plan par rapport à elles. Elle avait alors subi une tirade de la part de Faulkner, qui lui avait dit qu'elles avaient vraiment tort et que lui et tous ses amis pensaient qu'elle était un être humain fantastique.

Discuter avec Faulkner la faisait toujours rire.

Cheyenne se souviendrait toujours de la conversation qu'ils avaient eue une nuit après qu'elle fut rentrée à la maison à la fin de son service. Contrairement à son habitude, elle lui avait envoyé un texto pour voir s'il était réveillé. D'ordinaire, elle n'aimait pas le réveiller tard dans la nuit, parce qu'elle savait qu'il devait se réveiller tôt, mais elle avait reçu un appel horrible et avait désespérément envie de lui parler.

Il lui avait immédiatement répondu et lui avait dit de l'appeler.

— Qu'est-ce qui ne va pas, Shy ?

— C'est simplement que... j'ai passé une soirée difficile.

— Que s'est-il passé ?

— Juste un appel.

— Ce n'est jamais *juste* un appel. Pas si ça t'a bouleversée. Raconte-moi.

— Je devrais probablement te laisser. Tu dois te lever dans quoi ? Trois heures ?

— Cheyenne...

Incapable de résister quand il utilisait ce ton-là et sachant qu'elle avait réellement envie de lui en parler, elle le lui dit.

— Une femme a appelé. Elle était en pleurs. Elle est allée dans la chambre de son fils de douze ans pour voir s'il allait bien et elle l'a trouvé pendu dans son placard. Il avait passé une ceinture autour de son cou et il s'est tué.

— Oh, Shy...

La sympathie de Faulkner faillit la briser, mais elle poursuivit rapidement :

— Elle m'a dit qu'il était renfermé, dernièrement. Elle savait qu'il avait du mal à l'école. Je crois que la cinquième est difficile pour tous les enfants. Je sais que la plupart du temps, je détestais et que je ne m'aimais guère. Elle a dit qu'elle était mère célibataire et qu'elle n'avait pas eu le temps de communiquer avec lui dernièrement ; pas comme elle aurait dû le faire. Il était gay et il lui avait dit que la plupart des autres enfants se moquaient de lui. Elle se le reprochait, Faulkner. Elle a dit que tout ça était de sa faute. Je lui ai parlé jusqu'à ce que les secours arrivent et essayent de réanimer son fils. D'après ce qu'elle m'a dit, je savais qu'il était déjà probablement parti, mais je l'ai tenue occupée jusqu'à leur arrivée. Elle n'a pas voulu raccrocher. Elle voulait me raconter à quel point son fils était génial. Elle a dit qu'il était artiste et qu'il voulait travailler dans l'animation quand il serait grand. Ce n'est que lorsque la police lui a dit de raccrocher pour pouvoir leur parler qu'elle m'a finalement laissé partir, dit Cheyenne en reniflant. C'était difficile.

— Mais elle n'oubliera jamais que tu étais là pour elle.

— Je ne comprendrai vraiment jamais les gens, Faulkner, se lamenta tristement Cheyenne. Ce gamin était gentil, plein de potentiel, et d'autres personnes lui ont fait sentir qu'il n'était même pas un être humain à cause de son orientation sexuelle. Qu'il était moins important. Ce n'est pas bien. Ce n'est pas juste.

— Écoute-toi, Shy. Écoute ce que tu viens de dire.

Cheyenne s'immobilisa.

Dude poursuivit, espérant qu'elle l'écoute vraiment :

— C'est ce que t'a fait ta sœur toute ta vie. Et ta mère continue de le faire, que ce soit conscient ou pas. Elles te rabaissent et te donnent l'impression que ce que tu fais dans la vie n'est pas aussi important que le travail de Karen.

— Merde, Faulkner ! Tu as raison.

— Bien sûr.

Cheyenne rit un peu, en dépit de cette conversation difficile.

— Merci, j'en avais besoin.

— Je sais, ma belle. Je suis désolé que tu aies dû vivre ça, mais ne crois jamais que je préfère dormir plutôt que de t'écouter et de t'aider à gérer un appel difficile. Et après ce soir, je serai vraiment contrarié que tu le penses. Tu as compris ?

— Compris.

Elle avait raccroché et bien dormi cette nuit-là. Généralement, après un appel difficile, elle se tournait et se retournait pendant la majeure partie de la nuit, le revivant encore et encore.

Cheyenne sursauta quand son téléphone vibra dans sa main. Plongée dans ses réminiscences, elle n'avait pas répondu au texto de Faulkner.

On se débrouillera plus tard pour ta voiture. Je serai là à 23 h 10. C'est suffisant ?

Cheyenne composa rapidement sa réponse.

OK. G hâte.

Elle avait vraiment hâte de terminer son tour de garde. Même si elle avait vraiment aimé pouvoir apprendre à connaître Faulkner par textos et par téléphone au cours des deux dernières semaines, elle était plus que disposée à le revoir en personne. Elle ne savait pas s'il lui avait simplement donné le temps de s'habituer à lui ou bien s'il avait vraiment été occupé, mais elle ne s'en préoccupait vraiment plus.

Elle espérait vraiment que l'alchimie qu'ils avaient eue auparavant n'ait pas diminué. Elle ne le pensait pas, mais que savait-elle d'hommes tels que Faulkner ?

Elle se cala contre le dossier de son siège et pianota sur le bureau. Encore deux heures à tenir et elle aurait terminé.

10

_____

Cheyenne salua de la main David, qui prendrait sa relève, et se dirigea vers la porte. Faulkner lui avait envoyé un texto voilà dix minutes pour lui dire qu'il était dehors et se tenait à sa disposition.

Elle referma son poste et communiqua à David ce qui s'était passé cette nuit-là. Heureusement, jusque-là, les choses avaient été plutôt calmes, tout bien considéré. Elle plaça son sac sur son épaule et émergea dans le parking plongé dans l'ombre.

Faulkner était garé sous un des lampadaires et était sorti de sa voiture, appuyé contre la portière passager. Elle se dirigea vers lui avec un large sourire sur le visage.

Elle ressentit soudain une timidité inexplicable, puisqu'ils s'étaient parlé au téléphone presque tous les jours, mais c'était différent de se retrouver face à lui.

C'était bien plus facile de dévoiler son âme à quelqu'un quand on ne les regardait pas dans les yeux.

— Salut.

— Salut. Ça s'est bien passé ?

Cheyenne aimait que Faulkner lui demande toujours comment sa garde s'était déroulée.

— C'était OK. Un peu ennuyeux, en fait.

— Ce n'est pas si mal.

Elle acquiesça.

— Viens ici.

La voix de Faulkner la fit frissonner et elle s'approcha de lui.

Dude la prit dans ses bras et huma son parfum. Ce soir-là, elle sentait la vanille. Il sourit de son penchant pour les baumes qui sentaient les sucreries.

— Je me demande quel goût ont tes lèvres ce soir.

Sans lui fournir l'occasion de répondre, Dude se pencha et lui déroba le baiser dont il avait désespérément eu envie depuis la dernière fois qu'il avait embrassé Cheyenne. Il fit courir sa langue sur ses lèvres, reconnaissant la cerise, avant de plonger dans sa bouche. Elle s'ouvrit volontiers à lui et Dude aima sentir ses mains se raccrocher à l'arrière de sa chemise alors qu'il poursuivait son assaut sensuel.

Mais avant d'aller trop loin, il se recula.

— La cerise... Ça me plaît.

Dude vit les lèvres de Cheyenne se plisser en un sourire et elle tourna la tête sur le côté d'un geste adorable.

— Allons-y, sans quoi on va se faire choper pour attentat à la pudeur sur le parking d'un organisme public.

Elle leva à nouveau les yeux vers lui et répondit d'un hochement de tête. Il tendit le bras et lui ouvrit la portière, attendant une fois de plus qu'elle se soit installée sur le siège avant de la refermer et de faire le tour du côté conducteur.

— Où va-t-on ?

— Chez toi.

Cheyenne ne s'y attendait pas.

— Chez moi.

— Oui. Chez toi. Tu n'as rien emporté, alors on va y aller, tu peux faire ton sac, puis on retournera chez moi.

— Pourquoi est-ce qu'on ne resterait pas à mon appartement ce soir ? Puisqu'on y sera déjà...

Elle s'interrompit en voyant le regard que Faulkner lui décochait, puis elle demanda :

— Quoi ?

— Parce que la première fois où je te ferai l'amour sera dans mon lit, dans ma maison. J'ai rêvé de te voir étendue sur mes draps, à m'attendre. Je me suis branlé à la pensée de t'avoir dans mon espace durant tout le temps où on a été séparés. J'en ai assez d'attendre. Tu es à moi, et ce soir, tu seras à moi de toutes les façons possibles.

Cheyenne se contenta de le regarder. Waouh. C'était intense. Cela lui plaisait. Elle sourit.

— Très bien, Faulkner, comme tu voudras.

Il lui rendit son sourire.

— Habitue-toi à dire ces mots, Shy. J'adore les entendre sortir de ta bouche.

Cheyenne ne fut pas surprise quand Faulkner se pencha et s'empara à nouveau de ses lèvres pour un autre baiser plus intense, avant de s'écarter et de démarrer le véhicule. Il sortit du parking et se dirigea vers l'appartement de Cheyenne, abandonnant dans le parking trois véhicules à l'arrêt, dont l'un était occupé.

Faulkner l'avait ramenée à son appartement et se tenait dans le salon pendant qu'elle faisait son sac. Elle ne perdit guère de temps, mais elle s'assura de prendre plusieurs rechanges. Elle était de congé pendant les jours qui venaient, et elle ne savait pas ce que Faulkner escomptait faire. Elle se disait qu'il valait mieux prévoir.

Elle sortit de sa chambre et dit :

— Désolée si j'ai mis du temps, je suis prête.

Faulkner ne vint pas vers elle, mais se tenait à la fenêtre, regardant à l'extérieur. Il se tourna quand elle parla et se contenta de la regarder. Finalement, il dit :

— Il faut que tu sois sûre, Shy. Sois sûre que c'est ce que tu veux et pas simplement quelque chose que tu fais parce que j'en ai envie.

— Je n'ai jamais été aussi certaine de quelque chose de toute ma vie, Faulkner.

— Alors, viens, allons-y.

Le trajet jusqu'à la maison de Faulkner fut silencieux, quoiqu'électrique.

Quand ils ne furent plus qu'à un pâté de maisons de chez lui, Dude brisa ce silence confortable mais intense :

— Quand on sera arrivés, tu rentreras dans la maison. Je te donne cinq minutes avant de te suivre. Assure-toi de faire ce dont tu as besoin dans la salle de bains. Quand j'arriverai, je veux te voir dans mon lit, nue, les couvertures rabaissées, qui ne te couvrent pas. Allonge-toi sur le dos, les bras au-dessus de la tête. Garde la tête tournée vers la porte pour que tu puisses me voir à la seconde où j'entrerai. Ne dis rien. As-tu des questions ou des points à soulever avant qu'on arrive ?

Cheyenne sentit ses mamelons pointer à ses paroles. Mon Dieu, Faulkner était cent pour cent sérieux. Cela allait vraiment arriver, et cela arriverait comme il l'avait dit. Cheyenne essaya de ne pas s'étouffer.

— J'ai un mot de sécurité ?

— Certainement pas, répondit-il immédiatement. Tu n'as pas besoin de mot de sécurité. Si tu n'aimes pas quelque chose, dis-le-moi. Je t'ai dit que je n'aime pas ces jeux. Mais je te promets, Shy, que tu aimeras tout ce qu'on fera. Je ne cherche pas la douleur, ni pour toi ni pour moi. Si tu as besoin que je m'arrête, alors c'est que je fais mal les choses.

Il marqua un temps d'arrêt.

— Autre chose ?

Cheyenne secoua la tête.

— À haute voix.

— Non, Faulkner, ça va. Ça me convient même tellement que je pourrais jouir sans que tu aies besoin de me toucher.

Cheyenne vit Faulkner afficher prestement un petit sourire satisfait avant de le contenir et de lui ordonner :

— Non. Tu ne jouiras que lorsque je t'en donnerai l'autorisation.

— Seigneur Dieu ! marmonna Cheyenne.

L'habitacle du véhicule resta silencieux jusqu'à ce que Faulkner se gare dans son allée.

— Vas-y, Shy. Cinq minutes. Souviens-toi de ce que j'ai dit.

Dude regarda Cheyenne entrer dans sa maison, son sac sur l'épaule. Il lui avait donné sa clé et elle n'avait pas hésité une seconde à la prendre et se diriger rapidement vers la porte. Dude posa la tête sur le volant.

Les deux semaines qui venaient de s'écouler avaient été un véritable enfer. Il avait inventé des raisons pour qu'ils ne puissent pas se voir en personne. Il avait fait tout ce qu'il avait pu pour ralentir les choses afin de mieux connaître Cheyenne et réciproquement. Deux semaines ne représentaient guère de temps dans la plupart des relations normales, mais ce qu'ils vivaient ne lui semblait pas « normal ». Il sentait au plus profond de lui que Cheyenne était faite pour lui appartenir. Ils s'étaient tous les deux trouvés au bon endroit, au bon moment, pour se rencontrer. Dude n'avait jamais vraiment cru au destin avant, même après avoir vu ses amis et coéquipiers trouver les femmes de leurs rêves dans des circonstances les plus étranges du monde. Leurs deux semaines de séparation avaient permis à Dude de bien comprendre ce qui faisait de Cheyenne la personne qu'elle était devenue, ce qui n'avait fait que renforcer ses sentiments pour elle.

Quand il avait eu vent de la façon dont sa mère et sa sœur la traitaient, il avait eu envie de se rendre chez elles pour leur communiquer le fond de sa pensée. Il s'en était abstenu simplement parce qu'il avait conscience que cela l'aurait embarrassée.

Dude s'était ouvert à Cheyenne sur ce qu'il aimait ou n'aimait pas, et il avait honnêtement l'impression que cela les avait rapprochés. Sa libido n'avait pas apprécié, mais Dude avait eu le sentiment que cette relation serait différente de celles qu'il avait connues. Par le passé, il n'avait pas voulu apprendre à connaître une femme avant de coucher avec elle. Il n'avait songé qu'à lui donner du plaisir, puis se donner du plaisir. Avec Cheyenne, il n'avait pas eu envie de l'emmener au lit avant d'en avoir appris davantage sur elle et ce qui la faisait réagir.

Elle était sensible et timide. Passionnée et réprimée. Émotive mais renfermée. Elle était une boule de contradictions et elle le fascinait totalement.

Dude regarda sa montre. Encore deux minutes. Il ouvrit sa portière, la referma derrière lui et la verrouilla avec la télécommande de son porte-clés. Il s'appuya contre la portière, croisant les jambes au niveau des chevilles. Cette soirée allait être déterminante. Il espérait vraiment que Cheyenne apprécie.

Si elle n'aimait pas, ils n'auraient pas de futur. Point final. Dude ne pouvait pas changer. Il s'était montré honnête avec elle. Il n'aimait pas les jeux ni la douleur, ou toutes les autres conneries associées à l'idée que les gens se faisaient du style de vie sado-maso. Il avait lu plusieurs des romances érotiques de Caroline. Certaines étaient bien, mais ce n'était pas pour lui. Il n'avait pas besoin de soumission, d'obéissance ou de fouets, mais il avait besoin du contrôle. Savoir qu'une femme lui faisait confiance et le laissait contrôler leur union était enivrant, et c'était ce qui l'excitait.

Et d'après ce qu'il en avait vu, Cheyenne avait également besoin qu'il prenne les rênes. Elle encaissait trop de choses. Entre son travail, sa famille et son style de vie indépendant, les quelques fois où il avait pris les commandes, elle avait fondu entre ses bras.

Il regarda à nouveau sa montre. Une minute. Il s'écarta du véhicule et se dirigea vers la maison. Il n'avait jamais été aussi excité – ou dur – de toute sa vie. Il était prêt à s'emparer de ce qui était à lui.

11

Étendue sur le lit de Faulkner, Cheyenne l'attendait. Elle sentait son cœur battre la chamade. Elle savait que sa respiration s'était accélérée. Elle s'agrippait tellement fort aux barreaux de la tête de lit de Faulkner qu'elle se disait que ses jointures avaient probablement blanchi. Il ne lui avait pas dit de s'y agripper, mais quand Cheyenne avait revu le lit, elle n'avait pas pu s'empêcher de s'imaginer y être attachée.

Son apparence la tracassait. Faulkner aimerait-il son corps ? Par le passé, quand elle avait fait l'amour, c'était souvent dans le noir, et ses partenaires n'avaient pas pris la peine de bien la regarder avant de passer à l'acte.

Cheyenne avait allumé la lumière de la chambre et avait décidé de ne pas l'éteindre. Elle était allée aux toilettes et s'était badigeonnée de sa lotion au masse-pain, se souvenant de ce qu'il lui avait dit deux semaines auparavant. Elle s'humecta la bouche de sa saveur préférée – la pâte à gâteau – et se déshabilla. Ne prenant pas la peine de se regarder dans le miroir, elle se précipita dans la chambre de Faulkner afin d'être certaine d'être en position une fois que les cinq minutes se seraient écoulées.

Faulkner avait raison. Cheyenne voulait lui faire plaisir. Il lui avait demandé de faire quelque chose et elle avait volontiers accepté de suivre ses instructions à la lettre. Elle savait qu'en lui faisant plaisir, elle aussi serait satisfaite.

Ne sachant pas combien de temps s'était écoulé, Cheyenne avait gardé les yeux sur la porte de la chambre. Elle n'avait certainement pas envie de se laisser surprendre à détourner le regard quand Faulkner entrerait. Et puis elle souhaitait voir sa première réaction sincère quand il la verrait.

Elle serra les lattes du lit au-dessus de sa tête. Combien de temps s'était-il écoulé ? L'attente la tuait.

Puis Faulkner arriva. Son regard plongea dans le sien quand il pénétra dans la pièce. Cheyenne garda la bouche fermée puisqu'il lui avait ordonné de ne rien dire. Elle savait qu'elle respirait trop rapidement, mais elle était également très nerveuse. Cheyenne se mordit la lèvre, essayant de ravaler ses paroles. Faulkner était intense et séduisant... et il était tout à elle.

Elle le regarda filer dans la pièce – oui, filer – jusqu'à ce qu'il se tienne au-dessus d'elle.

— Bien joué pour les lattes, Shy. Ne les lâche pas avant que je ne te dise de le faire.

Cheyenne lui sourit et hocha la tête, reconnaissante de le voir apprécier ses efforts.

— Je me demande quel goût tu as ce soir ?

Cette question était rhétorique, puisque Cheyenne savait qu'il ne voulait pas qu'elle parle. Elle attendit qu'il lui prenne les lèvres et esquissa une moue quand il ne le fit pas.

Au lieu de cela, il se pencha et fourra son nez dans son nombril. Il ne la toucha pas ailleurs, mais elle prit quand même une inspiration sifflante.

Il inspira et se redressa.

— Putain, du massepain. C'est pour moi ?

Elle hocha la tête, ne détournant pas le regard de lui.

— Seigneur ! Tu es parfaite.

Cheyenne regarda Faulkner déboutonner lentement sa chemise. Un bouton à la fois. Elle ne put s'empêcher de se contorsionner sur le lit.

— Reste immobile, Shy.

Elle se figea immédiatement. Merde. C'était plus difficile qu'elle ne l'avait cru. Elle avait toujours ri des femmes dans les livres qui gémissaient et geignaient quand leurs hommes leur disaient de rester silencieuses. Elle commençait à peine à comprendre que rester immobile était plus difficile qu'il n'y paraissait. Ces auteures savaient manifestement de quoi elles parlaient.

Cheyenne inspira profondément quand il s'assit à côté d'elle sur le lit, toujours vêtu de son pantalon, mais sans sa chemise. Elle le dévora avidement du regard. Il était baraqué. Elle savait qu'il s'entraînait tous les matins avec son équipe, mais bon sang ! Elle n'avait jamais vu de tablette de chocolat avant.

— Tu aimes la sensation de ma main, n'est-ce pas, Shy ?

Elle hocha immédiatement la tête, mais c'était un mensonge. Elle n'aimait pas cela. Elle adorait.

— On va voir ça, d'accord ?

Cheyenne inspira quand Faulkner alla droit au but. Il ne perdit pas de temps à lui toucher le ventre, les épaules ou le visage. Il alla droit sur ses seins, et ses mamelons étaient durs comme de petits cailloux. Il frotta ses doigts mutilés sur ses seins jusqu'à ce que Cheyenne se dise que son cœur allait bondir hors de sa poitrine.

Elle ouvrit la bouche pour implorer Faulkner de faire quelque chose, mais au dernier moment, elle se rappela et la referma.

— C'est parfait. Merci de faire autant d'efforts. J'aime observer ta retenue.

Dude porta un index à ses lèvres et le frotta contre elles, répandant son baume à lèvres sur son doigt. Il lui adressa un sourire satisfait et baissa le doigt, frottant le baume qu'il avait retiré de ses lèvres sur son mamelon, puis il se pencha. Cheyenne se tendit ; elle avait voulu qu'il repose les lèvres sur elle depuis le premier soir. Elle en avait rêvé.

Faulkner mordilla et suçota son téton, la rendant complètement folle. Il leva la main et continua de torturer le premier mamelon alors qu'il dirigeait sa bouche vers l'autre. Enfin, il couvrit ses deux seins de ses mains. Cheyenne sentit ses mamelons lui darder dans les paumes. Il les frotta et les caressa en parlant.

— C'est... de la pâte à gâteau ?

Cheyenne lui répondit d'un sourire.

— Oh, je sens que je vais aimer ce petit jeu. Je me demande combien de saveurs différentes tu as. On pourrait vraiment s'amuser avec ça. Mais je crois qu'à présent, j'ai besoin d'un goût différent dans la bouche.

Dude essaya d'apaiser les battements de son cœur. Quand il était entré dans la pièce et avait vu que Cheyenne avait suivi ses instructions à la lettre et avait même pris une initiative, il avait failli perdre la tête. Elle était tellement belle que c'était un régal pour les sens.

Tout en prenant son temps, il glissa jusqu'au bout du lit, sans jamais rompre le contact visuel avec Cheyenne. Il se positionna entre ses jambes et les écarta lentement.

— Plie.

Il lui tapota les genoux et sourit quand elle plia immédiatement les jambes afin qu'il puisse s'allonger confortablement entre elles.

— J'espère que tu es à l'aise, Shy. Je prévois de passer un long moment ici.

Dude se pencha et inspira.

— Ah oui ! Toi et le massepain. Je ne vois rien de meilleur.

Puis il commença à rendre sa femme folle. La poussant au bord du précipice puis l'en ramenant encore et encore, Dude savait que Cheyenne allait jouir comme jamais elle n'avait joui. Il leva les yeux vers elle, sans ralentir ses doigts alors qu'ils continuaient à la caresser et à la taquiner.

— Regarde-moi.

Attendant que Cheyenne baisse les yeux afin de croiser son regard, Dude poursuivit :

— Tu as été super, Shy. Tu es vraiment réactive. Tu as fait tout ce que j'ai demandé. Tu as suivi mes instructions comme je t'avais dit. Je n'ai jamais été aussi satisfait. *Jamais.* Lâche-toi. Tant que tu veux. Pour moi. Ne prononce pas un mot, mais ne retiens pas non plus tes réactions. Je veux t'entendre.

Dès que ces paroles furent sorties de sa bouche, il se pencha et lui suça le clitoris, fort. Cheyenne explosa. C'était comme si elle avait attendu sa permission explicite. Elle poussa un cri de plaisir et arqua le dos, chevauchant ses doigts. Dude fit durer le premier orgasme de Cheyenne et la poussa vers le second. Elle s'arc-boutait et gémissait, mais ne disait rien. Elle était géniale.

Dude retira à regret son doigt de son passage étroit

et se pencha pour la lécher longuement une fois de plus. Il sentit Cheyenne frissonner sous lui. Il fut incapable d'attendre plus longtemps. Il fallait qu'il la possède. Elle tressaillait toujours et Dude espérait la faire jouir encore au moins une fois.

— Pose tes jambes.

Dès que Cheyenne eut laissé retomber ses jambes sur le lit, Dude se déplaça pour grimper sur ses hanches. Il déboutonna son jean et baissa prudemment la fermeture éclair. Il vit Cheyenne s'humecter les lèvres. En baissant les yeux, il aperçut son gland qui pointait sous l'élastique de son caleçon. Il n'avait jamais été aussi dur de toute sa vie qu'au cours de la dernière demi-heure.

Croisant à nouveau les yeux de Cheyenne, il dit :

— Regarde-moi dans les yeux, Shy.

Il ricana quand elle braqua les yeux sur lui à contrecœur.

— Tu verras ce que tu veux dans une minute. Mais pour le moment, regarde-moi dans les yeux.

Dude descendit du lit et se débarrassa rapidement de son pantalon et de son caleçon. Il ouvrit le tiroir de la table de chevet et s'empara d'un préservatif, tout ceci sans rompre le contact visuel avec elle. Ouvrant l'emballage sans regarder, il se couvrit du latex. Reprenant sa position sur le lit au-dessus de Cheyenne, il se mit cette fois à quatre pattes. Il s'abaissa juste assez pour que la seule partie de lui qui la touche soit sa virilité.

— Tu le sens ? lui murmura-t-il. J'ai du mal à me retenir de plonger en toi d'un seul coup. De te remplir si complètement que tu ne sauras pas où tu te termines et où je commence.

Dude vit les pupilles de Cheyenne se dilater jusqu'à ce qu'il soit incapable de discerner la couleur brune de ses iris.

— Tu en as envie ?

Il vit Cheyenne hocher frénétiquement la tête. Il la taquina encore davantage :

— Tu en es certaine ?

Quand elle hocha à nouveau la tête et s'humecta les lèvres, Dude lui demanda :

— Tu es peut-être fatiguée ?

Alors qu'elle secouait désespérément la tête, il lui dit d'un ton sérieux :

— C'est ce que tu me fais, Shy. Je ne peux plus attendre. J'ai pensé que je pouvais te taquiner encore davantage, mais c'est impossible. J'ai besoin d'être en toi.

Sur ce, Dude s'abaissa, se plaça contre son intimité et s'y enfonça. Il la pénétra jusqu'à ce qu'elle ressente exactement ce qu'il lui avait dit qu'*elle* ressentirait. Il ne savait pas où il finissait et où elle commençait.

Elle était chaude, moite et plus agréable que tout ce dont Dude avait pu faire l'expérience jusqu'alors.

— S'il te plaît, croassa Cheyenne. J'ai envie de te toucher.

Sans même prendre la peine de la réprimander d'avoir parlé, Dude grogna :

— Oui, Seigneur, oui.

À ses paroles, Cheyenne détendit sa prise sur les lattes du lit et enfonça une main dans les cheveux de Faulkner tandis que l'autre s'agrippait aux muscles de son dos.

— Oh, Seigneur, Faulkner ! Je n'arrive plus à rester silencieuse. Ne me le demande pas.

— Tout ce dont tu as besoin, Shy. Tout ce dont tu as besoin.

— J'ai besoin de toi. J'ai besoin que tu bouges. J'ai besoin de tes mains sur moi. C'est tellement bon de te sentir. Seigneur, tu n'as aucune idée. Je n'ai jamais... Je veux dire que personne n'a jamais... Merde. Je n'arrive même pas à penser. Tu es tellement dur, de partout. Je ne sais absolument pas ce que tu attends de moi, mais je suis ici, je suis à toi. Seigneur, Faulkner ! Oui !

C'était comme si avoir le droit de parler à nouveau avait rompu une digue à l'intérieur d'elle. Ses mots lui sortirent naturellement, mais avec une émotion remarquable.

Les coups de pilon de Dude se firent plus violents au fur et à mesure de son discours. Il était évident qu'elle ne réfléchissait pas et disait simplement ce qu'elle ressentait. Dude ne s'était jamais senti plus viril.

— Oui, Shy, dis-moi de quoi tu as besoin.

— De toi. J'ai besoin de toi. Plus fort. Je t'en prie. C'est tellement bon. Oui !

Dude gardait les yeux ouverts et regardait le visage de Cheyenne. Elle avait serré fort les paupières et basculé sa tête en arrière. Elle gémissait et se débattait entre ses bras en se cambrant contre lui tandis qu'il la pilonnait. Cheyenne s'accrocha fort à lui et ne le lâcha pas ; même lorsqu'il la pénétrait particulièrement fort, elle était là, avec lui.

Elle ouvrit enfin les paupières et le regarda dans les yeux.

— Faulkner, bon sang. Oui ! Je vais...

Dude se baissa et frotta avidement son pouce contre son clitoris. Deux va-et-vient vigoureux et elle explosait à nouveau. Dude serra les dents pour lutter contre la sensation de ses muscles qui se serraient rythmiquement autour de lui et de son corps qui se contorsionnait et s'arc-boutait contre le sien. Il retint son orgasme du bout des doigts, puis quand Cheyenne cessa de trembler contre lui, il plaça ses deux mains de part et d'autre de son visage et gronda :

— Regarde-moi, Shy. Regarde-toi me faire basculer. Regarde ce que tu me fais. Toi. Seulement toi.

Cheyenne n'avait plus d'énergie. Elle ouvrit les yeux à la demande de Faulkner et regarda son visage alors qu'il la pénétrait. Elle discerna la seconde à laquelle son orgasme le submergea. Il donna un autre coup de reins, puis deux, puis après le troisième, violent, il resta enfoncé jusqu'à la garde. Ses paupières ne s'étaient pas entièrement refermées, mais s'étaient réduites à l'état de fentes. Cheyenne regarda une veine palpiter dans son cou alors qu'il serrait les dents et grognait. C'était diablement sexy et c'était elle qui le lui faisait. Cheyenne leva une main vers la nuque de Faulkner et le serra fort.

Enfin, les muscles de son corps perdirent leur rigidité et il laissa échapper un soupir.

— Seigneur, merde.

— Je crois que c'est à moi de le dire, le taquina Cheyenne d'une voix rêveuse.

Dude s'affaissa sur sa poitrine avec un grognement. Il l'entendit pousser un couinement de surprise puis la sentit passer les bras autour de son dos et l'attirer contre elle. Il n'allait jamais la laisser lui échapper. Jamais.

12

Que fais-tu auj ?

On a une réunion avec notre commandant, puis encore un entraînement.

Vous vous entraînez tjr

Oui, et tu aimes voir les résultats.

OK c vrai :)

Cheyenne sourit alors qu'elle envoyait des textos à Faulkner. Il était tellement drôle. Elle aimait lui parler de cette façon-là. Quelque part, cela semblait plus intime et lui donnait l'impression d'être plus proche de lui. Le mois dernier avait été idéal. Ils ne pouvaient pas passer toutes leurs nuits ensemble à cause de leur emploi du temps, mais quand c'était possible, ils en profitaient à fond.

Qu'est-ce que tu vas faire aujourd'hui ?

Déjeuner avec maman et ma sœur.

J'aimerais que tu attendes que je puisse t'accompagner.

Ça va aller.

Attends que je vienne avec toi.

Pardon, ça ne marche qu'au lit.

Bon, j'aurai essayé.

Éclatant de rire et ignorant les regards bizarres que lui lançaient les gens autour d'elle dans le café, Cheyenne continua d'envoyer des messages.

C'est simplemt un déjeuner. Je t'envoie un SMS quand g fini

Appelle-moi plutôt. Je veux entendre ta voix pour être certain que tu ailles bien.

Ça ira

APPELLE-MOI.

Oh, OK, monsieur l'autoritaire

À plus tard

À +

Cheyenne éteignit son téléphone et le fourra dans son sac. Elle s'adossa un peu mieux dans son siège, attendant que sa famille arrive. Elle avait fait exprès de choisir ce petit café, sachant que sa sœur détesterait. Elle n'était pas fière, mais elle se consola en se disant qu'ainsi, leur déjeuner ne durerait pas trop longtemps.

Elle se redressa lorsque Karen et sa mère entrèrent dans le café. Karen était impeccable, comme à l'accoutumée. Elle portait une jupe marron courte très classe. Elle l'avait assortie avec un chemisier blanc à boutons et une veste de costume marron. Elle avait aux pieds des chaussures à talons marron et s'était coiffée avec une torsade compliquée.

La mère de Cheyenne était tout aussi bien mise. Elle était vêtue d'un pantalon gris, d'un pull à manches courtes en angora rose pâle et des petits talons. Rassemblée en chignon, sa chevelure grise était parfaitement assortie à la couleur de son pantalon.

Cheyenne se sentit gourde par rapport à sa famille, mais elle repoussa cette pensée. C'était son jour de congé. Elle ne voulait pas penser à s'habiller. Son jean, son t-shirt moulant et ses tongs convenaient. Elle avait rassemblé ses cheveux en une queue de cheval pour l'écarter de son visage.

— Salut, Maman. Karen.

— Cheyenne, combien de fois dois-je te répéter de prendre davantage soin de ton apparence ?

Cheyenne soupira. Pas de « bonjour » ni de « comment vas-tu ». Sa mère commençait directement par la critiquer. Rien ne changerait jamais.

— Maman, c'est mon jour de congé...

Sa mère l'interrompit :

— Ce n'est pas une excuse. Tu ne sais jamais sur qui tu peux tomber quand tu es dehors, et il vaut mieux être au top. Regarde ta sœur. Elle est toujours impeccable. Comment espères-tu attirer un homme si tu ne fais jamais le moindre effort ?

— À propos...

Cheyenne fut à nouveau interrompue, cette fois par sa sœur :

— Je n'arrive pas à croire que les journalistes n'en

aient pas déjà marre de ton petit incident. Vraiment. Je crois qu'au bout d'un mois et demi, ça suffit.

Cheyenne dévisagea Karen, stupéfaite, et oublia qu'elle s'apprêtait à révéler à sa mère qu'elle avait attiré un homme, un homme fantastique.

— De quoi parles-tu ?

— Tu n'es pas au courant ? Il y a eu un autre reportage sur toi hier soir. Enfin, sur ce qui s'est passé. Je ne sais pas pourquoi tu ne veux pas parler aux journalistes. Ils arrêteraient peut-être de te coller aux basques.

— Un *autre* reportage ?

Cheyenne ne savait absolument pas de quoi parlait sa sœur.

— Oui. Un *autre*. Les chaînes d'informations ont diffusé quelques émissions qui présentaient tous les gens qui étaient impliqués dans ce qui s'est passé. Ils ont parlé de tous les mecs que la police a tués et ils t'ont mentionnée. Mais ils n'avaient pas le droit de parler du militaire qui était impliqué aussi. J'ai de la peine pour les hommes qui ont été tués. Ils avaient des familles et un passé si triste.

Cheyenne ne parvenait pas à en croire ses oreilles.

— Tu te fous de ma gueule ?

— Cheyenne, ne jure pas, la réprimanda immédiatement sa mère.

Cheyenne se tourna vers elle.

— *Tu* te fous de ma gueule ?

— Cheyenne Nicole Cotton, ne jure pas, la gronda à nouveau sa mère.

Cheyenne se retourna vers Karen.

— Je n'arrive pas à croire que tu aies dit ça. Tu es censée être ma sœur. Ma chair et mon sang. Tu sais ce qu'ils m'ont fait ?

— Tu sembles bien portante. Cheyenne, il faut toujours que tu fasses tout un cinéma.

Cheyenne secoua la tête et se pencha vers sa sœur.

— Je vous avais invitées aujourd'hui parce que je voulais essayer d'apprendre à mieux vous connaître. Ça m'a toujours rendue triste qu'on ne s'entende pas. Mais je n'arrive pas à croire que tu puisses dire quelque chose comme ça à qui que ce soit, et encore moins à ta propre parente. Ces mecs pour qui tu es désolée m'ont *frappée*. Ils m'ont menacée avec des pistolets. J'ai failli mourir de peur. Ils ont attaché une putain de *bombe* à ma poitrine et ils n'auraient pas hésité à me faire exploser. Et tu as le culot de me regarder en face et de me dire que tu te sens mal pour *leurs* familles ? Qu'ils ont vécu des vies tellement difficiles que ce qu'ils ont fait n'est pas grave ? Ensuite, tu vas me dire que tu penses que les policiers ont eu tort de les tuer ?

— Exactement, répondit immédiatement Karen avec une lueur mauvaise dans les yeux.

Cheyenne hocha la tête. Elle posa calmement la serviette sur la table devant elle.

— Attends, on peut peut-être..., commença sa

mère.

Cheyenne l'interrompit :

— J'en ai assez. Tu es insensible, Karen. Je ne sais pas comment tu es devenue comme ça, mais c'est vrai. Je ne sais pas ce que je t'ai fait pour que tu me détestes autant, à part d'être née, et je ne pense pas qu'on puisse me le reprocher. Tout ce que j'ai toujours voulu est une grande sœur avec laquelle je puisse passer du temps et admirer, mais tu ne m'en as jamais donné l'occasion. Je ne veux plus te parler ou bien te revoir. Si tu ressens plus de sympathie pour une bande de criminels que pour ta propre sœur, on n'est pas de la même famille.

Ce ne fut pas Karen qui parla, mais sa mère :

— Cheyenne, tu ne peux pas faire ça. Tu ne le penses pas.

— Qu'est-ce que *tu* en penses, Maman ? Tu es triste pour ces mecs, toi aussi ?

— Eh bien, ce n'est pas comme si la police leur avait donné l'opportunité de se rendre, non ?

— J'en ai fini avec toi aussi, murmura immédiatement Cheyenne avec les larmes aux yeux. Toute ma vie, j'ai essayé d'être assez bien. J'ai fait tout ce que j'ai pu pour que tu ressentes pour moi une fraction de la fierté que tu ressens pour Karen. Mais c'est évident que tu ne veux pas et que tu en es incapable. Alors c'est bon. Ne m'appelez plus. Laissez-moi tranquille.

Cheyenne tourna les talons et quitta le café. Elle ouvrit la portière de sa voiture avec son bip et grimpa dedans en pilotage automatique. Elle ne fut pas surprise quand elle ne vit ni sa mère ni Karen sortir en trombe du café pour lui courir après. Elles étaient probablement encore à l'intérieur, à médire d'elle et à se rassurer qu'elles n'avaient rien dit de mal.

Cheyenne conduisit jusqu'à la plage. Elle avait toujours aimé le son des vagues contre le sable. Généralement, cela la détendait, mais pas ce jour-là.

Elle ne savait pas que les médias avaient diffusé des reportages sur sa mésaventure. Elle se sentait malade en songeant à ce qu'ils avaient choisi de raconter sur les hommes qui les avaient retenues en otage, elle et les deux femmes. Ils l'avaient terrorisée. Cheyenne avait honnêtement cru qu'elle allait mourir et elle avait été terrifiée.

Rien que de songer que des gens se sentaient désolés pour ces hommes était répugnant. Que sa propre famille soit désolée pour eux était démoralisant et la faisait se sentir plus seule qu'elle ne l'avait jamais été auparavant.

Cheyenne resta assise en face de l'océan sur le muret de pierre qui délimitait le parking. Elle avait été tellement heureuse. Elle venait de passer les quatre nuits précédentes dans le lit de Faulkner et à quatre reprises, cette semaine-là et à chaque fois qu'ils avaient été ensemble au cours du mois qui venait de s'écouler, il avait fait chanter son corps. Il lui avait montré qu'elle pouvait trouver du plaisir à se soumettre à lui. Elle lui aurait confié sa vie.

Et pile quand les choses commençaient à s'éclaircir pour elle, voilà que sa propre famille venait gâcher la situation. Elle aurait dû se douter que Karen serait jalouse de l'attention médiatique qu'elle recevait, même si Cheyenne avait toujours refusé de parler aux journalistes.

Cheyenne aurait dû attendre Faulkner pour déjeuner avec sa famille. Elle avait sincèrement cru qu'elle pourrait réparer cette relation. C'était sa *mère*. Les mères étaient censées aimer leurs enfants de la même façon, mais sa mère ne l'avait jamais fait.

En remontant les pieds sur le mur devant elle, Cheyenne passa ses bras autour de ses tibias et posa la joue sur ses genoux. Elle ne savait pas combien de temps elle resta dans cette position, mais ses fesses finirent par s'engourdir et elle fut obligée de remuer. Elle lâcha ses jambes d'un mouvement raide et les reposa à terre. Elle n'était pas encore prête à partir, mais elle savait qu'elle aurait mieux fait de prendre contact avec Faulkner. Il avait voulu qu'elle l'appelle après son déjeuner, mais Cheyenne ne souhaitait pas lui parler, à lui ou à qui que ce soit.

Elle se dirigea vers sa voiture et sortit son téléphone de son sac. Elle retourna vers la plage et descendit le trottoir jusqu'à ce qu'elle arrive à une partie de la plage où il y avait moins de monde. Elle se débarrassa de ses tongs d'un coup de pied et avança sur le sable. Lorsqu'elle trouva un endroit qui lui semblait convenable, elle se laissa tomber.

Elle alluma l'écran de son téléphone et grimaça. Trois textos et un message sur sa boîte vocale. Ils étaient tous de Faulkner. Le fait que même après ce qu'elle avait dit ni sa sœur ni sa mère n'aient essayé de la contacter la blessait profondément.

Elle lut d'abord les textos.

C'est juste pour vérifier comment ça va. Comment ça s'est passé ?

Tu ne m'as pas donné de tes nouvelles. Appelle-moi.

APPELLE-MOI.

Quelque part, même par écrans interposés, elle sentait que Faulkner était irrité contre elle. Elle ne voulait vraiment pas écouter son message. Il était probablement en colère, et elle ne se sentait pas la force de gérer l'énervement d'une autre personne.

En parcourant la liste de ses contacts, Cheyenne hésita en tombant sur le numéro de Caroline, puis elle cliqua sur « Envoyer un message ».

Un soir, après dîner, Faulkner avait pris son portable et avait enregistré le numéro de tous ses coéquipiers. Il avait même ajouté aussi celui de leurs femmes. Elle avait protesté, disant à Faulkner qu'elle ne les connaissait même pas, mais il l'avait ignorée et l'avait quand même fait.

Puis, bizarrement, il avait désigné un nom en particulier qu'il avait enregistré dans son téléphone et lui avait dit sérieusement :

— Si jamais tu as des problèmes et que tu ne parviens pas à me joindre, appelle Tex.

— Tex ? Qui c'est ? C'est un autre surnom pour un de tes coéquipiers ?

— Tex est un ancien soldat d'élite qui vit en Virginie. Il peut retrouver n'importe qui. C'est une longue histoire, mais disons simplement qu'il nous a aidés à protéger toutes les femmes de mes amis d'une façon ou d'une autre. Je lui confierais ma vie. Il a des connexions inimaginables. Promets-le-moi. D'accord ?

Elle l'avait fait.

Mais ce n'était pas une situation dans laquelle elle souhaitait parler à un étranger, et elle n'était pas en danger. Elle avait simplement besoin d'une amie. Elle composa rapidement un message.

Salut, Caroline, c'est Cheyenne. Tu es dispo ?

La réponse fut quasiment immédiate.

Salut, toi. Quoi de 9 ?

Elle ne savait même pas pourquoi elle avait envoyé un texto à Caroline.

Cheyenne ? Ça va ?

Oui. Tu as une minute pour discuter ? Je peux t'appeler ?

Bien sûr.

Cheyenne inspira profondément. Il fallait commencer quelque part. Elle aimait bien Caroline et les autres femmes, et elle avait besoin d'une amie. Elle composa le numéro d'Ice et attendit que celle-ci décroche.

— Salut, Cheyenne.

— Salut.

— Sérieusement, ça va ?

— Oui. J'ai besoin de conseils.

— Laisse-moi deviner. C'est à propos d'un certain soldat d'élite que nous connaissons toutes les deux ?

— Oui.

Cheyenne soupira.

— Je crois qu'il est en colère contre moi, dit-elle sans savoir pourquoi elle murmurait.

— Qu'est-ce que tu as fait ?

— J'étais censée l'appeler et je ne l'ai pas fait. Il a envoyé trois textos et le dernier est en lettres capitales.

Caroline éclata de rire. Voyant que Cheyenne ne l'imitait pas, elle reprit son sérieux :

— Hé, tu n'es quand même pas sérieuse ? Écoute, je fais chier Matthew tout le temps, mais il s'en remet.

— Je ne veux pas que Faulkner me crie dessus, dit Cheyenne, le souffle court. J'ai passé une mauvaise journée et je sais que plus j'attendrai pour l'appeler, plus il sera en colère.

— Où es-tu ? Tu n'es pas à la maison, n'est-ce pas ?

— Non. Je suis assise sur la plage à regarder le soleil se coucher parce que je suis une mauviette. Je ne peux pas rentrer chez moi parce qu'il va me retrouver et me crier dessus. Il est... il est autoritaire. Et je... merde. C'est embarrassant.

— Je comprends, Cheyenne. On sait tous que Faulkner a besoin de démontrer de l'autorité plus intensément que les autres mecs. Mais, Shy, il ne te criera pas dessus s'il sait que tu as passé une mauvaise journée.

— Tout se passait tellement bien entre nous. J'aime sa personnalité... ce que nous avons... je ne veux pas détruire tout ça.

— Écoute-moi. Ces soldats sont intenses. Ils sont musclés, fougueux et impétueux, mais comme je te l'ai dit quand tu étais chez moi, à l'intérieur, ce sont de gros nounours. Tu as simplement besoin d'être honnête avec lui. Dis à Faulkner que tu es désolée de ne pas l'avoir appelé, mais que tu avais besoin de temps. Puis excuse-toi et laisse-le te rendre la journée meilleure.

Comme Cheyenne ne répondait pas, Caroline poursuivit :

— Oh, Shy. Que s'est-il passé ?

— Je... je ne... je ne peux pas...

— D'accord... Tu n'es pas forcée de me le dire. Mais je t'en prie, dis à Faulkner où tu te trouves. Il est probablement malade d'inquiétude à ton sujet. Tu veux que je l'appelle ?

— Non, je vais le faire. J'avais simplement besoin... d'un petit remontant.

— Alors je suis contente que tu m'aies appelée. Sérieusement. Appelle-moi chaque fois que tu en auras besoin. Je ne peux pas te promettre d'être en mesure de t'expliquer la moitié de ce que font ces mecs, mais au moins, à plusieurs, on pourra essayer de comprendre. Et juste pour que tu le saches, quand les mecs sont envoyés en mission, on se retrouve toutes pour se saouler la figure le premier soir. C'est notre version d'un groupe de soutien.

Cheyenne pouffa, se disant que c'était probablement l'intention de Caroline.

— Et on doit aussi aller faire du shopping un de ces quatre. Je te promets de rassembler les filles le plus tôt possible. C'est d'accord ? Tu viendras avec nous ?

— Oui. Je pense que ça va me plaire. Merci.

— De rien. Alors, Cheyenne, tu appelles Faulkner et tu lui dis où tu te trouves. Fais-lui confiance, il s'occupera de toi. Apparemment, tu lui fais déjà bien confiance chez toi...

Cheyenne savait à quoi Caroline faisait allusion et elle rougit.

— Fais-lui également confiance pendant la journée. Il en a besoin venant de toi.

— D'accord. Merci, Caroline.

— Pas de problème. On se reparle bientôt.

— D'accord, à plus.

— À plus.

Cheyenne raccrocha et regarda son téléphone. L'icône du message en attente la taraudait. Elle ne pouvait pas le faire. Elle était incapable d'écouter le message de Faulkner pour le moment.

Débattant en silence pendant cinq bonnes minutes, Cheyenne se mordit enfin la lèvre et ouvrit l'application textos. Elle avait au moins besoin de le contacter par message.

Salut. Pardon 2 ne pas avoir appelé.

La réponse fut quasiment immédiate.

Où es-tu ?

Je vais bien.

Shy, où es-tu ? Je m'inquiète pr toi.

Cheyenne regarda le dernier message de Faulkner. Il avait utilisé une abréviation. Il n'avait *jamais* utilisé de langage texto avant. Était-il vraiment stressé à ce point ?

Je suis à la plage de S-Mission. Je vais bien. Il y a plein monde. J'allais rentrer.

Reste où tu es. J'arrive.

Stp ne te mets pas en colère.

Je ne suis pas en colère.

J'aurais du attendre q tu viennes avec moi.

C'est bon. Je ne suis pas furax.

C'est promis ? « Furax » est trop pour moi pour le moment.

Shy, je ne suis pas furax. Je suis vraiment inquiet. Je veux juste venir te retrouver.

OK. Conduis prudemment. Je v bien.

J'arrive le plus vite possible.

Cheyenne inspira profondément. Contacter Faulkner par texto l'avait légèrement requinquée. Elle regarda son téléphone et songea à écouter le message qu'il lui avait laissé. Non. Elle ne pouvait pas encore le faire. Elle attendrait de se sentir mieux. Plus forte. Elle passa à nouveau les bras autour de ses genoux, sa nouvelle position favorite, et attendit que Faulkner vienne la chercher.

13

_____

C'est avec des mains tremblantes que Faulkner conduisit vers la plage de South Mission. Cheyenne avait raison, ce n'était pas isolé, alors il y avait probablement beaucoup de gens autour d'elle, mais il s'inquiétait quand même. Il avait été contrarié quand elle ne l'avait pas appelé une fois que son déjeuner aurait dû se terminer, mais cela n'avait duré que cinq minutes. Cela ne ressemblait pas à Cheyenne de le laisser s'inquiéter ou de ne pas le contacter. La colère avait rapidement cédé le pas à l'inquiétude.

Manifestement, le déjeuner avec sa famille s'était mal passé. Bon sang. Dude avait bien plus d'expérience avec les parents déçus que Cheyenne. Il aurait voulu être là pour faire le tampon, pour être certain qu'ils ne disent rien de blessant. Ses instincts avaient visiblement frappé juste. Il s'était passé quelque chose.

À présent, Dude voulait aller retrouver Cheyenne

et la réconforter. À n'importe quel prix. Il avait été tellement soulagé quand Caroline l'avait appelé et l'avait informé qu'elle venait de parler à Cheyenne et qu'elle allait bien. Elle lui avait brièvement dit que Shy voulait l'appeler, mais avait attendu. Et plus elle avait attendu, plus elle s'était convaincue qu'il était furax. Cette pensée l'attristait. Ils auraient besoin de parler, c'était évident.

Le besoin qu'avait Cheyenne de contenter les autres était manifeste, mais Dude ne voulait pas qu'elle ait peur de lui parler pour n'importe quelle raison. Et il ne voulait certainement pas qu'elle ait peur de lui ou de la façon dont il réagirait à tout ce qu'il pourrait lui dire.

Au bout des trente minutes les plus longues de sa vie, Dude s'engagea sur le parking de la plage de South Mission. Elle n'était pas aussi bondée qu'il l'avait vue par le passé, ce dont il était reconnaissant. Cela signifiait qu'il trouverait facilement un endroit où se garer. Il tira son téléphone et envoya un message rapide à Cheyenne.

Je suis sur le parking. Où es-tu ?

Elle répondit immédiatement.

À gauche sur la plage.

Dude empocha son téléphone et avança. Il trouva Cheyenne pas très loin du parking. Elle était assise sur le sable, solitaire, à observer l'océan, et ne le vit pas arriver.

Sans prendre le temps d'enlever ses rangers, Dude

se dirigea vers l'endroit où sa femme était assise tristement sur le sable. Il s'arrêta derrière elle et s'assit doucement. Il entoura son corps du sien, mettant ses genoux de part et d'autre de son corps et passant les bras autour d'elle. Il posa la tête sur son épaule et attendit.

Cheyenne se sentit protégée dans les bras de Faulkner. Il était immobile et silencieux derrière elle alors qu'il la prenait dans ses bras. Elle ressentait de la chaleur pour la première fois depuis qu'elle avait quitté le café dans l'après-midi. Elle soupira. Elle en avait besoin ; elle avait besoin de Faulkner.

— Salut, dit-elle doucement.

— Salut.

— J'aurais dû t'appeler. Je suis désolée.

— C'est bon, Shy.

— Non, vraiment pas. Je suis désolée de t'avoir inquiété. C'est simplement que... J'ai pensé que tu te serais mis en rogne. Tu m'as demandé de t'appeler et je ne l'ai pas fait. Puis tout s'est emballé dans ma tête. Plus j'attendais pour t'appeler, plus je m'imaginais que tu serais en colère.

Sa voix se brisa suffisamment pour que Dude soit obligé de se pencher en avant et de tourner la tête pour l'entendre.

— Je n'aime pas que tu sois en colère contre moi. Même si tu n'as jamais vraiment été en énervé, je ne supporte pas la perspective que tu le sois. Je pense que c'est ça. Je veux te rendre heureux.

— Shy...

Cheyenne l'interrompit :

— Et maintenant, je t'ai déçu. Je ne sais pas ce qui est pire, vraiment. Merde, je ne suis pas comme ça. Je ne suis pas une mauviette. Ma seule justification est que j'ai vraiment passé une mauvaise journée.

Dude en avait entendu assez. Il se déplaça pour s'asseoir à côté d'elle.

— Arrête, Shy. Je ne suis pas en colère et tu ne m'as pas déçu. Tu m'as inquiété. Il y a une grosse différence.

— Je n'en avais pas l'intention.

— Je sais. Mais il faut qu'on en parle. On aurait dû en discuter avant et c'est ma faute. Tu n'as pas l'habitude de ça. J'aime ce qu'il y a entre nous. J'aime te voir faire ce que je te dis dans notre lit. Tu ne sais pas ce que ça signifie pour moi. J'en ai vraiment envie. J'en ai besoin. Mais hors de la chambre ? Non. J'aime que tu sois une contradiction. Tu n'as pas peur de reprendre mes amies quand elles disent des bêtises. Tu as le courage d'affronter un service de police tout entier alors que tu as une bombe attachée à la poitrine. Tu as assez de compassion pour laisser des connards t'attacher cette bombe sur la poitrine, simplement pour que deux autres personnes n'aient pas à vivre la même chose.

Il lui embrassa le sommet du crâne et poursuivit :

— Je vais me mettre en colère, Shy. Je vais probablement me mettre à crier un jour ou l'autre. Ça ne signifie pas que je ne t'aime pas. N'aie pas peur de moi.

N'aie pas peur de m'envoyer bouler. Si c'est trop pour toi, dis-le-moi. Souviens-toi que je t'ai dit qu'on n'avait pas besoin de mot de sécurité ? Ça tient toujours, Shy. Si tu as besoin que je te laisse respirer, dis-le-moi et je le ferai.

— Tu m'aimes ?

— Oui. Je sais que c'est rapide, c'est fou, et je ne comprends même pas comment c'est arrivé. Je t'ai attendue toute ma vie. Pas quelqu'un *comme* toi, mais *toi*. Je sais que tu n'as pas l'expérience pour le comprendre, mais ce qu'on a dans notre chambre est unique. Unique et spécial. C'est quelque chose que je n'ai jamais connu avec personne d'autre. Jamais. Et ce n'est pas simplement dû au sexe. C'est dû à la personne que tu es. On a appris à se connaître au cours du mois qui vient de s'écouler et c'est *toi* qui me plais, Cheyenne.

Dude baissa la voix.

— Je suis désolé que ta famille t'ait déçue.

Les yeux de Cheyenne se remplirent immédiatement de larmes.

— J'aurais dû le savoir, Faulkner. Elles ont été comme ça toute ma vie. Mais quand Karen m'a dit qu'elle avait de la peine pour la famille de ces mecs, j'ai pété un plomb. Je n'ai pas pu croire qu'elle avait plus d'empathie pour eux que pour moi. *Moi* ! Sa propre sœur. Et ma mère n'a même pas dit un mot pour me défendre.

Après un instant de silence, elle continua :

— Je crois que je leur ai définitivement tourné le dos aujourd'hui.

— C'est bien.

Cheyenne le scruta face à l'enthousiasme de son commentaire.

Dude se répéta :

— C'est bien. Tu n'as pas besoin de cette merde dans ta vie. Je suis ta famille maintenant. Moi et les autres gars. Et bien sûr leurs femmes.

Il s'interrompit. Malgré son envie de lui demander de répéter ces paroles, il passa à autre chose. Elle les prononcerait quand elle serait prête.

— Il faut qu'on parle un peu plus d'aujourd'hui, Shy.

— Je ne le referai plus, je te le jure. Je sais que je ressens le besoin de te faire plaisir, mais t'entendre me rappeler que c'est OK de te dire non me rassure.

— As-tu écouté le message que je t'ai laissé ?

Cheyenne resta immobile un instant. Puis elle secoua la tête.

Dude claqua la langue.

— Écoute-le.

— Je vais le faire.

— Tout de suite.

— Je t'ai dit que je l'écouterais plus tard, Faulkner.

— Donne-moi ton téléphone.

Dude savait qu'il exagérait. Bon sang, il venait de lui dire que s'il la poussait trop loin ou qu'elle ne voulait pas faire quelque chose, elle n'avait qu'à le lui

SUSAN STOKER

dire et il arrêterait. Mais il ne pouvait pas céder sur ce point.

Cheyenne le lui tendit en soupirant. Elle regarda Faulkner appuyer sur quelques icônes sur l'écran puis braquer le micro vers eux. Il enclencha le message et le mit sur haut-parleur.

Cheyenne se tendit. Oh, merde. Elle ne voulait pas écouter ce que Faulkner avait à dire alors qu'il était juste là...

Hé, Shy. Je m'inquiète pour toi. Je suis sûr qu'il s'est passé quelque chose au déjeuner avec ta famille. Veux-tu bien m'appeler ou m'envoyer un message ? Si tu as besoin d'espace, pas de problème, mais j'ai juste besoin de savoir que tu vas bien. Donne-moi vite de tes nouvelles.

Le message se termina et Cheyenne déglutit.

— Tu n'étais pas en colère.

Elle leva les yeux vers l'homme assis à côté d'elle. Elle avait tellement craint qu'il ne lui crie dessus qu'elle l'avait totalement sous-estimé.

— Non, Shy, je n'étais pas en colère. Je m'inquiétais.

— Je suis désolée.

— Ne t'excuse plus. On est toujours en train d'en apprendre mutuellement l'un sur l'autre. On apprend encore à se connaître et à comprendre la dynamique de notre relation. Comme je te l'ai dit, je suis certain que parfois, je me mettrai en colère, et que parfois, c'est toi qui seras énervée contre moi. Ça s'appelle une relation, Shy. C'est normal et sain. Si tu as besoin d'espace, dis-le-moi, je t'en donnerai, mais seulement si tu es en sécurité. Marché conclu ?

— Marché conclu. Merci, Faulkner.

— De rien, Shy. Maintenant, est-ce qu'on peut rentrer ?

— Oui. On peut rentrer.

Dude se releva et tendit la main à Cheyenne. Elle la saisit et il l'aida à se redresser. Ses yeux pétillèrent quand il la regarda.

— Quel goût aujourd'hui ?

Dude se pencha et lui prit les lèvres dans un rapide et féroce baiser. Il fit courir sa langue sur ses lèvres en se reculant.

— Du raisin. Miam.

Cheyenne se contenta de secouer la tête en le regardant et elle se passa la langue sur les lèvres, essayant de retrouver son équilibre.

Dude lui prit la main et la ramena vers le parking.

— Même si j'ai vraiment envie de refuser de te laisser conduire, je crois que tu serais probablement irritée si je l'exigeais, n'est-ce pas ?

Cheyenne se contenta de hocher la tête.

— Je vais assez bien pour conduire, Faulkner.

— D'accord. On se voit à la maison ?

— Oui, à la maison.

Ils se sourirent et Dude lui donna un dernier baiser avant de s'assurer qu'elle soit bien attachée sur son siège. Il ferma la portière derrière elle et tourna les talons pour rejoindre son pick-up. Il avait hâte d'être à ce soir pour lui montrer ce qu'elle signifiait pour lui. Cheyenne n'avait peut-être rien dit, mais elle lui montrait tous les jours par ses actions qu'il comptait pour elle. Il faudrait que Dude soit patient. Du moins, il *essaierait* d'être patient.

14

Cheyenne pouffa avec Summer et Alabama. Caroline l'avait appelée ce matin-là pour lui dire qu'elles sortaient toutes ensemble. Il s'était écoulé environ un mois depuis ce déjeuner horrible avec sa famille et Cheyenne s'était épanouie sous l'affection de Faulkner.

Leur vie amoureuse continuait d'être torride et elle profitait à fond de chaque seconde. Il y avait quelque chose de véritablement libérateur à lâcher prise et laisser Faulkner prendre toutes les décisions. Et c'était un point sur lequel il était particulièrement doué. Il savait exactement quoi dire et quoi faire afin de maximiser son plaisir. Cheyenne savait qu'elle ne se lasserait jamais de lui.

Elle ne lui avait pas encore dit qu'elle l'aimait. Elle ne savait pas pourquoi, mais elle attendait le moment idéal. Elle voulait que ce soit romantique et significatif. Le dire pendant le sexe semblait déplacé, mais juste

SUSAN STOKER

après l'était aussi. Faulkner n'était pas du genre à l'emmener dans des restos chics, donc ce n'était pas une possibilité. Alors Cheyenne avait du mal. Elle savait que c'était bête ; elle aurait tout bonnement dû le lui dire, mais jusque-là, elle ne l'avait pas fait. Plus elle attendait, plus la pression de trouver le bon moment la submergeait.

Caroline s'était fait un point d'honneur d'inclure Cheyenne dans leurs sorties entre filles depuis que celle-ci l'avait appelée depuis la plage. Les autres femmes étaient hilarantes. Le respect de Cheyenne pour elles s'était accru. Au cours du mois précédent, elle avait eu l'occasion d'entendre toutes leurs histoires. Elle n'arrivait pas à croire ce qu'elles avaient traversé, mais quand elle avait essayé de le leur dire, elles avaient éclaté de rire et lui avaient dit que ce qu'*elle* avait vécu était tout aussi impressionnant.

Et à présent que Cheyenne avait surmonté sa nervosité, elle aimait passer du temps avec elles. Parfois, elle déjeunait ou dînait avec juste une seule des filles. Parfois, c'était avec toute la bande.

Elle avait aussi lentement appris à connaître les autres coéquipiers de Faulkner. Caroline avait raison ; à l'extérieur, ils étaient un peu bruts de décoffrage, mais au fond, c'étaient de véritables nounours.

Il avait fallu une interaction entre Hunter et Fiona pour que Cheyenne comprenne enfin ce que Faulkner avait essayé de lui communiquer ce jour-là sur la plage.

Fiona et Cheyenne étaient parties déjeuner et avaient décidé spontanément d'aller voir un film dans l'après-midi. Sans même y penser, elles avaient mis leurs téléphones sur silencieux et avaient profité du film. Après coup, Fiona avait regardé son téléphone et avait dit :

— Oh, non.

— Quoi ?

— J'étais censée appeler Hunter quand on aurait fini de manger pour qu'il vienne me chercher. Il n'a pas été capable de nous contacter ni toi ni moi.

Elle avait pouffé. Pour de vrai.

— Il ne va pas être en colère ?

Fiona avait regardé Cheyenne dans les yeux et lui avait dit :

— Non. Il va être contrarié. Il va peut-être crier, mais je sais au fond que c'est parce qu'il s'inquiète *pour* moi. Il y a une grosse différence entre la colère brute et celle qui naît de l'amour.

Cheyenne avait compris. Quand Hunter était arrivé au cinéma pour chercher Fiona, il s'était lancé dans une tirade contre elle. Il lui avait reproché d'être étourdie et égoïste. Fiona avait encaissé le coup et s'était empressée de s'excuser. La colère de Hunter s'était rapidement dissipée et il avait pris Fiona dans ses bras pour la serrer fort contre lui.

Tout avait été plus clair après avoir vu la réaction de Hunter. Cheyenne n'en avait pas encore parlé à Faulkner, mais elle le ferait. Elle savait qu'il avait fait des efforts remarquables ces derniers temps afin de ne pas la contrarier, et Cheyenne savait que cela devait s'arrêter. Il était un soldat et plus viril que tous les hommes qu'elle avait rencontrés auparavant. Il fallait qu'il exprime ses sentiments. Cheyenne savait qu'elle devrait convaincre Faulkner qu'elle ne paniquerait pas s'il lui soufflait un peu dans les bronches à l'avenir.

Alors ce soir-là, Caroline l'avait appelée pour l'informer qu'elles allaient toutes sortir. Puisque Cheyenne ne travaillait pas, elle s'était empressée d'accepter.

À présent, elles étaient assises à *Aces*, leur bar favori, à boire des amarettos, des Midori Sours et quelques shots qu'elles avalaient cul sec. Summer et Alabama s'étaient lancé le défi de boire un shot sans les mains et à partir du rebord opposé du verre. Il était évident qu'elles n'allaient pas y arriver, mais c'était hilarant de les voir essayer de monter une stratégie.

Cheyenne coula un regard à Mozart. Il était assis de l'autre côté de la pièce, à faire semblant de ne pas les observer. Les garçons avaient décrété que les filles pouvaient sortir quand elles le voulaient, tant que l'un d'eux était présent pour les surveiller.

Les mecs avaient beau faire semblant que toute cette histoire les contrariait, Caroline lui avait révélé qu'ils aimaient secrètement cela. Elle lui avait d'ailleurs expliqué que les filles ne sortaient qu'à cause du sexe incroyable après quand elles rentraient chez elle. Elle lui avait dit que leurs hommes adoraient se les faire quand elles étaient pompettes, alors ils encourageaient ce comportement les laissant sortir au moins une fois par mois.

Cheyenne pouffa en se souvenant que Caroline lui avait raconté un épisode avec Matthew le mois dernier. Elle n'avait pu résister à l'envie de se pencher et de murmurer à Caroline que Faulkner l'avait attachée pareil la nuit d'avant. Elle n'oublierait jamais la tête qu'avait tirée Caroline. Cheyenne avait hâte de voir comment Faulkner profiterait d'elle quand elle était pompette. Si c'était mieux que ce qu'il lui donnait déjà, elle allait en voir de toutes les couleurs.

Une jolie serveuse, avec des cheveux noirs courts et l'air fatigué, les avait servies. Les autres femmes semblaient la connaître puisqu'elles l'appelaient par son prénom – Jess – et elles plaisantaient avec elle comme si elle faisait partie du groupe.

Cheyenne avait dit à ses amies qu'elle était gênée que Jess soit obligée de faire le trajet plusieurs fois de leur table au bar alors qu'elle boitait, et elle avait proposé d'aller au bar chercher les boissons elle-même. Mais les filles lui avaient assuré que cela ne ferait qu'embarrasser Jess et de ne plus y penser. Alors Cheyenne avait laissé tomber et après encore un shot ou deux, elle avait cessé de considérer leur serveuse comme handicapée, la voyant plutôt comme une intervention divine qui venait leur apporter des boissons quand elles en avaient envie.

Cheyenne regarda Fiona compter jusqu'à trois puis

Summer et Alabama se penchèrent et prirent le verre avec leur bouche et leurs dents. Alors qu'elles essayaient de maintenir leur verre avec les dents et de se pencher en arrière pour avaler le shot, plus de liquide coula sur leurs poitrines que dans leur bouche, imbibant l'avant de leurs hauts.

Riant sans pouvoir se retenir, Caroline, Fiona et Cheyenne ne purent que regarder les deux autres femmes essayer désespérément d'éponger le liquide avant qu'il ne coule le long de leur décolleté et sur leur jean.

— Alors, qui a gagné ? demanda Summer avec un sourire en coin.

Cheyenne secoua simplement la tête.

— Vous êtes vraiment truffes. Je crois que vous avez perdu toutes les deux. Bon, allons vous nettoyer.

Cheyenne se positionna entre elles et les trois femmes se dirigèrent en titubant vers les toilettes du bar. S'arrêtant près de Mozart, Summer lui donna un baiser long et profond. Lasse d'attendre, Alabama la tira par le bras.

— Viens. Tu peux faire ça plus tard. C'est une nuit entre filles, pas un rendez-vous galant. Tu dois attendre, comme le reste d'entre nous.

Summer s'extirpa des bras de son homme. Avant de poursuivre vers les toilettes, Summer se pencha et murmura quelque chose à l'oreille de Mozart. Cheyenne le vit sourire lentement et hocher la tête, visiblement satisfait de la coquinerie que Summer venait de lui dire.

Le trio continua jusqu'aux toilettes et elles se comprimèrent toutes à l'intérieur. Pour un petit bar, les toilettes étaient étonnamment spacieuses. Elles étaient également très propres, ce qui était l'une des raisons pour lesquelles le groupe choisissait toujours de venir à *Aces*. Il n'y avait rien de pire que de devoir faire pipi saoule dans des toilettes sales... du moins était-ce ce que Caroline disait toujours.

Puisque Cheyenne n'avait jamais essayé de faire pipi saoule dans des toilettes sales, elle n'en savait vraiment rien, mais elle appréciait le fait de ne pas avoir à s'accroupir au-dessus d'une cuvette à l'hygiène douteuse. C'était bien mieux d'être capable de s'asseoir sur le siège en sachant qu'il était propre.

— Les garçons ont tellement de chance ! leur cria Cheyenne pendant qu'elle se soulageait.

— De quoi tu parles, Cheyenne ? lui lança Alabama depuis l'autre cabine.

— Les garçons. Ils peuvent rester debout pour faire pipi. Ils n'ont pas à s'inquiéter de salles de bains sales ou de cuvettes de toilettes dégoûtantes.

— Les veinards ! s'écria Summer dans la cabine de l'autre côté de Cheyenne.

Les filles pouffèrent et terminèrent ce qu'elles avaient à faire. Elles se lavaient les mains, riant des misères des femmes qui étaient obligées de faire pipi dans des toilettes publiques, quand la porte s'ouvrit et qu'une femme entra. Elle avait de longs cheveux bruns et portait un jean et un haut à manches longues, tous les deux noirs.

— Hé ! dit-elle gaiement avant d'ajouter en regardant Cheyenne : je vous connais, vous êtes la femme qui est passée aux infos il y a un moment, non ? Vous étiez dans ce magasin quand ces mecs ont été tués, c'est ça ?

Cheyenne se figea. C'était la première fois qu'on la reconnaissait et il y avait quelque chose dans la façon dont cette femme l'avait interrogée qui sonnait faux.

Avant qu'elle ne puisse confirmer ou dénier, Summer parla pour elle :

— Ouais, elle a tout déchiré ! Ces connards n'avaient pas la moindre chance de s'en sortir. Notre Cheyenne était trop intelligente pour eux.

Elle se tourna vers Alabama pour lui faire un tope-là.

Cheyenne ne détourna pas les yeux de l'inconnue. Son excitation s'amenuisait rapidement. Cette femme ne semblait pas contente. D'ailleurs, elle avait même l'air contrariée.

— Un de ces connards était mon frère, dit-elle à voix basse en tirant un pistolet.

— Oh, merde, dit doucement Alabama.

— Bon, attendez. Je suis désolée, ce n'est pas ce que je voulais dire.

Summer essaya de revenir sur ses paroles et de s'excuser.

— Trop tard, connasse. Tu ne peux pas dire quelque chose comme ça et ajouter que tu ne le pensais pas. Tu le pensais. Et juste pour ça, tu viens avec moi aussi.

— Venir avec vous ?

— Ouais, on va toutes aller faire un petit tour.

Cheyenne essaya de trouver une excuse :

— Écoutez, c'est après moi que vous en avez... pas après elles. Elles n'étaient même pas là. Je vous dirai tout ce que vous voulez savoir. Je peux vous répéter la dernière chose qu'a dite votre frère. Laissez-les rester et ne prenez que moi.

— Certainement pas. À l'instant où on fichera le camp, elles iront appeler un de vos amis soldats. Pas question. Vous devez toutes venir avec moi.

— Comment allez-vous toutes nous forcer à vous suivre ? demanda Alabama d'une voix posée, comme si elle n'avait pas été complètement saoule une minute auparavant.

La femme se déplaça rapidement et saisit Summer par le bras. Elle la fit basculer contre elle, puis elle lui passa le bras autour du cou et resserra sa prise tout en braquant son pistolet sur sa tête.

— Si vous ne venez pas avec moi, je la bute. Ici, devant vous. Je lui explose la tête. Alors vous choisissez quoi ?

Cette femme était manifestement plus forte qu'elle n'en donnait l'impression. C'était cela, ou bien elle se trouvait sous l'influence d'une drogue quelconque.

Summer se débattit brièvement, mais elle ne fut pas capable de se libérer de la prise de cette inconnue.

Cheyenne et Alabama, impuissantes, regardèrent Summer lutter pour respirer. La décision fut facile à prendre.

— D'accord, on vient. Ne lui faites pas de mal, s'il vous plaît.

La femme relâcha légèrement la gorge de Summer.

— Pas d'entourloupes ! Je sais qu'un de vos amis soldats est là. On va sortir par la porte de derrière. Comportez-vous normalement ou bien je la descends. Je n'ai rien à perdre. Quand Hank a été tué, mon monde a été détruit de toute façon.

Cheyenne croyait cette femme capable de tuer Summer si l'une d'elles faisait un geste brusque. Ses yeux se remplirent de larmes. Merde. Elle ne voulait pas mettre ses amies en danger. Summer avait déjà été kidnappée une fois. Elle n'avait pas besoin de cela. Cheyenne savait qu'elle devait trouver un moyen d'éviter cette épreuve à ses nouvelles amies.

Sam ne mettrait guère de temps à se rendre compte que quelque chose n'allait pas, particulièrement puisque Summer était sa compagne. Il viendrait les chercher et quand il ne les trouverait pas, il comprendrait certainement qu'il s'était passé quelque chose.

Cheyenne et Alabama suivirent cette folle hors des toilettes puis vers la porte de derrière.

C'était presque effrayant de voir la facilité avec laquelle elle les kidnappait juste devant *Aces*. Une grosse berline patientait dans l'allée. Un homme costaud était assis au volant de la voiture et il leur jeta à toutes un regard noir quand elles sortirent du bar.

— Qu'est-ce que c'est, putain, Alicia ? Je croyais que tu devais simplement enlever la pute du magasin ? C'est qui, ces deux autres ?

— Je ne pouvais pas toutes les laisser là-bas, Javier ! Bon sang ! À la seconde où je serais partie avec elle, les deux autres nous auraient envoyé les soldats au derrière ! Merde. Cassons-nous d'ici.

Cheyenne essaya une fois de plus :

— Je vous en prie, ne les prenez pas. Laissez-les là. Elles n'appelleront personne. Je le jure.

— Certainement pas. Monte dans la voiture, salope. Et souviens-toi de ce que je t'ai dit. Si tu as l'air de mijoter quelque chose, je tuerai tes copines. Elles ne me sont d'aucune utilité, alors tu sais que je ne mens pas.

— Je ferai tout ce que vous voulez. C'est promis. Mais ne leur faites pas de mal.

Cheyenne vit un rictus mauvais fendre le visage de Javier.

— Je vois ce que tu veux dire, Alicia. C'est bien. Elle sera sage comme une image pour protéger ses amies... n'est-ce pas, ma belle ?

Cheyenne ravala la bile qui lui monta dans la gorge. Merde. Elles étaient sérieusement dans le pétrin.

* * *

Mozart s'agita sur son siège. Il avait hâte de ramener Summer à la maison et de lui montrer à quel point il appréciait leur soirée entre filles. Elle lui avait murmuré à l'oreille que cette nuit, elle allait lui permettre de l'attacher. Ils y étaient progressivement arrivés. Elle faisait toujours des cauchemars à propos de Ben Hurst, quand elle s'était retrouvée attachée, impuissante entre ses griffes. Ils savaient tous les deux qu'il n'était pas Hurst, mais parfois, le cœur et la tête avaient une opinion divergente.

Il aimait voir les femmes boire. Elles étaient mignonnes et vraiment drôles. Il aurait aimé pouvoir filmer Summer et Alabama essayer de boire ce shot sans les mains. Abe aurait vraiment aimé.

Les mecs se plaignaient peut-être aux femmes d'être obligés de faire du baby-sitting, mais en vérité, ils se battaient pour avoir le privilège de veiller sur elles tous les mois. Elles auraient pleuré de rire si elles avaient vu le rituel élaboré qu'ils suivaient tous les mois, luttant tous les uns contre les autres pour avoir l'opportunité de rester assis dans un bar pendant plusieurs heures à regarder les femmes se griser un peu. Et à présent, elles étaient assez nombreuses pour que ce soit probablement mieux qu'ils s'y mettent à deux quand les filles buvaient, par simple précaution.

Mozart jeta un coup d'œil à sa montre. Cela faisait

quinze minutes que Summer et les autres étaient passées à côté de lui pour aller aux toilettes. Il savait que les femmes avaient tendance à y passer plus de temps que les hommes, mais un quart d'heure était vraiment exagéré. Faisant signe à Caroline qui regardait aussi sa montre, il désigna la salle de bains du menton.

Caroline se pencha vers Fiona et lui dit qu'elle allait revenir tout de suite. Elle passa devant Mozart et se dirigea vers les toilettes. Celui-ci fronça les sourcils quand elle revint moins d'une minute après.

— Elles ne sont pas là.

— Tu es certaine ?

— Sam, les toilettes n'ont que trois cabines, ce n'est pas comme si elles étaient de la taille d'un stade de foot. Il n'y a personne.

Ils se regardèrent. Caroline sortit son téléphone.

— Elles ne m'ont rien envoyé.

Mozart sortit le sien.

— Moi non plus. Merde.

Ils se tournèrent et manquèrent d'emboutir Jess, la serveuse.

— Jess, est-ce que tu as vu Alabama, Summer ou Cheyenne ? Elles sont allées aux toilettes il y a environ un quart d'heure et ne sont pas revenues.

Jess parut inquiète.

— Je suis désolée. Je ne les ai pas vues du tout. J'étais occupée là-bas.

Jess désigna l'autre côté du bar.

— Je prenais les commandes pour un gros groupe puis j'ai aidé à préparer les boissons.

Caroline et Mozart hochèrent la tête et regagnèrent la table en courant.

— Fiona, est-ce que les autres t'ont envoyé un message, par hasard ?

Percevant leur urgence, Fiona vérifia son téléphone et secoua la tête après avoir vu qu'elle n'avait pas reçu de texto.

Mozart ne perdit pas de temps. Il appela d'abord Wolf.

— Hé, Mozart, tu es prêt à rentrer ?

— Summer, Alabama et Cheyenne ont disparu. Elles sont parties aux toilettes il y a vingt minutes et se sont volatilisées. Je n'ai pas encore fouillé les lieux, mais je voulais que tu le saches.

— Caroline et Fiona ?

La voix de Wolf était tendue et allait droit au but.

— Ici, avec moi.

— Passe-moi Ice.

Mozart tendit le téléphone à Caroline.

— Allô, Matthew.

— Ice, j'ai besoin que Fiona et toi restiez avec Mozart. Je vais appeler l'équipe, mais tant qu'on n'aura pas découvert le fin mot de l'histoire, j'ai besoin de te savoir en sécurité. Tu as compris ?

— Bien sûr, Matthew. Je resterai ici et je ne le lâcherai pas du regard.

— Merci, ma belle. Prends garde à toi, murmura

Wolf avec émotion avant de reprendre sa voix sérieuse :
Repasse-moi Mozart.

Caroline rendit le téléphone à Sam sans mot dire.

— Ouais.

— Fais une reconnaissance, puis appelle Tex si tu
ne les trouves pas. Il sera capable de localiser leurs
téléphones. Je vais appeler Dude et Abe pour les informer. Contacte Benny et Cookie et dis-leur de te
retrouver à *Aces*.

— Compris. Appelle si tu trouves quelque chose.

Après avoir raccroché, Wolf serra momentanément
les poings avant de soupirer et de faire défiler son
répertoire. Ni Abe ni Dude n'allaient être contents
d'apprendre que leurs femmes avaient disparu.

Cheyenne était assise sur la banquette avant du véhicule, recroquevillée sur elle-même, désespérée. Alicia
avait grimpé à l'arrière avec Summer et Alabama. Elle
enfonçait son pistolet contre les côtes de cette dernière.
Javier ne cessait de lui adresser des sourires moqueurs
ainsi que des clins d'œil vicieux... ce qui la faisait
sérieusement flipper.

Elle essaya de repenser à ce qu'il se passait. Jusque-
là, tout ce qu'elle savait était que l'un des hommes du
supermarché avait été le frère d'Alicia. Elle n'avait pas
encore été capable de déterminer quel rôle jouait
Javier dans cette affaire.

Le duo ne parlait pas de ce qu'il faisait ou allait faire une fois qu'ils seraient arrivés. Ce kidnapping avait visiblement été organisé à l'avance.

Ils roulèrent pendant ce qui lui parut être des heures, mais qui n'était probablement que quarante minutes et quelques, puis s'engagèrent sur une route poussiéreuse. Ils cahotèrent sur un terrain inégal pendant au moins un kilomètre avant de s'arrêter devant une petite maison.

Alicia força Alabama et Summer à sortir, tandis que Javier empêchait Cheyenne de s'éloigner en lui agrippant fort le bras sans le lâcher.

— Où les emmène-t-elle ? cria Cheyenne. Lâchez-moi. Non, ne les emmenez pas. Merde. Non.

Elle se débattit tellement sous l'emprise de Javier qu'il finit par lui flanquer un coup de poing sur le côté du visage.

— Ta gueule, bon sang. Sérieux.

Cheyenne secoua la tête. Ses oreilles bourdonnaient et elle grogna. Merde, il lui avait fait mal. Elle tenta une approche différente :

— Écoutez, si c'est de l'argent que vous voulez, je peux vous en trouver. J'ai vingt mille dollars sur mon compte. Je vous les donne si vous laissez mes amies partir. Elles n'ont rien fait, elles n'ont rien à voir dans cette affaire. Je vous en prie, ne leur faites pas de mal. Prenez-moi et on pourra aller chercher l'argent ensemble.

Javier ne répondit pas, se contentant d'abaisser la vitre côté passager et de crier :

— Dépêche-toi, putain, Alicia. On n'a pas le temps pour toute cette merde !

— Calmos, Javier, merde ! J'arrive !

Avant que Javier ne puisse remonter la vitre, Cheyenne se mit à crier à ses amies par la vitre ouverte.

— Tenez bon, les filles ! Je suis certaine que les mecs vont arriver !

— Tes putains de Forces Spéciales ne vont pas venir, connasse, gronda Javier.

Cheyenne en avait assez.

— Si. Ils vous trouveront et vous descendront comme les tireurs d'élite l'ont fait avec le frère d'Alicia.

— S'ils viennent ici, ils mourront.

Cheyenne regarda Javier, essayant de déterminer s'il se vantait ou bien s'il était sérieux.

— On a mis des bombes partout.

Lisant l'horreur sur le visage de Cheyenne, Javier éclata de rire.

— Ma pauvre, pauvre Cheyenne. Non seulement tu vas perdre tes amies, mais tu perdras aussi ton précieux soldat d'élite. On a installé des caméras pour pouvoir voir le spectacle nous aussi.

— Mais je pensais que vous ne saviez pas que mes amies seraient avec moi...

— Bien sûr que si. On a fait un cinéma et tu as complètement mordu à l'hameçon. Tu crois qu'on ne sait pas que les filles vont pisser ensemble ? On avait compris que tu serais avec au moins une de tes amies. Mais deux ? Ça va juste tenir vos soldats d'élite occupés pendant un peu plus longtemps.

— Non, Seigneur, non.

— Oui, Seigneur, oui, la railla Javier.

— Qui êtes-vous ? Pourquoi faites-vous ça ? demanda Cheyenne, tentant désespérément de trouver un moyen de s'échapper de cette situation horrible dans laquelle elle et ses nouvelles amies se retrouvaient.

— Parce qu'un de ces connards était *mon* frère aussi. Alicia et moi nous sommes rencontrés pendant qu'on filmait un reportage pour un des programmes d'information. On t'a observée, on a passé du temps dans le parking de ton lieu de travail. On a mémorisé ton emploi du temps. On a décidé de travailler ensemble pour se venger. La vengeance est toujours meilleure quand on la partage, n'est-ce pas ?

Cheyenne sanglota une fois puis ravala ses larmes. Elle sursauta quand elle entendit un coup de feu résonner à travers la campagne.

— Summer ? Alabama ? s'écria-t-elle frénétiquement.

— On va bien !

Cheyenne poussa un soupir de soulagement, puis elle entendit un autre coup de feu.

— Arrêtez de tirer sur mes amies ! hurla-t-elle, espérant qu'Alicia l'entende.

Javier rit à côté d'elle, visiblement pas inquiet pour

Alicia. Il remonta la vitre afin que Cheyenne ne puisse plus entendre ce qu'il se passait dans le petit chalet.

Cheyenne vit Alicia en sortir. Mais elle ne se dirigea pas directement vers la voiture. Cheyenne l'observa prendre du câble et faire deux fois le tour du chalet, prenant garde à tordre les fils tout en avançant.

— Elle dispose les câbles pour la bombe, lui dit Javier comme s'il présentait la météo. Le chalet est paré à exploser. Il y a des fils-pièges partout. Il suffira que tes précieux soldats fassent un pas de travers et tes amies exploseront sous leurs yeux.

— Non, souffla Cheyenne. Je vous en prie, laissez-les tranquilles.

— Désolé, ma belle. C'est trop tard pour ça.

La respiration de Cheyenne se coupa. Alicia avait-elle tiré sur Summer et Alabama ? Étaient-elles en train de mourir dans ce chalet ?

Alicia retourna au véhicule en courant. Elle ouvrit brutalement la portière arrière, s'assit lourdement sur la banquette et la referma derrière elle.

— On est parés. Le premier coup leur a fait peur, mais le deuxième a fait taire la blonde.

— Non ! Qu'est-ce que vous avez fait ?

Cheyenne essaya de se tourner sur son siège pour pouvoir bondir par-dessus et atteindre Alicia, mais Javier se contenta de rire et lui tordit cruellement le bras qu'il tenait toujours.

Cheyenne se contorsionna afin d'essayer d'apaiser la pression sur son bras alors que Javier le retournait. Il continua à forcer jusqu'à ce que Cheyenne entende un claquement. Une douleur incroyable, telle qu'elle n'aurait jamais pu se l'imaginer, s'abattit sur elle, manquant de la faire s'évanouir.

— Ah...

Cheyenne entendit Javier et Alicia rire à travers sa douleur.

— Tu le lui as cassé ?

— Non, je l'ai juste déboîté. Elle devrait rester docile maintenant.

Cheyenne se concentra pour ne pas vomir sur elle, la voiture et Javier. Elle ne savait absolument pas comment elle allait s'en sortir... ou bien comment ses amies allaient s'en sortir. Elle ne savait même pas si Summer était toujours en vie. Si Alicia lui avait tiré dessus, combien de temps lui resterait-il avant de mourir sans avoir pu voir de médecin ? Cheyenne gémit. Elles étaient vraiment dans la mouise.

15

Wolf, Abe, Mozart, Dude et Benny patrouillaient dans une allée au cœur de la ville. Cookie était retourné à *Aces* avec Ice et Fiona pour veiller sur elles, attendant que l'équipe les tienne au courant.

Wolf et Abe s'approchèrent par le sud tandis que les autres soldats d'élite venaient par le nord. Tex avait localisé les téléphones portables des femmes à cet endroit. Il y avait une grande benne à ordures contre le mur et les hommes pouvaient entendre des bruits qui en sortaient.

Ils s'approchèrent prudemment et en silence. Ils ne savaient pas ce qu'ils trouveraient à l'intérieur, mais les cinq hommes étaient pleinement concentrés sur la benne. Wolf s'occupait du côté sud tandis que Benny couvrait l'accès nord. Mozart se posta devant la benne, leva sa lampe-torche et, sans un bruit, souleva le couvercle.

Après avoir regardé à l'intérieur, il rabattit le couvercle et referma prudemment la benne avant de reculer.

— Une bombe, dit-il d'une voix atone.

Les cinq hommes se hâtèrent de battre en retraite jusqu'à ce qu'ils se retrouvent au bout de l'allée.

Mozart rapporta à ses amis ce qu'il avait vu :

— Les trois téléphones sont là, attachés à une petite bombe. Je ne pense pas que ça puisse faire de gros dégâts, mais il faut appeler quelqu'un.

— J'ai besoin d'aller y jeter un œil ? demanda Dude, sachant qu'il serait capable de dire au premier regard si la bombe était dangereuse ou pas.

— Non, c'est évident qu'ils se sont débarrassés des téléphones et qu'ils nous mènent en bateau, commenta Abe avec dégoût.

— Merde. Je vais rappeler Tex et lui dire de continuer à chercher, dit Benny tout en tirant son téléphone et en appuyant sur les touches.

— Qu'est-ce qu'il se passe, merde ? gronda Dude à la cantonade.

— Ça doit être lié à ce qui s'est passé au supermarché. La bombe est une trop grosse coïncidence, théorisa Wolf alors que l'équipe redescendait l'allée à grands pas en direction de son véhicule. Appelle Cookie et dis-lui de parler à nouveau à Ice et à Fiona, pour voir s'il peut trouver la moindre information. La moindre petite chose nous serait utile à présent.

— Elles ne vont plus jamais sortir sans nous, même pour aller faire pipi.

Dude était au bout du rouleau. C'était pire que le jour où Cheyenne avait déjeuné avec sa famille. Au moins, à l'époque, il avait su qu'elle avait simplement passé une mauvaise journée et se terrait quelque part. Mais là ? Un fils de pute la détenait et il était assez intelligent pour se débarrasser de leurs portables et de s'en servir afin de créer une diversion.

Benny reprit la parole alors qu'ils grimpaient dans la voiture :

— Tex est en train d'appeler la police pour leur dire qu'il y a une bombe dans la benne. Il est aussi en colère que nous. Il est en train de voir ce qu'il peut trouver sur les caméras de surveillance, même si *Aces* n'est pas bien équipé. Puisqu'ils ont trois femmes, ils ont forcément une grosse voiture.

— À votre avis, pourquoi y sont-elles toutes allées ? Je veux dire que si elles avaient été kidnappées par une seule personne, il n'aurait pas été difficile de se défendre à plusieurs, continua de réfléchir Benny.

— Des menaces. Il a forcément dû en menacer une. Tu connais nos femmes, murmura Abe d'une voix colérique. Il lui a suffi de menacer de tuer ou de faire du mal à l'une d'entre elles et les autres ont obéi sans moufter.

Tout à coup, Mozart se détourna du véhicule et se dirigea vers le bâtiment le plus proche afin de donner un

coup de poing dans le mur. Du sang se mit immédiatement à couler de la chair abîmée de ses phalanges. Wolf
et Benny allèrent jusqu'à lui et placèrent leurs mains sur
ses bras, prêts à le retenir s'il frappait à nouveau le mur.

Mais Mozart posa les deux mains contre le mur et
s'y appuya lourdement, la tête penchée.

— Summer ne peut pas retraverser tout ça,
murmura-t-il d'une voix torturée. Elle va se briser. Si
on la retrouve brisée, je bute quelqu'un.

— On la retrouvera, Mozart, dit Wolf honnêtement
à son ami.

— Ah oui ? Quand ? Après qu'ils la violent ? Quand
elle aura encore été torturée ? Sérieusement, tu sais ce
qu'il s'est passé avec Hurst la dernière fois. Elle ne peut
pas revivre ça.

— Je sais, Mozart, je sais. Tex les retrouvera. Tu sais
qu'il peut retrouver n'importe qui.

— Il a intérêt.

Personne ne dit rien pendant un moment. Tous les
hommes s'imaginaient ce que les trois femmes étaient
en train de traverser. Enfin, Mozart s'écarta du mur et
se dirigea vers Dude et Abe.

— Je suis vraiment désolée que vous ayez dû faire
cette expérience. J'avais espéré être le seul à savoir ce
que ça fait qu'on m'enlève ma femme. Je ne sais pas
contre qui ou quoi nous luttons, mais il faut qu'on les
récupère. Le plus vite possible.

— Et on va le faire, Mozart. On va le faire, lui
dit Abe.

Dude ne répondit rien. De la haine brûlait dans ses yeux. C'était déjà assez mal que les femmes de ses amies aient été capturées. Mais personne ne lui prenait *sa* femme. Cheyenne était à lui. Il avait la rage au ventre. Shy l'avait clairement dit. Elle était à lui.

Dude *aimait* Shy. C'était soudainement clair pour lui. Il ne l'avait pas compris avant. Certes, il avait su qu'il avait des sentiments pour elle et il pensait qu'il l'aimait et le lui avait même dit, mais il n'avait pas compris comme ses coéquipiers pouvaient mettre de côté tout ce qu'ils avaient pour une femme. Mais maintenant ? Il comprenait. Quand Fiona s'était enfuie à cause de ses flash-back pendant que Cookie était à l'étranger ? Quand Abe avait réalisé à quel point il avait blessé Alabama et que ses mots l'avaient déchirée ? Quand Summer avait été enlevée et que Mozart l'avait recherchée sans relâche ? Même lorsqu'ils s'étaient retrouvés au milieu de l'océan et que Wolf avait cédé sa place afin que quelqu'un d'autre mène la mission pour secourir Ice... Dude saisissait enfin.

L'amour. Ses amis aimaient leurs femmes avec tout ce qu'ils avaient, tout comme Dude aimait Cheyenne. Elle était à lui. Peu importait qu'ils soient au vingt et unième siècle et que les femmes « n'appartiennent » plus à personne. Peu importait que Cheyenne soit indépendante et puisse parfaitement bien fonctionner toute seule sans lui.

Au plus profond d'eux, un instinct primaire insistait sur le fait que ces femmes étaient les leurs. Qu'ils devaient les protéger, les nourrir, les vêtir et les aimer. Les leurs. Cheyenne était à lui, bon sang. Il avait besoin d'elle dans sa vie, dans sa maison, dans son lit. Diable ! Il avait simplement besoin de sa présence. De la voir sourire ou bien se ronger l'ongle du pouce. L'amour. C'était cela que signifiait aimer. Ce n'était pas de la simple affection ou le fait qu'il apprécie sa compagnie. C'était dévorant et le pénétrait jusqu'à l'os.

— Allons-y, parvint simplement à souffler Dude entre ses dents serrées.

Il était à bout. Il savait que Mozart et Abe ressentaient la même chose. Leurs femmes étaient en danger. C'était probablement la mission la plus importante qu'ils avaient jamais effectuée. L'équipe était déjà prête, mais à présent, ils fonctionnaient comme un seul homme. Wolf savait que cela aurait très bien pu être Caroline. Qu'elle s'en soit sortie ne tenait qu'au hasard.

Les hommes remontèrent dans la voiture sans un mot. Il fallait mettre un terme à cette connerie. Peu importe de quoi il s'agissait, il fallait absolument qu'elle prenne fin.

Deux heures plus tard, toute l'équipe se retrouva autour d'un petit chalet situé à environ vingt-cinq kilomètres de la ville. Fiona et Caroline étaient retournées chez cette dernière et étaient accompagnées par trois autres soldats d'élite d'une autre équipe de la base.

Wolf ne voulait pas mettre leur sécurité en jeu. Les femmes avaient accepté cette protection sans protester, ce qui avait irrité les hommes, car cela signifiait qu'elles se sentaient vulnérables et effrayées par ce qui s'était passé. Généralement, Ice aurait rebattu les oreilles de Wolf et aurait protesté contre le fait d'avoir des inconnus dans sa maison, mais elle s'était contentée de l'embrasser, de le serrer fort contre elle, puis elle lui avait dit de ramener ses amies.

Tex les avait recontactés. Juste quand les hommes avaient pensé que cette fois, Tex serait incapable de les aider, il avait trouvé ! Il était en mesure de retrouver une aiguille dans une motte de foin, à dix mille kilomètres de distance.

Il avait utilisé une sorte d'algorithme qui mariait les maths, la physique et l'ingénierie afin d'étudier la circulation, le signal des portables et les caméras de surveillance, pour déterminer précisément dans quel véhicule les femmes avaient été enlevées. Une fois qu'il avait identifié la voiture, il avait été facile – selon ses propres termes – de pirater les satellites du gouvernement pour retrouver sa trace.

Tout le monde savait que ce que faisait Tex était illégal, mais personne ne protesta. Si cela pouvait leur permettre de récupérer leurs femmes, ils s'en fichaient.

Tex avait été capable de remonter la piste de la voiture jusqu'à ce petit chalet délabré. Il était étrangement silencieux. Trop silencieux. Quelque chose ne tournait définitivement pas rond. Dude avait envie d'appeler Cheyenne pour voir si elle allait bien, si elle se trouvait dans ce satané bâtiment, mais il ne pouvait pas le faire. Cette mission requérait la discrétion la plus totale. Si le ravisseur était présent, ils voulaient le surprendre.

Dude ouvrit la voie jusqu'au chalet, scannant la zone du regard alors qu'il avançait, à la recherche de... quelque chose. Il ne savait pas quoi. Les poils de sa nuque se hérissèrent. Un truc clochait. Il fit signe à tout le monde de s'arrêter.

Ils s'immobilisèrent tous instantanément et attendirent Dude. Retirant les yeux du sol, celui-ci se tourna. Il voulut forcer son cerveau à voir ce que ses yeux ne percevaient pas. Enfin, il se figea et retourna la tête vers l'endroit qu'il venait à peine de quitter du regard. Là.

— Il y a une putain de caméra dans l'arbre, dit-il à ses camarades dans son micro d'une voix atone.

Quelques secondes plus tard, Wolf dit :

— Il y en a une autre ici aussi.

— Ici aussi, leur fit écho Abe.

— Wolf, ces bâtards nous observent, commenta Dude sans qu'il n'en soit besoin.

— Mais ils nous regardent depuis l'intérieur du chalet ou bien d'ailleurs ? dit Benny, demandant ce que tout le monde pensait.

Sans attendre que Wolf lui donne le feu vert, Dude cria. Sa voix traversa la clairière et atteignit la maison.

— Shy ? Summer ? Alabama ?

Les hommes attendirent, plein d'espoir.

— Ici ! On est ici !

— Dieu merci ! dit Abe en reconnaissant la voix d'Alabama.

— N'entrez pas ! continua de crier Alabama depuis l'intérieur du bâtiment. Ces bâtards ont mis des explosifs dans tout le chalet !

Ils s'immobilisèrent tous. Dude regarda autour d'eux. À présent qu'il savait ce qu'il cherchait, c'était facile à trouver. Les câbles autour du chalet n'étaient pas très bien cachés. Il avait tellement cherché des fils-pièges cachés qu'il avait raté les plus évidents juste sous son nez. Le ravisseur s'était manifestement cru malin en plaçant des câbles autour du chalet et sur le chemin, espérant que les soldats marcheraient dessus et déclencheraient la bombe. Quels idiots.

— Summer est-elle là avec toi ? Et Cheyenne ? appela Mozart.

— Summer est là. Mais ils ont emmené Cheyenne.

— Ils ? Bon sang, ils sont combien à être impliqués ? marmonna Cookie dans le micro.

— D'accord. Accroche-toi, ma belle. Il y a quelqu'un d'autre ?

Ils voyaient tous qu'Abe avait très envie de se précipiter à l'intérieur pour s'assurer de ses propres yeux qu'Alabama allait bien, mais il était trop bien entraîné pour faire quoi que ce soit qui aurait pu mettre en péril la mission, particulièrement en présence d'explosifs.

— Non. On est toutes seules. Mais Summer est blessée.

Aux paroles d'Alabama, le niveau d'anxiété des hommes s'accrut soudainement. Dude bloqua le fait que Cheyenne n'était pas dans le chalet et commença à essayer de comprendre comment étaient montés les explosifs et comment les désamorcer. Plus vite il le découvrait, plus vite ils pourraient accéder à Summer et Alabama puis iraient retrouver Shy.

— Benny et Cookie, occupez-vous de démonter les caméras. Faites attention, ces bâtards les ont peut-être enclenchées aussi. Laissez-en une de branchée. Je vais appeler Tex et lui expliquer le coup des caméras ; il sera peut-être capable de remonter le signal et de découvrir où ils se terrent. Ils ont forcément une raison de nous observer. Utilisons leur voyeurisme contre eux. Putain de connards.

Cheyenne ne parvenait pas à croire que cela recommençait. Une fois encore, elle se retrouvait couverte de kilomètres de scotch. Son épaule lui faisait terriblement mal. Javier l'avait véritablement déboîtée quand il avait tiré dessus dans la voiture. Elle supposait que le scotch qui l'entourait aidait probablement à l'immobiliser, mais elle n'avait jamais connu une telle douleur auparavant.

Le duo l'avait reconduite vers la ville, dans un

immeuble. Ils avaient pénétré par effraction par une porte de derrière et l'avaient traînée en bas des escaliers au sous-sol où ils avaient commencé à l'entourer de ruban adhésif.

Javier et Alicia avaient ricané durant tout le temps qu'ils avaient pris pour l'envelopper. Mais contrairement au supermarché, cette fois, ils avaient fixé trois bombes. Puis Alicia avait cru qu'il serait amusant d'en enrouler autour de son cou et de sa tête. Heureusement, Javier l'avait arrêtée avant qu'elle ne puisse lui recouvrir la bouche et le cou.

Alors Cheyenne se retrouvait littéralement momifiée. Elle ne pouvait pas bouger. Elle était allongée par terre avec de l'adhésif autour des chevilles, des jambes, du corps, des bras et de la tête. Elle eut presque envie de rire en songeant au fric que tout ce scotch avait dû coûter.

Elle ne put s'en empêcher. Elle n'avait pas pu s'enfuir, n'avait pas pu s'écarter, avait été contrainte de rester allongée par terre à observer Javier et Alicia. Cheyenne ferma les yeux. Elle en avait eu assez de les regarder. Apparemment, se comporter comme des connards au milieu d'un kidnapping les excitait. Ils avaient couché ensemble sur le sol à côté d'elle. Puisqu'elle était momifiée, elle ne pouvait pas bouger. Elle n'avait pu que fermer les yeux et souhaiter que Faulkner soit là.

Après avoir joui, Javier sortit un appareil qu'il tint à la main et montra à Alicia, caquetant de joie et riant d'un air fou. C'était le retour vidéo du chalet. Ils avaient regardé les soldats qui s'en approchaient.

— J'aimerais bien avoir le son ! s'était plainte Alicia. Mais c'est génial. Regarde-les, en mode furtif. Je comprends ce que tu leur trouves, ils sont baraqués et séduisants... mais dommage, ils vont se faire exploser... avec tes idiotes de copines.

Cheyenne lutta à terre. Non ! Bon sang, non ! Elle cessa de se débattre quand cela ne fit qu'accroître la douleur dans son épaule. Elle n'irait nulle part. Il fallait qu'elle reste convaincue que les garçons savaient ce qu'ils faisaient. Ils n'allaient pas simplement se ruer dans le chalet sans prendre de précautions. Dude verrait les explosifs. C'était forcé.

— Qu'est-ce qu'ils font, merde ? Pourquoi est-ce qu'ils n'entrent pas ? Tu avais dit qu'ils iraient enfoncer la porte ! se plaignit Javier à Alicia.

— Eh bien, c'est ce que j'avais cru qu'ils feraient. On a deux de leurs femmes. Ce sont des militaires au sang chaud ! C'est ce qu'ils sont censés faire !

— Eh bien, non ! Regarde ! Celui-là a vu la caméra ! Merde !

Ils restèrent tous deux silencieux un instant alors qu'ils regardaient l'action se dérouler sur le petit écran noir et blanc. Au bout de quelques minutes supplémentaires, Javier poussa un soupir exaspéré.

— Il faut qu'on se tire de là. Visiblement, ils vont sauver les femmes. Merde.

— Et elle ? geignit Alicia.

— Cette partie du plan ne change pas. Dans huit heures environ, elle va exploser, alors on s'en fout.

— Mais elle sait qui on est...

Javier grogna et s'emporta contre Alicia :

— Ouais, et ces connasses qui vont être secourues aussi. Tu crois qu'elles ne vont pas dire à ces soldats qui nous sommes, hein ?

— Mais on ne peut pas simplement *la* laisser ici... Elle va leur dire qu'on part au Mexique.

— Dans huit heures environ, elle sera morte, alors on s'en fout.

— D'accord, d'accord. Putain, calme-toi. Est-ce qu'on change le compte à rebours pour que ça explose plus tôt ?

— Trop tard, idiote. On a déjà tout couvert avec le scotch, s'impatienta Javier. Laisse la télé avec elle. On ne va pas l'emporter, juste au cas où ils parviennent à remonter à la source. En plus, elle pourra regarder ses amis ou bien se faire secourir, ou bien se faire exploser. Ça me semble juste.

Cheyenne regarda Alicia basculer la tête en arrière et ricaner à la suggestion de Javier. Puis elle s'approcha de l'endroit où Cheyenne était allongée à terre, impuissante, et cala le petit écran contre une boîte en face de son visage.

— Voilà, connasse. J'espère qu'elles vont toutes se faire exploser. Tu pourras les regarder, puis attendre que tes propres bombes explosent et *te* déchirent en morceaux.

— Vous n'êtes qu'une grosse merde, croassa Cheyenne.

— Non, c'est à cause de toi que mon frère et celui de Javier ont été tués. C'est *toi* la grosse merde.

Impuissante, Cheyenne regarda les deux ravisseurs rassembler leurs affaires et partir sans même un regard en arrière. Elle regarda autour d'elle, sachant que si les bombes explosaient, elle mourrait, mais également – ce qui était probablement plus important – beaucoup d'autres personnes avec elle.

Elle se trouvait sous un immeuble d'appartements. Des gens *vivaient* là. Si les bombes explosaient, elles provoqueraient certainement des dégâts structurels au bâtiment. Il risquait même de s'écrouler. Et alors, personne ne retrouverait son corps... s'il restait quelque chose à retrouver. Cheyenne réprima un sanglot. Elle ne pouvait pas pleurer. Il n'y avait rien de pire que d'avoir de la morve qui vous coule sur le visage quand vous ne pouvez pas l'essuyer. Mais il lui restait encore du temps. Huit heures. Faulkner la retrouverait peut-être à temps.

Elle braqua son attention sur le petit écran de télévision calé près d'elle. Elle discernait à peine le chalet, mais elle vit les soldats en faire le tour et se pencher. Elle les espérait capables de sécuriser suffisamment le périmètre pour tirer Summer et Alabama de là. Elle espérait que Summer ne soit pas morte. Elle ne pouvait rien faire d'autre que regarder les meilleures personnes qu'elle avait jamais rencontrées s'efforcer frénétiquement de secourir ses amies.

Cheyenne s'abreuva de la vision de Faulkner. Elle l'aurait reconnu n'importe où. Elle avait passé des semaines à mémoriser chaque centimètre de son corps, à lui obéir. Elle connaissait l'emplacement de toutes ses cicatrices, de chaque grain de beauté, de chaque détail. Elle ne savait pas si elle le reverrait un jour, ni même si elle serait capable de sentir son corps contre elle, alors elle regarda Faulkner se déplacer autour du petit chalet et mémorisa à nouveau tout de lui.

Un peu à l'écart, Dude observait Abe qui tenait Alabama dans ses bras et Mozart qui réconfortait Summer alors que Cookie s'assurait qu'elle soit assez stable pour être transportée jusqu'à la ville. Summer s'était fait tirer dessus, mais heureusement, la balle n'avait fait que frôler son biceps. Alabama lui avait immédiatement prodigué les premiers soins pour arrêter les saignements. Elle s'en sortirait.

Dude était soulagé que les deux femmes aillent bien, mais la brûlure dans son ventre ne voulait pas s'apaiser. Où diable était Cheyenne ? Qu'était-*elle* en train de traverser ? Il resta à l'écart des autres, les poings serrés, voulant agir, mais ne sachant pas encore ce qu'ils étaient en mesure de faire.

Se remémorant les caméras dans les arbres, il regarda celle qu'ils n'avaient pas encore décrochée. Tex était en train de remonter la piste du signal. Ces bâtards étaient-ils en train de les observer ? Il garda les yeux braqués sur la caméra ; c'était plus facile que de regarder ses amis étreindre leurs femmes.

* * *

Cheyenne ne savait pas combien de temps s'était écoulé depuis qu'Alicia et Javier étaient partis. Elle avait gardé les yeux braqués sur le petit écran noir et blanc flou devant elle. L'angle n'était pas super, mais elle parvint quand même à discerner lorsque le groupe entra dans le chalet et lorsque Summer et Alabama en sortirent.

Elle faillit avoir une crise cardiaque quand elle vit que Sam portait Summer dans ses bras, mais elle se détendit un peu quand elle s'aperçut qu'elle remuait et avait la force de s'accrocher à son homme.

Même si c'était une torture de voir ses amis si près et pourtant si loin, elle continua de regarder. Au bout d'un moment, elle remarqua Faulkner. Il se tenait un peu à l'écart, sans interagir avec ses amis. Il regardait dans sa direction... enfin, vers la caméra. Elle crut percevoir sa mâchoire se contracter. Ils savaient que les caméras étaient là. Ils *savaient*.

Elle versa une larme solitaire, mais ravala promptement ses pleurs. S'ils étaient au courant pour les caméras, ils avaient forcément un plan. Elle devait se raccrocher à cette idée. Elle ne savait absolument pas comment ils allaient la sortir de *là*, mais si quelqu'un en était capable, c'étaient bien les Forces Spéciales.

Cheyenne continua de regarder jusqu'à ce que le groupe sorte du cadre. Manifestement, ils partaient. La caméra continuait de filmer, mais Cheyenne ne voyait plus que les arbres qui ondulaient doucement dans le vent et le chalet solitaire au milieu de la clairière.

Elle espérait de tout son être que ce n'était pas la dernière fois qu'elle voyait ses amis... et Faulkner.

* * *

— Allez, partons. Il faut emmener Summer à l'hôpital, ordonna Wolf en retournant au véhicule.

Dude détacha enfin les yeux des caméras et regarda ses coéquipiers. Wolf le dévisageait d'un air inquiet. Benny et Cookie semblaient simplement énervés et Mozart et Abe, visiblement soulagés d'avoir récupéré leurs compagnes, semblaient également déterminés.

— Personne ne se frotte à notre équipe. Et personne ne cherche à nuire à nos femmes et s'en sort vivant, dit Abe avec emportement. On ne s'arrêtera pas avant de l'avoir retrouvée, Dude.

— La femme s'appelait Alicia et le mec Javier, dit soudain Alabama. Ils ont dit que deux des gars qui étaient au supermarché ce jour-là étaient leurs frères.

Ces deux phrases permirent d'éclaircir la situation.

— Une vengeance, dit Cookie en énonçant l'évidence.

— Visiblement, faire des bombes et être un connard est un trait de famille, lança Summer dans les bras de Mozart.

Personne ne rit, mais tout le monde apprécia sa tentative de détendre l'atmosphère.

— On ne peut pas encore partir. Et si Cheyenne n'est pas loin ? On perdra trop de temps à retourner en ville s'il faut revenir ici une fois que Tex aura remonté la source du signal.

Benny avait l'esprit pratique, et c'était effectivement un dilemme. Il avait raison. Dude ne savait pas s'ils devaient continuer à fouiller les bois environnants ou bien retourner en ville. Il ferma les yeux et inclina la tête pour réfléchir.

Bon, alors ils étaient de la famille des mecs qu'on a tués... Ils voulaient se venger. Voudraient-ils cacher Cheyenne dans les bois afin de la torturer, ou bien la ramener vers la civilisation pour une raison quelconque ?

Dude leva la tête, sachant au plus profond de lui que sa conclusion était la bonne.

— Ils sont en ville.

Sans demander à Dude pourquoi il en était aussi certain, les hommes se dirigèrent à grands pas vers la voiture.

Alabama n'en était pas aussi certaine.

— Mais, Dude, ils nous ont emmenées ici. Pourquoi n'auraient-ils pas aussi planqué Cheyenne quelque part dans les parages ?

Sans ralentir l'allure, Dude essaya d'expliquer :

— Ils veulent se venger. Vous n'étiez qu'une diversion. Ils voulaient qu'on perde du temps ici. Ils l'ont ramenée là où il y a des gens. Ils voulaient lui faire du mal à elle, certes, mais ils voulaient également *nous* faire du mal. Ils savent ce que nous sommes et leur objectif est de tuer le plus de gens possible. Ils veulent montrer que les soldats d'élite ne sont pas parfaits ; qu'on ne peut pas toujours secourir des gens comme je l'ai fait ce jour-là au supermarché.

— Mais c'est fou, murmura Alabama.

— Ouais, en convint Dude, sans rien ajouter.

Ils étaient serrés dans la grosse berline, mais personne ne se plaignit. Leur mission n'était pas terminée. Cheyenne était toujours quelque part dans la nature.

16

À la base navale, sept hommes étaient assis autour d'une table. Le responsable hiérarchique de l'équipe – le commandant Hurt – les avait rejoints et écoutait les informations que Tex était en train de leur communiquer.

— Le signal vidéo nous ramène assurément vers la ville. Mais avec tous les bâtiments et les interférences, c'est difficile de déterminer précisément où.

— Essaye.

La voix de Dude était tendue. C'était évident qu'il ne tenait plus qu'à un fil.

— J'essaye, Dude. Je te le jure. La police a-t-elle réussi à faire parler Alicia et Javier ?

Wolf avait contacté le commandant qui avait à son tour appelé la police dès qu'ils avaient quitté le chalet. Il avait expliqué qui étaient ces gens qui avaient enlevé Summer et Alabama. Les deux femmes avaient dit qu'elles étaient particulièrement déterminées à porter plainte.

Javier et Alicia avaient été assez bêtes pour être restés dans leurs appartements, à préparer leurs valises pour quitter le pays. On les avait placés en garde à vue sans le moindre problème, mais ils refusaient de révéler la moindre information sur Cheyenne. Ils avaient nié avoir quoi que ce soit à voir avec les enlèvements et soutenaient même qu'ils ne la connaissaient pas.

Wolf répondit à Tex :

— Non, ils ne disent rien. Mais Alicia a laissé échapper quelque chose. Ce n'est peut-être rien, mais elle a dit qu'elle accepterait peut-être de parler demain matin. Mais on ne sait pas quelle différence cela fera si c'est demain matin.

— C'est une autre bombe, dit Dude dans le silence qui suivit la déclaration de Wolf. C'est la seule piste logique. Ils l'ont planquée quelque part et l'ont immobilisée avec une bombe, comme leurs frères l'ont fait au magasin. Elle parlera demain parce qu'alors, il sera trop tard. La bombe aura explosé.

Étonnamment, c'est le commandant qui péta un plomb :

— Bon Dieu ! Je veux parler au chef de la police *immédiatement* !

Personne n'avait vraiment compris à qui s'était adressé le commandant Hurt, mais Tex décida apparemment que c'était à lui.

— Je vous connecte tout de suite, Monsieur... Ça sonne. Vous pouvez parler.

— Chef ? Écoutez, c'est le commandant Hurt. Il y a eu un développement dans l'affaire...

Le commandant expliqua alors leurs soupçons au chef de la police et pourquoi le temps leur était compté. Le chef accepta de mettre davantage la pression à Alicia et de voir s'ils parvenaient à lui faire révéler où ils avaient planqué Cheyenne.

— Tex...

— Je sais, je sais. Je suis sur le coup.

— On perd du temps.

La voix de Dude se brisa enfin. Il sentait qu'il était presque trop tard. Il savait qu'il aurait besoin de chaque seconde à sa disposition s'il voulait tirer Cheyenne de cette situation pourrie dans laquelle l'avaient placée ces deux tarés. C'était ce à quoi sa carrière tout entière de soldat d'élite l'avait préparé. C'était la raison pour laquelle il était naturellement doué pour les explosifs. Afin de sauver la vie de cette femme. De sauver la vie de sa femme.

— Dude, je jure devant Dieu que je vais la trouver. Ces imbéciles ne sont pas très intelligents, et ils ne sont certainement pas plus malins que moi. Connards.

Tex interrompit brusquement sa tirade :

— Attendez... oh, putain. C'est une plaisanterie ?

— Quoi ? Bon sang, Tex. Quoi ?

Tous les hommes de la pièce braquèrent leur attention sur le téléphone posé sur la table.

— Bon, je ne suis pas sûr à cent pour cent, mais je ne veux pas attendre d'en être complètement certain. J'ai ciblé le signal à un seul pâté de maisons. Il y a trois bâtiments. Un immeuble de bureaux, un d'appartements et ce qui ressemble sur les photos par satellite à une vieille usine désaffectée. Je crois qu'on prévoit de la transformer en duplex modernes ou quelque chose comme ça.

Wolf se tourna vers Dude.

— Lequel ?

Il savait sans l'ombre d'un doute que Dude saurait.

Dude ferma les paupières pour réfléchir. Il n'avait pas le droit de se tromper. Certes, tous les bâtiments étaient proches l'un de l'autre, mais pour le bien de tous les gens impliqués, pour Cheyenne, il n'avait pas le droit de se tromper. Il réfléchit à voix haute à la situation :

— Bon, on peut écarter le bâtiment abandonné. Ça ne causerait pas assez de dégâts. Ils veulent que des gens soient blessés ou tués. Ils veulent se faire remarquer. Il y a des gens dans les deux autres bâtiments. Tex, demanda Dude en ouvrant les paupières tandis qu'il arpentait la pièce, parle-moi de la construction des bâtiments.

Ils entendirent Tex appuyer sur les touches de son clavier.

— L'immeuble de bureaux a quatre étages et abrite dix-sept organismes différents. Ils sont répartis sur les différents étages. Il y a des ascenseurs dans le coin nord-ouest et au milieu. Des escaliers au sud-ouest et au nord-est. L'immeuble d'appartements a aussi quatre étages. Il y a vingt appartements à chaque étage, ce qui fait un total de quatre-vingts. Soixante-quinze sont présentement occupés. Il y a deux appartements libres au deuxième étage, un au troisième et deux au quatrième. Il y a trois ascenseurs dans le vestibule et deux escaliers. Les deux ont des escaliers d'évacuation qui donnent sur la rue.

— Des points d'accès ? aboya Dude qui faisait toujours les cent pas.

— Les bureaux possèdent deux issues de secours qui donnent sur la rue depuis les escaliers. Il y a deux entrées principales dans le bâtiment et apparemment, il y a un poste de sécurité dans le vestibule pour vérifier les cartes des employés et réceptionner les colis. Le bâtiment d'habitation possède également deux entrées qui s'ouvrent toutes les deux par carte, mais pas de poste de sécurité dans le vestibule. Il y a un bureau de poste au premier étage qui est accessible au grand public, mais il y a une porte à carte qui mène à la salle de tri du courrier dans le vestibule.

— Les sous-sols ? Ils sont accessibles ?

— Les deux bâtiments ont des sous-sols. On ne peut pas y accéder dans le cas des bureaux, mais les deux escaliers des appartements donnent accès au sous-sol et au toit.

Dude se dirigeait vers la porte de la salle de conférence avant que Tex ait fini de parler.

— Elle est au sous-sol des appartements, dit-il en atteignant la porte.

Personne ne demanda comment Dude le savait ; personne ne remit son affirmation en question. Le don qu'avait Dude pour deviner les choses était parfois étrange. S'il disait que Cheyenne était au sous-sol des appartements, c'est qu'elle l'était.

Le commandant hurla des ordres à Tex au téléphone :

— Je vais informer les chefs de la police et des pompiers... Déclenchez les alarmes de ces bâtiments à distance, Tex, évacuez ces deux bâtiments et faites sortir les gens de la zone. Je ne sais pas combien de temps nous avons, mais il faut qu'on fasse sortir tout le monde.

Dude était concentré sur Cheyenne. Le commandant avait raison. Il ne savait pas combien de temps il avait, mais au fond de lui, il craignait que cela ne soit pas suffisant.

* * *

Cheyenne entendit les alarmes du bâtiment sonner au-dessus d'elle. Elle ne savait pas quelle heure il était ou quel pourcentage des huit heures s'était déjà écoulé depuis qu'Alicia et Javier étaient partis. Son épaule ne lui faisait plus mal et elle se dit que c'était parce qu'elle était engourdie. Elle savait que lorsqu'on déboîtait une épaule, la circulation finissait par s'interrompre.

Ses yeux retournèrent vers l'écran noir et blanc. Elle ne pouvait pas en décrocher. C'était le dernier endroit où elle avait vu Faulkner et elle avait besoin de conserver ce souvenir dans sa tête.

Cheyenne espérait vraiment que les sons des alarmes au-dessus de sa tête signifiaient que le bâtiment était en train d'être évacué. Elle ne pouvait pas se permettre de penser que c'était à cause d'elle, sans quoi cet espoir grandirait en elle, seulement pour se voir détruit.

Les arbres qui ondulaient près du chalet sur l'écran l'hypnotisaient. Sa porte d'entrée était ouverte et de temps en temps, elle se refermait lentement pour s'ouvrir à nouveau quelques minutes plus tard. Elle garda son attention braquée sur le petit écran. C'était mieux que de songer à sa propre situation ou au nombre de gens qui risquaient de mourir à cause d'elle.

Dude était entièrement concentré sur le bâtiment devant lui. Son instinct lui disait que sa Shy était là. La configuration était parfaite. La porte des escaliers qui donnaient sur l'allée avait été maintenue ouverte grâce à une petite pierre coincée dans le chambranle qui l'avait empêchée de se refermer entièrement. C'était forcément par là qu'Alicia et Javier étaient entrés.

Dude se tourna vers Benny et Cookie.

— J'y vais seul.

— Non, certainement pas, lui rétorqua immédiatement Benny.

— Écoute, on sait tous ce qu'on va trouver en bas et je suis le seul qui puisse la sortir de là.

— Non, ce n'est pas vrai, Dude, argumenta Cookie. On est une équipe et tu nous fais perdre du temps. Wolf a la situation en main en haut. On va descendre avec toi et trouver comment la sauver. Maintenant, tais-toi et bouge-toi le cul.

Cookie avait raison. Ils n'avaient pas de temps à perdre. Dude fit volte-face et descendit les escaliers. Les trois hommes tournèrent à l'angle du bâtiment et pilèrent net. Dude avait eu raison. Cheyenne était là, mais elle était vraiment dans la mouise. Ils l'étaient tous.

Cheyenne avait cru entendre quelque chose, mais elle ne fit pas l'effort de détourner les yeux de l'écran. Elle voulait demeurer dans l'instant présent, se souvenir qu'elle avait vu ses amies se faire secourir. Soudain, elle sentit une main sur sa joue. Non, elle sentait la main de *Faulkner* sur sa joue. Elle aurait reconnu le contact de ses cicatrices et de sa peau durcie n'importe où. Était-elle en train de rêver ?

— Shy, je suis là.

Cheyenne arracha son regard de l'écran et leva les yeux. C'était *bien* Faulkner. Et Hunter. Et Kason. Oh, merde.

— Non. Partez, sérieusement. Je vous en prie. Partez.

— On a déjà vécu ça, Shy. Laisse-moi simplement t'aider. Je vais te sortir de là.

— Non, Faulkner, tu ne peux pas. Ce n'est pas comme la dernière fois.

— Bien sûr que si. Je ne vais pas te laisser partir, Shy. Tu es à moi. Tu l'as dit. Je prends soin de ce qui est à moi. Tu te souviens ?

Cheyenne ne put retenir un sanglot. Elle regarda en direction de Kason et de Hunter et murmura :

— Je vous en prie ; il n'y arrivera pas cette fois. Emmenez-le et partez.

— Certainement pas, Cheyenne, il ne partira pas et nous non plus, dit Cookie avec véhémence en parcourant son corps du regard et en essayant de trouver un plan d'action.

— Cheyenne, les autres sont en train d'évacuer le bâtiment. Ils font partir tout le monde. On va simplement te retirer toute cette merde et Dude s'occupera de ce qui se trouve dessous, et on te sortira de là aussi.

Bizarrement, Cheyenne ne réagit pas à sa déclaration, mais se tourna vers Faulkner et lui demanda d'une voix étonnamment monocorde :

— Combien de temps s'est écoulé depuis que vous avez secouru Summer et Alabama ?

Il se détourna un instant pour jeter un œil à sa montre, puis il regarda à nouveau Cheyenne dans les yeux.

— Environ six heures.

— Ils ont dit huit heures. Ça fait probablement sept heures, maintenant. C'est impossible que tu comprennes tout ça en une heure.

— Ne dis pas de bêtises, Shy. Une heure me suffit largement. Je pensais même que je n'avais que quelques minutes. Fais-moi confiance.

— Je te fais confiance, Faulkner. Mais...

— Non. Pas de « mais ». Ou tu me fais confiance ou pas. Point barre, Shy.

Cheyenne plongea dans les yeux de Faulkner. Elle essaya de ne pas se dire qu'elle allait peut-être exploser ou bien qu'*il* allait se faire réduire en morceaux juste à côté d'elle. Il n'avait pas demandé grand-chose d'elle, seulement sa soumission et, ainsi, sa confiance. Elle savait qu'il prendrait soin d'elle sexuellement ; elle savait qu'il ne lui ferait jamais de mal volontairement ; il faudrait également qu'elle lui fasse confiance dans la situation présente. C'était son travail.

— Je te fais confiance et je t'aime.

Cheyenne vit Faulkner fermer brièvement les paupières. Quand il les rouvrit, ses prunelles brillaient de détermination. Les lèvres pincées, il lui dit :

— Quand je te ramènerai à la maison, tu vas payer pour avoir attendu jusqu'à *maintenant* pour me dire ça, Shy.

Quand elle rouvrit la bouche, il l'interrompit d'un geste, à nouveau complètement concentré sur ce qu'il devait faire.

— Dis-moi ce qu'il y a sous ce scotch. Le plus d'informations possible.

— À ce que j'en sais, il y a trois bombes. Une entre mes genoux, une sur mon ventre et une sur ma poitrine. Elles étaient déjà enclenchées avant qu'ils ne me les scotchent dessus. Je ne sens plus mon bras. Javier m'a déboîté l'épaule avant de me momifier.

Sans s'attarder sur cette révélation, Dude lui demanda :

— Laquelle ont-ils fixée en premier ? Tu arrives bien à respirer ? Est-ce qu'il y a un autre point négatif dont je devrais avoir connaissance avant de commencer ?

— Ils ont commencé par les pieds. Je ne pouvais pas leur donner des coups de pied s'ils étaient ligotés. Alors ils m'ont immobilisée et ont commencé par mes pieds avant de remonter. Et oui, je respire bien.

Cheyenne resta silencieuse un instant et murmura :

— J'ai peur, Faulkner.

— Moi aussi, Shy, moi aussi, dit Dude à l'improviste. Mais je te jure que je te sortirai de là.

— Je le sais. N'aie pas peur de me faire mal. Je peux le supporter. Fais le nécessaire pour retirer l'adhésif et désamorcer ces bombes.

— Tu n'as pas besoin d'avoir mal, Cheyenne, dit Cookie en tirant quelque chose de son sac. Dude, j'ai de la morphine.

— Vas-y.

Dude n'avait même pas hésité. Il savait qu'il allait

devoir faire mal à Shy et il voulait s'assurer que cela reste minime.

— Oh, merde, Faulkner. Tu sais l'effet que ces médicaments ont sur moi.

Dude sourit pour la première fois depuis des heures. Il se pencha rapidement et embrassa le front couvert de scotch de Shy avant de la regarder dans les yeux.

— Peu m'importe ce qui sort de ta bouche, ma belle, tant que tu es vivante et que tu respires.

— Cheyenne, je vais devoir t'injecter ça dans la cuisse. Je ne vois pas exactement où je vais, alors je m'excuse à l'avance si je te cause la moindre douleur.

— Hunter, ça me fera bien plus mal si je me fais exploser, alors peu m'importe où tu me piques ; serre les dents et vas-y.

L'irritation dans sa voix fit ricaner Benny alors que Cookie insérait rapidement l'aiguille dans sa cuisse à travers le scotch.

Toujours en regardant Faulkner dans les yeux, Cheyenne lui dit :

— N'attends pas, fais-le.

Même s'il aurait voulu attendre que la morphine fasse effet, Cheyenne avait raison : il n'avait plus le luxe d'attendre.

— Benny, viens là près de sa tête ; ne touche pas au scotch sur sa tête qu'on pourra enlever plus tard. Commence par sa poitrine. Fais très attention. Évite absolument de toucher la bombe. Desserre autant que tu le peux. Cookie, fais pareil en commençant par ses hanches. Je vais commencer par en bas. Retire simplement ce qui est nécessaire pour accéder aux appareils, et rien de plus.

Les trois hommes se mirent au travail.

Dude tira son couteau et les autres l'imitèrent, découpant l'adhésif autour des chevilles de Cheyenne. Il avait d'ailleurs dû trancher le scotch tant il était épais. Alicia et Javier avaient passé beaucoup de temps à la momifier. Ils n'avaient pas voulu qu'elle soit capable de s'en sortir facilement... et même pas du tout, d'ailleurs.

Au moins, Dude lui avait libéré les chevilles. Une fois qu'elles furent séparées, il avait eu moins de mal à découper l'adhésif qui lui maintenait les jambes ensemble.

Il parvint enfin à l'explosif situé entre ses genoux. Il prit un temps précieux à décoller autant de scotch que possible au-dessus et au-dessous de l'appareil.

— Faulkner, la dernière fois que tu étais entre mes jambes, tu m'as ordonné de ne pas jouir. Je ne pense pas que ça va être un problème pour l'instant.

Dude ne put s'empêcher de sourire. C'était incroyable de voir combien Cheyenne n'avait plus de filtres quand elle avait des médocs dans le corps !

— Shy..., commença-t-il à lui dire avant qu'elle ne l'interrompe.

— Non, je sais. Je sais que tu aimes me commander et tu sais que j'aime ça. Je dis simplement que tu n'as pas à me dire de me retenir. Je ne vais pas le faire. Je te le jure.

Entendant le rire étranglé de Cookie, Dude expliqua à ses amis :

— Ce sont les médicaments. Elle dit tout ce qu'elle pense sans le moindre filtre.

— Manifestement, observa Cookie qui souriait toujours.

— Faulkner ? demanda Cheyenne qui semblait complètement partie.

— Oui, Shy ? répondit Dude sans lever la tête d'entre ses jambes.

— Je t'aime, tu sais. J'essayais de trouver le bon moment pour te le dire, mais plus j'ai attendu, plus c'était difficile de trouver le bon moment. J'allais te faire à dîner un soir, mais j'avais oublié que je devais travailler. Et puis je cuisine mal. Plus j'allais te le dire quand tu m'as fait mettre à genoux devant toi, mais ça n'a pas semblé bien non plus, et puis ce n'est pas vraiment comme si je pouvais véritablement parler avec la bouche pleine. Puis j'allais attendre que tu me détaches une nuit... Bon sang, c'était chaud... Mais quoi qu'il en soit, je me suis endormie trop tôt. Ça ne me semblait pas bien de te le dire juste comme ça... mais c'est vrai. Je t'aime tellement. Tu es tout ce que j'ai toujours souhaité chez un homme. Chez *mon* homme. Je ne savais pas que j'avais envie de me soumettre, mais tu rends la chose si facile. Je... je ne sais pas ce que je ferais si tu décidais que tu n'as plus envie de moi.

Dude s'interrompit pendant une fraction de seconde, se sentant forcé de réagir à la douleur qu'il entendit dans sa voix.

— Shy...

— Non ! Je sais. Je suis probablement en train de détruire ce moment. J'ai l'impression de flotter. Mais c'est simplement que je ferais n'importe quoi pour toi. Il faut que tu saches. Je te laisserais même tranquille si tu me le demandais. Ça risquerait de me tuer, mais je le ferais.

— Je ne te laisserai pas partir, Shy.

— Oh, d'accord. C'est bien. Parce que j'aime quand tu me prends dans tes bras.

Dude secoua la tête et se concentra à nouveau sur le dispositif.

— Merde, dit-il doucement. Cookie, Benny, arrêtez. Ils ont connecté les trois bombes ensemble. Je ne peux pas en désamorcer une sans désamorcer les autres en même temps.

Sans jamais laisser passer une opportunité d'en rajouter une couche, Cookie dit :

— On dirait qu'après tout, tu avais besoin de nous deux ici, non ?

— Idiot, dit doucement Dude, sachant que Cookie avait raison.

Il n'aurait jamais pu désamorcer les trois bombes

tout seul. Il avait besoin de ses deux coéquipiers à ses côtés.

— Hunter ?

— Oui, Cheyenne ?

— Comment va Fiona ? Je parie qu'elle a vraiment eu peur. Et elle n'a pas vu Javier, n'est-ce pas ? Je ne veux pas qu'elle panique. Je sais qu'elle n'a pas encore oublié ces connards du Mexique qui l'ont enlevée. Ce n'est pas que Javier l'a enlevée, mais quand même. Je m'inquiète pour elle. Elle me manque. On n'a même pas pu finir nos shots...

— Elle va bien, Cheyenne. Ne t'inquiète pas pour elle.

Il y eut un silence alors que les trois hommes retiraient assez de scotch pour pouvoir parvenir prudemment aux bombes en dessous. Chaque fois qu'ils devaient retirer l'adhésif de sa peau, ils grimaçaient. Les plaques rouges au-dessous étaient effrayantes.

— D'accord, les deux premières sont libérées. Comment ça va en haut, Benny ? demanda Dude, urgemment.

Le temps passait. Trop de temps. Il n'aurait pas de deuxième chance.

— J'ai presque fini, Dude.

— Kason... Ce nom me plaît. Pourquoi est-ce qu'on t'appelle Benny ?

Benny ouvrit la bouche, mais Cookie répondit avant qu'il ne puisse le faire :

— Il a bien mérité son surnom, Cheyenne. Même s'il te dira le contraire.

— Oh, je devine qu'il y a une histoire super derrière, marmonna Cheyenne. Vous pouvez voir mon bras ? Il est toujours là ? Je ne le sens pas. Ça ne présage rien de bon, n'est-ce pas ? Faulkner ?

— Oui, ma belle ?

— Je t'aime.

— Je sais.

— Tu ne vas pas me le dire aussi ?

— Si, quand tu seras sortie de ce putain de bâtiment, que tu seras en sécurité dans mes bras et dans mon lit, que tu auras joui trois fois, et que je serai certain que tu ne te retrouves plus dans ce genre de situation pourrie.

— Euh, Faulkner ?

— Quoi ?

La voix de Faulkner était professionnelle. Il avait beau aimer Cheyenne, il essayait de se concentrer.

— Tu as dit beaucoup de jurons, mais j'ai hâte.

Dude soupira, mais il ne lui répondit pas.

— Bon, les gars, voilà ce que j'ai besoin que vous fassiez. Vous voyez ce petit fil rouge qui court sous l'appareil ? À trois, j'ai besoin que vous tiriez dessus. Tirez aussi fort que vous pouvez. Il faut l'arracher. Il faut qu'on le fasse tous en même temps. Sans quoi, elles explosent toutes.

— Oh, mon Dieu, non. Je vous en prie, non, dit

soudain Cheyenne en commençant à se contorsionner sous eux.

Benny dut lui placer les deux mains sur les épaules pour essayer de la retenir. Dude n'avait pas été certain qu'elle comprenne ce qu'ils faisaient, mais ses paroles lui confirmèrent que si. Elle avait parfaitement compris.

— Laissez tomber, putain. Ne faites rien. Kason, Hunter, partez ; emmenez Faulkner. Non !

Elle commença à trembler fort.

Dude regarda sa montre. Le temps lui était compté, mais il lui en restait quand même. Il se dirigea dans la ligne de vision de Cheyenne. Prenant sa tête entre ses mains, il se pencha vers elle.

— Cheyenne, arrête.

Elle s'immobilisa, mais il vit des larmes couler de ses yeux pour la première fois depuis qu'ils étaient arrivés. Elle avait été tellement forte, mais quand la situation avait été trop réelle, elle avait fini par craquer.

— Je ne peux pas. Je veux te toucher, Faulkner, mais je ne peux pas. Je n'ai jamais eu aussi peur de toute ma vie. Pas pour moi, mais pour *toi*. Je ne veux pas que Fiona perde son homme à cause de moi. Je ne veux pas qu'à cause de moi, Benny ne rencontre jamais celle qui attend qu'il devienne son protecteur. Je ne veux pas que tu meures à cause de moi. Si je meurs, c'est bon, tu trouveras quelqu'un d'autre, mais je ne peux pas te tuer. Je t'en prie, Faulkner, je t'en prie.

Dude sentit son cœur se briser. Il se pencha et

embrassa les larmes qui coulaient de son œil droit, puis il fit pareil du côté gauche.

— Shy, je ne trouverai jamais personne d'autre. Jamais. C'est toi. Point barre, on n'en parle plus. Je t'ai attendue toute ma vie. Si je dois passer une seule journée sans goûter à ces rouges à lèvres parfumés que tu utilises, je n'y survivrais pas. Si je ne peux pas te voir toutes les nuits étendue sur mon lit, à attendre que je vienne te rejoindre pour faire ce que je veux de toi, si je ne te sens pas te contracter autour de moi, ma vie ne vaut pas la peine d'être vécue.

Dude baissa la voix pour murmurer :

— Je t'aime, Shy. On fait ça ensemble, d'accord ?

— Tu ne me poses jamais de questions, Faulkner.

— Pardon.

Dude contint son ricanement. Elle était tellement mignonne, même lorsqu'elle était couverte de scotch.

— Je t'aime, Shy. On fait ça ensemble.

Cheyenne renifla.

— Tu peux m'essuyer le nez, s'il te plaît ? Je n'y arrive pas et je n'aime pas la sensation de la morve qui me dégouline sur le visage.

Dude sourit et se servit de sa manche pour essuyer de son visage les quelques larmes qui restaient puis pour éponger le liquide qui avait coulé de son nez.

— Est-ce que maintenant, je peux désamorcer cette putain de bombe et nous sortir tous de là ?

Cheyenne hocha la tête.

Dude se pencha une fois de plus et l'embrassa sur les lèvres.

— Accroche-toi. On a bientôt fini.

Il redescendit le long de son corps, vers l'appareil calé entre ses genoux.

— Est-ce que Summer va bien ? Alicia et Javier m'ont laissé cette caméra pour que je puisse regarder. Je crois qu'ils voulaient que je vous voie vous faire exploser ou un truc dans le genre, mais vous êtes bien trop intelligents pour ça, n'est-ce pas ? Quoi qu'il en soit, j'ai entendu Alicia...

— À trois. Un...

— ... tirer. Deux fois ! Et elle m'a dit qu'elle avait tiré sur Summer, et je n'étais pas certaine qu'elle soit morte ou pas, parce que je vous ai vus la porter dehors et elle s'accrochait à Sam, alors j'ai pensé qu'elle allait bien, et puis vous n'aviez pas l'air de paniquer ou quoi que ce soit. Mais c'était terrible. Est-ce qu'elle...

— Deux...

— ... va bien ? Je veux dire. Ça n'a pas dû être drôle d'avoir été enlevée *une deuxième fois*. Connards... Et Caroline ? Elle va bien ? Je veux dire que ça doit être terrible d'être restée à *Aces* et d'avoir soudain découvert qu'on avait été enlevées. Où sont Fiona et Caroline ? Est-ce que quelqu'un veille...

— Trois !

— ... sur elles ? Parce qu'Alicia et Javier savent qui elles sont et ils sont toujours dans la nature. Ils ont l'intention de quitter le pays. Vous le saviez ? Ils me l'ont dit... Quels imbéciles ! Alors vous devez vous assurer de...

— Cheyenne.

— ... de les retrouver avant qu'ils ne puissent sortir du pays. Est-ce qu'on peut les récupérer s'ils vont au Mexique ? Je ne me souviens jamais des règles pour ce genre de choses. Je veux ressortir avec les filles. La semaine prochaine. Pas demain. On n'a pas pu...

— *Cheyenne.*

— ... finir notre soirée entre filles et c'était la première que j'ai jamais eue. Je me suis amusée, putain. Ce n'est pas juste. Ce n'est pas notre faute si des imbéciles se sont décidés à la gâcher...

Les mots de Cheyenne moururent soudainement. Elle leva les yeux et vit Faulkner agenouillé près d'elle tandis que Kason et Hunter s'étaient redressés.

— C'est terminé, Shy.

— Vous avez éteint les bombes ?

Dude sourit de sa formulation.

— Oui, on les a éteintes.

— Est-ce qu'on peut rentrer, maintenant, Faulkner ? Je veux dormir un million d'heures dans ton lit. Avec toi. Nue. Préférablement avec toi à l'intérieur de moi.

— Bientôt. Mais d'abord, j'ai besoin de t'emmener à l'hôpital.

— Mais, Faulkner, je ne veux pas aller à l'hôpital. Je veux simplement être avec toi.

— Tu vas être avec moi, Shy. Je ne te quitterai pas, et que personne ne vienne *essayer* de m'éloigner de toi.

— D'accord, mais alors vite. Tu m'emmèneras au lit ?

— Oui, Shy, bientôt.

Levant les yeux vers Hunter et Kason et voyant les grands sourires qu'ils arboraient, Cheyenne leur demanda :

— Qu'y a-t-il de si drôle ? Je ne pense pas qu'il y ait quoi que ce soit de drôle dans cette situation. Dis-leur d'arrêter de rire, ordonna-t-elle en se retournant vers Faulkner.

— Tu es tellement mignonne, Shy.

— Non, je ne le suis pas, rétorqua-t-elle du tac au tac. Ça fait des heures que je ne suis pas capable de mettre du gloss, mes lèvres n'ont pas le moindre goût, et je veux m'assurer qu'elles aient toujours un goût différent afin que tu aies envie de les embrasser. Je suis couverte de scotch... *encore une fois*... mais cette fois, je sais que ça va me faire un mal de chien quand on va me le retirer. Je ne sais pas comment ils vont pouvoir me le décoller des cheveux sans tout raser. Je ne sens plus mon bras et j'ai peur qu'on soit obligé de le couper aussi. Je suis simplement lasse d'avoir peur et maintenant je vais me remettre à pleurer, mais je ne peux toujours pas essuyer ma propre morve de mon visage.

Dude se pencha et prit Cheyenne dans ses bras.

— Essuie-toi sur moi, Shy, je peux le supporter. Je

jure devant Dieu que tu ne vas rien sentir quand ils vont te retirer le scotch, qu'ils ne vont pas te couper tous tes cheveux et que tu auras toujours ton bras quand tu te réveilleras.

Dude sentit Cheyenne hocher le menton contre son épaule là où elle avait enfoncé sa tête, puis elle s'essuya le visage contre son haut, le prenant manifestement au mot et s'y frottant la figure afin d'empêcher sa morve d'y dégouliner. Il sourit.

— Autre chose : j'ai envie de t'embrasser même si tu n'as pas de baume à lèvres parfumé.

— D'accord. J'ai envie de te serrer contre moi.

— Et tu le feras. Mais silence, à présent. Laisse-moi prendre soin de toi.

— Tu prends toujours soin de moi.

— C'est bien vrai.

17

Cheyenne grogna et ouvrit les yeux. La pièce était plongée dans l'obscurité, mais elle sut immédiatement qu'elle se trouvait à l'hôpital. Impossible de se méprendre sur l'odeur de l'antiseptique, des personnes âgées et de la maladie. Se sentant paniquer, elle regarda à droite et soupira.

Faulkner était là. Elle gardait des bribes de souvenirs des heures précédentes, et il avait été fidèle à sa parole et ne l'avait pas quittée. Il l'avait portée hors du sous-sol sous un soleil étincelant, en plein jour. Il y avait eu des caméras et des gens qui demandaient des informations à grands cris, mais Faulkner les avait tous ignorés et ses coéquipiers l'avaient escorté, les protégeant des caméras, jusqu'à l'ambulance qui les attendait. Seulement cette fois, il ne l'avait pas laissée seule. Il s'était assis près d'elle et avait gardé sa main mutilée sur son front durant tout le voyage.

Les urgences les avaient attendus et on avait déplacé Cheyenne à l'arrière, derrière un petit rideau. Un médecin s'était présenté presque immédiatement afin d'évaluer la situation. Cheyenne ne se souvenait pas de grand-chose après ça, sauf qu'on lui avait fait une autre piqûre et qu'elle avait levé des yeux paniqués vers Faulkner.

Il avait murmuré, inclinant sa tête vers elle :

— Fais-moi confiance.

Elle avait hoché la tête et s'était assoupie.

Cheyenne regarda Faulkner respirer. Le rythme de sa respiration était régulier. Elle l'avait vu dormir assez souvent pour savoir qu'il était profondément endormi et que ce n'était pas le type de sieste qu'il avait l'habitude de faire de temps en temps.

Elle jura à mi-voix quand la porte s'ouvrit et que Faulkner s'éveilla brusquement. Il avait probablement eu besoin de ce sommeil et il venait d'être violemment interrompu. Cheyenne garda les yeux braqués sur lui et fut récompensée par son sourire radieux quand il vit qu'elle était éveillée.

Il se redressa et vint la rejoindre.

— Hé, Shy. Comment te sens-tu ?

— Horrible.

Sa voix était légèrement rauque, mais elle était honnête, comme toujours.

Sa réponse fit ricaner Faulkner et elle le regarda en fronçant les sourcils.

— Tiens bon, Cheyenne, tu te sentiras vite mieux.

Cheyenne se tourna et vit qu'un homme se tenait près de son lit. Elle ne le reconnut pas, mais c'était visiblement son médecin.

— Cette fois, on a été capables de retirer la majeure partie du scotch sans vous arracher la peau. Mais il faudra un peu de temps pour que les poils de vos bras et de vos jambes repoussent.

Cheyenne se rappela pour la première fois que le scotch lui avait couvert la tête. Elle leva son bras valide comme pour sentir d'elle-même si elle était vraiment chauve, mais Faulkner l'intercepta et lui embrassa la paume avant de l'enserrer dans sa main mutilée.

— Mes cheveux ?

— Ça a été un peu plus difficile. Votre homme, dit le docteur en désignant Faulkner, a refusé de nous permettre de les raser, mais on a dû en couper un peu pour décoller l'adhésif.

Des larmes se rassemblèrent au coin des yeux de Cheyenne, mais elle ne voulut pas les laisser couler. C'était stupide de pleurer pour quelque chose comme ça. Elle était vivante, Faulkner était vivant, ses amies étaient vivantes. Ses cheveux repousseraient.

— C'est bon, Shy, lui murmura Faulkner à l'oreille. Ils sont juste plus courts qu'avant. Fais-moi confiance.

Qu'il soit maudit s'il continuait de lui dire ça. Elle lui faisait confiance, mais c'était effrayant de ne pas pouvoir s'en rendre compte d'elle-même. Elle se mordit la lèvre puis hocha la tête. Le sourire qui lui monta au visage était toute la récompense dont elle avait besoin. Elle aurait traversé un brasier pour le voir lui sourire ainsi. Pour savoir qu'elle lui faisait plaisir.

Le médecin continuait de parler :

— Votre épaule va mettre un peu plus longtemps à guérir. Vous avez de la chance que ce n'ait été qu'une subluxation.

Devant le manque de réaction de Cheyenne, le médecin s'expliqua :

— Pardon. Ça veut dire que ce n'était qu'une dislocation partielle. On n'a pas eu besoin de vous opérer pour la remettre en place ; on l'a simplement manipulée ici, aux urgences. Ça ne signifie pas que ça ne va pas vous faire mal. Comme elle est restée disloquée pendant un long moment, il va falloir qu'on la surveille de près. Vous aurez besoin de la tenir près de votre corps pendant un moment. Des études ont montré que la garder en écharpe ne sert pas vraiment à grand-chose, alors faites ce que vous pouvez et faites attention. Si une écharpe vous aide, utilisez-en une. Si vous êtes fatiguée et que vous avez besoin de faire une pause, n'hésitez pas. Je vous ai prescrit des antidouleurs. Je vous recommande de vous en servir les deux premiers jours, puis vous pourrez arrêter.

— Pas de médicaments, insista Cheyenne. Je n'aime pas ma réaction.

À côté d'elle, Dude grimaça :

— Je ne peux qu'être d'accord avec elle sur ce point. Ils modifient vraiment son comportement, mais je sais que si jamais j'ai besoin de lui faire dire des secrets, j'ai trouvé la solution.

— Ce n'est pas drôle, Faulkner, le gronda Cheyenne.

— Mais c'est la vérité.

Ignorant Faulkner pour l'instant, elle se retourna vers le médecin.

— Quand puis-je rentrer chez moi ?

— Aujourd'hui.

Cheyenne poussa un soupir de soulagement.

— Il faut qu'on s'occupe de vos papiers et qu'on vous mette sur la liste des patients à laisser sortir, mais vous devriez pouvoir partir dans deux heures.

Faulkner tendit la main au médecin afin qu'il la prenne.

— Merci pour tout, Doc. Je suis sincère.

— Vous avez beaucoup de chance, Cheyenne. Vous avez un vrai champion. Il n'a pas voulu vous quitter et a insisté pour superviser le retrait de tout ce scotch. Je ne le laisserais pas filer, si j'étais vous.

Cheyenne leva les yeux vers Faulkner et sourit.

— Certainement pas, il est à moi et je ne le laisserai pas partir.

Cheyenne piquait du nez sur le lit, attendant que le médecin revienne pour leur donner le feu vert. Elle avait vraiment envie de sortir de là.

SUSAN STOKER

— Qu'est-ce que c'est, putain ? entendit-elle Faulkner s'exclamer.

Puis quand elle ouvrit les yeux, elle vit sa mère et sa sœur entrer dans la pièce.

— Non, certainement pas. Vous n'allez pas rester ici.

— Euh, on est là pour voir ma fille, dit la mère de Cheyenne, d'une voix hésitante.

— Non, ce n'est pas vrai, vous êtes là pour la déranger, rétorqua Faulkner.

— Cheyenne, vraiment, qui est cet homme ? railla Karen. Il ne sait manifestement pas ce que c'est que la politesse. Dois-je appeler la sécurité pour le faire partir, Maman ?

Avant que Faulkner ne puisse dire quoi que ce soit, Cheyenne s'exprima :

— Je t'en prie, Karen, appelle la sécurité, mais ce sera pour vous faire partir toutes les deux et pas Faulkner.

— Vraiment, Cheyenne, sérieusement ! On en a parlé et il faut que tu arrêtes de faire des histoires pour tout.

— Pourquoi êtes-vous là ? demanda Cheyenne en essayant de se redresser.

Faulkner se pencha et l'aida à s'asseoir. Après lui avoir adressé un bref sourire de remerciement, Cheyenne braqua à nouveau son attention sur sa famille.

— Nous sommes là parce que tu fais partie de la

famille, dit sa mère qui avait l'air quelque peu ennuyée.

— Vraiment ? gronda Faulkner derrière Cheyenne.

Elle plaça sa main sur la sienne et la pressa. Elle était reconnaissante de sa présence, mais elle devait gérer cette situation toute seule.

— Bien sûr ! Elle est ma fille, ainsi que la sœur de Karen.

Le silence dans la pièce devint gênant. Cheyenne refusa de le rompre. S'il y avait une raison à leur présence, elle la découvrirait bien assez tôt.

— On a vu aux informations que tu avais à nouveau été kidnappée.

Cheyenne attendit que sa sœur aille droit au but.

— Sérieusement. Visiblement, ton travail te met en danger, alors si tu trouvais quelque chose de beaucoup moins dangereux, ça ne t'arriverait plus.

Cheyenne pressa la main de Faulkner aussi fort qu'elle le pouvait. Elle sentit tous les muscles de son corps se tendre quand elle entendit les paroles de sa sœur.

— Et en quoi est-ce ma faute exactement si j'ai été attaquée pendant que je faisais mes courses, Karen ? Et en quoi est-ce ma faute si cette « pauvre famille », comme tu les as appelés, si je me souviens bien, a ressenti le besoin de venger leurs frères en s'en prenant à moi ? Mon travail n'a rien à y voir. Je reste assise dans une pièce à répondre au téléphone. C'est tout.

— Mais, Cheyenne, regarde ta sœur, dit leur mère, qui soutint à nouveau Karen sans se préoccuper de savoir à quel point ses paroles risquaient de faire du mal à son autre fille. Elle travaille pour le système judiciaire ; elle aide à faire arrêter des criminels. Toi, tu réponds juste au téléphone.

— Maman, ce n'est pas elle qui met les criminels derrière les barreaux. Ce sont les avocats. Elle répond au téléphone et fait le sale boulot pour les avocats qui se tapent tout le travail. En quoi son boulot est-il différent du mien ?

— J'en ai assez, dit Dude qui ne parvint plus à tenir sa langue. Votre fille ne répond pas simplement au téléphone. Elle est la bouée de sauvetage des gens qui ont besoin d'aide. Parfois, la survie des gens ne tient qu'à elle. Elle explique comment prodiguer les premiers secours, elle apporte du réconfort, elle aide la police et les urgences à trouver les gens qui en ont besoin. Elle est en première ligne tous les jours à se casser le cul sans même un remerciement ou une récompense. Ce n'est absolument pas « rien », ce qu'elle fait. Je suis terriblement fier de ce qu'elle fait, mais là n'est pas la question. Vous êtes sa *famille* et vous auriez dû être à ses côtés la nuit dernière quand on l'a emmenée ici. Vous devriez être fières d'elle parce qu'elle est votre parente, pas à cause de ce qu'elle fait dans la vie. Vous devriez avoir honte.

Dude entendit les deux femmes hoqueter, mais il poursuivit :

— Cheyenne m'a aussi dit qu'elle vous avait répudiées toutes les deux à cause de votre comportement la dernière fois que vous l'aviez vue. Ça veut dire qu'elle en a fini avec vous. C'est fini. Si elle souhaite vous donner une autre chance, c'est à elle de décider. Pas à vous. Ça arrivera probablement, parce que c'est une fille sensible, mais laissez-moi vous dire que si vous la dénigrez à nouveau, vous n'aurez plus jamais l'occasion de lui parler. Je la bannirai de votre vie. Je ne permettrai pas qu'elle se fasse rabaisser et je ne vous permettrai pas de lui faire plus de mal que vous ne lui en avez déjà fait. Alors, partez. Toutes les deux. Réfléchissez à ce que vous perdez. Si vous vous en fichez, c'est votre faute, pas celle de Cheyenne.

Cheyenne vit les lèvres de Karen se pincer.

— Viens, Maman, si Cheyenne veut passer son temps avec ce moins que rien, on va la laisser.

Sa mère regarda Cheyenne une dernière fois et tourna les talons afin de suivre sa sœur en silence hors de la pièce.

Dude posa le pouce contre le menton de Cheyenne et lui fit tourner le visage vers lui. Il la regarda dans les yeux pendant un moment puis soupira.

— Je suis désolé, Shy. Je ne suis pas désolé de les avoir fait partir, mais je suis désolé que tu aies dû vivre ça précisément aujourd'hui. Ne crois pas un mot de ce qu'elles ont dit. Tu es fantastique. Ce que tu fais est fantastique. Je suis fou du moindre centimètre de ta personne.

— Merci, Faulkner. Je suis contente que tu aies été là.

— Tu n'avais pas besoin de moi, tu t'es parfaitement bien défendue, mais je suis content d'avoir été là aussi.

En laissant sa soi-disant famille derrière elle une bonne fois pour toutes, Cheyenne sut qu'elles ne changeraient jamais. Elle avait passé sa vie tout entière à essayer de leur plaire et cela ne l'avait menée nulle part. Elle aurait probablement une bonne crise de larmes plus tard, dans les bras de Faulkner, mais pour le moment, elle était passée à autre chose.

— Tu peux voir avec le médecin dans combien de temps on peut partir ?

— Bien sûr. Je reviens tout de suite.

— Je vais bien. Je le jure.

— Je le sais, Shy. Je t'aime.

Cheyenne sourit en regardant Faulkner ouvrir la porte et jeter un œil dans le couloir pour voir si sa famille était bien partie. Comme il ne les vit manifestement pas, il lui rendit son sourire puis referma la porte derrière lui.

Cheyenne se blottit à nouveau dans le lit, faisant glisser ses fesses vers le bas jusqu'à ce qu'elle se retrouve à nouveau allongée, et elle ferma les yeux. Elle allait peut-être simplement faire une petite sieste en attendant que Faulkner revienne pour la faire sortir de là.

* * *

Cheyenne s'installa sur le siège du pick-up de Faulkner dans un soupir. Elle était tellement contente de sortir de l'hôpital qu'elle n'avait pas de mots pour le décrire. Ils étaient sortis par l'arrière parce que, malheureusement, la presse avait monté le camp devant l'entrée. L'histoire de son deuxième enlèvement et de l'alerte à la bombe qui avait suivi, non seulement contre elle, mais également contre tout un pâté de maisons, faisait la une. Sans parler du fait que ses ravisseurs étaient de la famille de ceux qui lui avaient fait la même chose quelques mois en arrière.

Cheyenne savait que Faulkner ne les laisserait pas s'approcher d'elle, et cela lui permettait de se détendre. Il prendrait soin d'elle.

— Tu veux bien qu'on fasse un petit arrêt quelque part avant de rentrer, Shy ?

Cheyenne se tourna vers lui. Il avait l'air chiffonné et las, mais elle se serait arrêtée partout où il aurait eu envie de le faire sans poser de questions. Peu importait qu'elle porte une autre combinaison d'hôpital et ait désespérément besoin d'une douche. Si Faulkner voulait s'arrêter quelque part, elle était d'accord.

— Bien sûr. On s'arrête où tu veux. Je me sens bien.

Dude se pencha, saisit Shy par la nuque et l'attira doucement à lui, prenant garde à ne pas heurter son épaule.

— Tu *es* super bien. Et merci.

Il la lâcha et démarra.

— J'ai besoin de te dire quelque chose avant de rentrer à la maison. Tu le découvriras bien assez tôt, mais j'avais envie de te prévenir.

— De quoi ? demanda Cheyenne d'une voix suspicieuse.

— Tu emménages avec moi.

— Quoi ? Faulkner ! Tu ne peux pas me le demander maintenant, c'est trop tôt !

— Je ne te le demande pas, Shy. Tu te souviens ? Tu me l'as dit quand on était au sous-sol de ce satané bâtiment. Je ne demande rien. Je dis simplement les choses.

— Eh bien, oui, je m'en souviens, mais c'est trop tôt, Faulkner.

— Certes, mais tu m'aimes. Je t'aime. Je n'aimerai jamais personne d'autre. Je ne te laisserai jamais aimer quelqu'un d'autre. Alors tu emménages avec moi. On peut très bien entamer le reste de notre vie tout de suite. On a déjà perdu trop de temps éloignés l'un de l'autre. Je ne te laisserai pas passer encore une nuit dans un autre lit que le mien.

Cheyenne se sentit fondre. Elle pinça les lèvres et essaya de ne pas pleurer.

— Je n'aurais jamais imaginé en arriver là.

— Où ?

— Là. Avec toi. Dans une relation dans laquelle je me sentirais assez bien pour laisser quelqu'un prendre ce genre de décisions pour moi. Où je n'ai pas à m'inquiéter d'avoir passé une mauvaise journée au travail, où je sais que j'ai quelqu'un pour m'écouter ou me réconforter. Où je n'aurais pas à me battre pour une parcelle d'affection. Où je n'aurais pas à me justifier de mes actes à qui que ce soit. Je n'aurais jamais pensé être aussi heureuse, Faulkner.

— Je ne peux pas te promettre que ce soit un long fleuve tranquille, Shy.

— Ce n'est pas ce que j'ai demandé. Je ne suis pas une idiote. Je travaille à des horaires bizarres. Tu es dans l'armée. Tu es un soldat d'élite. Je sais que tu seras envoyé pour faire des choses sur lesquelles je ne pourrai jamais t'interroger et que je ne saurai jamais. Mais tu sais quoi ? Tu me reviendras. Je n'aurais pas survécu à… l'enfer, *on* n'aurait pas survécu à ce qu'on a traversé si c'est pour qu'on nous le retire maintenant. Quand tu seras obligé de partir, je pleurerai, je bouderai et je serai triste. Mais je passerai du temps avec les filles. On se saoulera la figure, à l'abri dans une maison, j'irai au travail, et je tiendrai le coup jusqu'à ce que tu reviennes. Puis tu me donneras des ordres, tu me dénieras mes orgasmes puis tu m'en donneras encore et encore jusqu'à ce que tu sois satisfait. Puis tu me baiseras jusqu'à ce qu'on soit tous les deux vidés, et on le refera encore et encore. Et j'aimerais chaque seconde.

Dude lui sourit.

— Je t'aime.

— Je n'ai pas fini.

— Pardon, Shy, je t'en prie, continue.

Cheyenne sourit à son homme. Elle l'aimait tellement !

— J'ai compris quelque chose. Et alors tout est devenu clair.

— Qu'est-ce que tu as compris ?

— J'ai compris que lorsque tu es en colère contre moi, ce n'est pas forcément contre moi. C'est parce que tu t'inquiètes.

Elle s'arrêta une seconde avant de poursuivre :

— Et je sais que tu me l'as dit, mais je ne l'ai pas *vraiment* compris. Ce jour-là sur la plage, quand j'avais peur de t'appeler parce que je craignais que tu ne sois en colère... C'est parce que ma sœur avait l'habitude de se mettre en colère contre moi. Elle devenait furax et me criait dessus. Elle me faisait peur et c'est l'image que j'avais de la colère. Mais alors, j'ai vu Fiona avec Hunter. On était allées voir un film et elle avait oublié de lui envoyer un texto. Quand elle a enfin repris contact avec lui, il a crié, l'a grondée et est devenu fou, mais pendant ce temps, Fiona est restée stoïque. Elle n'avait pas peur de lui. Quand il a eu fini, il l'a serrée tellement fort dans ses bras que j'ai cru que ses côtes allaient se briser.

— Il s'inquiétait pour elle. Il était en colère parce qu'il pensait qu'elle avait eu un flash-back. Il ne savait pas où elle était et il avait cru qu'elle avait des problèmes. J'ai compris. Alors je ne veux pas que tu aies peur de me crier dessus, jamais. Je sais que tu ne me feras pas de mal, et je sais que tu es en colère parce que tu as des sentiments pour moi, parce que tu t'inquiètes. Je comprends à présent.

Dude fut obligé d'arrêter la voiture. Seigneur. Il s'arrêta sur le parking d'une société sur le bord de la route. Il mit le moteur à l'arrêt et ouvrit la portière. Il fit le tour jusqu'à ce qu'il se retrouve du côté passager. Après avoir ouvert la portière, il se pencha immédiatement, posant les deux mains sur le siège près de Cheyenne.

— Shy, devant Dieu, tu dois arrêter de me faire ça quand je conduis.

Dude lui sourit puis déplaça ses mains sur ses cuisses.

— Je t'aime. Je t'aime tellement que ça me fait peur. Je m'inquiète pour toi tout le temps. Tout le temps. Même si tu étais dans la pièce d'à côté, je m'inquiéterais pour toi. Est-ce que tu as faim ? Froid ? Tu es heureuse ? Triste ? Satisfaite ? J'ai l'impression que tu vas souvent me voir en colère. Je suis vraiment content que tu me l'aies dit, mais sache que je ferai tout mon possible pour ne pas te crier dessus ou te mettre en colère. Je ne veux pas que tu perdes ton indépendance. Diable, c'est ce qui me plaît chez toi, mais tu dois me promettre de toujours me dire où tu te trouves et quand tu rentreras à la maison.

— Envoie-moi un message, appelle-moi, laisse-moi un mot. Peu importe, mais dis-le-moi. Tu veux sortir déjeuner ? Pas de problème. Envoie un SMS. Tu veux aller faire du shopping avec les filles ? C'est super. Tu peux dépenser tout l'argent que tu veux, mais dis-moi où tu te trouves. Si tu t'arrêtes pour prendre de l'essence avant de rentrer ? Dis-le-moi. Parce que je jure que si tu as deux minutes de retard, je vais m'inquiéter. Je ne suis pas dominant, je ne suis pas un connard. Je *m'inquiète* pour toi. Je ne supporterai pas une fois de plus qu'on t'enlève sous mes yeux. Je jure que je ne le supporterai pas. Si je ne sais pas où tu te trouves pendant plus de cinq minutes, je vais probablement appeler l'équipe pour te retrouver.

Cheyenne posa sa main valide sur la joue de Faulkner.

— Je le promets.

— Oh, et je préfère te prévenir que toi et les autres filles aurez des traqueurs sur à peu près tout ce que vous possédez.

— Quoi ?

— Ouais, on a bossé avec Tex. Il les a commandés et installera le software.

— Euh, c'est un peu exagéré, Faulkner.

— Non, absolument pas. Caroline s'est fait enlever par un traître au sein du FBI et a été transportée jusqu'au milieu de l'océan pour qu'ils puissent se débarrasser de son corps. Alabama vivait dans la rue et personne n'a pu la retrouver. Fiona a été kidnappée dans un pays étranger et était à deux doigts d'être vendue comme esclave sexuelle. Et enfin, Summer a été enlevée par un violeur, meurtrier, fou et pédophile. Et toi, tu as eu trois putain de bombes fixées sur toi et as été dissimulée dans les caves d'un immeuble. Ce n'est absolument pas exagéré.

— Tu jures beaucoup, Faulkner.

Dude se contenta de secouer la tête et la laissa retomber sur sa poitrine, fermant les yeux un moment pour essayer de se reprendre. Apparemment, au lieu de se plaindre du fait qu'il venait de commander des traqueurs pour qu'il soit capable de la retrouver partout peu importe ce qu'elle portait sur elle, Cheyenne s'était concentrée sur ce qu'il lui disait vraiment.

Dude releva à nouveau la tête et se pencha pour l'embrasser. Il s'empara des lèvres de Cheyenne le temps d'un baiser long et profond, puis se retira et sourit.

— Je ne reconnais pas le goût.

— De la grenade.

Dude secoua à nouveau la tête et se passa la langue sur les lèvres.

— C'est délicieux.

Il embrassa Cheyenne sur le front puis se recula et ferma sa portière. Il retourna de son côté d'un pas vif et bondit à l'intérieur.

— Bon, on va arriver en regard. Je dirai que c'est ta faute à toi et celle de ton penchant pour porter du baume parfumé.

— D'accord, accepta Cheyenne en souriant, sans

savoir pourquoi ils allaient être en retard, mais ne s'en préoccupant pas non plus.

Dude conduisit jusqu'à ce qu'ils s'arrêtent sur un parking familier. Cheyenne le regarda avec un sourire radieux.

— Sérieusement ?

— Je me suis dit que puisque tu avais tellement protesté de ne pas avoir pu terminer votre soirée entre filles, il fallait profiter de l'instant présent. Cela dit, tu devras accepter que tes potes soient aussi là. Tout le monde nous attend à l'intérieur.

— Merci, Faulkner. Je t'aime.

— Je t'aime aussi, Shy. Mais ne pense pas que j'aie oublié que tu n'as prononcé ces mots que lorsque tu t'es retrouvée dans une situation de vie ou de mort. Tu m'en dois une.

— Je suis certaine que tu vas me le faire payer... ce soir.

— Tu peux compter dessus. Quand on rentrera, je t'aiderai à retirer tes vêtements et te placerai sur le lit. Je ne peux pas te ligoter les bras, mais je t'attacherai les jambes jusqu'à ce que tu te retrouves en étoile de mer et ne sois plus en mesure de les refermer. Tu ne me toucheras pas et ne bougeras pas d'un pouce avant que je ne me sois contenté de toi. Tu n'auras pas le droit de jouir avant que je ne te le dise. Et Shy, je suis énervé que tu m'aies fait attendre pour t'entendre le dire.

Cheyenne sourit. Ses mots disaient qu'il était

énervé, mais la lueur charnelle dans ses yeux exprimait le contraire.

— Puis je te prendrai fort, pendant que tu seras toujours attachée, et je verrai combien de fois je peux te faire exploser avant de te remplir.

Les oreilles de Cheyenne bourdonnèrent et elle entendit sa propre respiration saccadée.

— On est obligés d'y aller ?

— Oui. Et tu ne boiras pas la moindre goutte d'alcool. Tu as probablement encore de la morphine dans le corps et je ne veux pas courir ce risque. Tu peux boire du jus d'orange, mais pas de soda ; ton corps a besoin de nutriments pour le moment, pas de merdes.

— D'accord, Faulkner.

— Quand je dis qu'il est temps d'y aller, on y va. Ne me contredis pas. Je sais que tu es probablement plus fatiguée que tu ne veux bien le montrer. Et ton épaule te fait probablement mal. Cet antidouleur basique ne fait probablement pas vraiment effet. Mais je voulais t'offrir ça, Shy. Je te donnerai tout et n'importe quoi si j'en suis capable.

— D'accord, Faulkner.

— Je t'aime, Shy.

— Je t'aime aussi.

— Bon, alors allons-y pour qu'on puisse repartir et t'accueillir dans ta nouvelle maison.

— Notre nouvelle maison.

— Oui, *notre* nouvelle maison.

ÉPILOGUE

Le grand groupe d'amis était assis à une table à *Aces*. Cheyenne, Summer et Alabama avaient insisté pour revenir au bar à la première occasion. Leurs hommes, bien entendu, avaient voulu boycotter cet endroit à vie et ne plus jamais y remettre les pieds, mais les femmes n'avaient pas cédé.

— Je ne laisserai pas ces connards nous chasser du meilleur bar de cette ville. On aime cet endroit.

Summer en avait rebattu les oreilles de Mozart jusqu'à n'en plus pouvoir, mais lui, ainsi que Dude et Abe, n'avaient quand même pas cédé.

Ils avaient seulement accepté quand les femmes s'étaient mises d'accord pour y retourner toutes seules. Bien sûr, cela leur avait fait changer d'avis en un clin d'œil. Ils ne les laisseraient pas y retourner sans eux.

Dès que Cheyenne était entrée à *Aces*, elle s'était glacée, mais Faulkner était là, derrière elle. Il l'avait prise dans ses bras et l'avait serrée contre son corps dur. Ils s'étaient tenus au milieu de l'entrée, immobiles. Faulkner s'était penché et lui avait murmuré à l'oreille. Cheyenne avait senti le souffle de ses mots lui chatouiller l'oreille.

— Tu peux le faire, Shy. Tu n'es pas seule. Tu peux rester plantée là aussi longtemps que tu en auras besoin. Je suis là.

Ses mots donnèrent à Cheyenne la force d'inspirer profondément. Elle maria ses doigts à ceux de Faulkner, frottant son pouce contre les moignons de ses doigts pendant une seconde. Puis elle se tourna dans ses bras et posa la tête sur son épaule, lui entourant le dos des bras autant qu'elle le pouvait sans se faire mal à l'épaule.

— Merci, Faulkner. Je t'aime.

— Je t'aime aussi, Shy. Viens, allons prendre un verre.

Après ça, entrer à *Aces* était devenu plus facile. Ils en étaient arrivés au point où Cheyenne et les autres femmes se retrouvaient au petit bar au moins une fois par semaine. Parfois, elles étaient seules, et d'autres fois, elles y allaient avec leurs hommes.

Les hommes aussi s'y rendaient pour se détendre, avec la bénédiction de leurs femmes. Typiquement, ils se faisaient une soirée entre filles et une soirée entre hommes au même moment. Les hommes pouvaient sortir et boire une bière ou deux, et les femmes se terraient dans la maison de Caroline pour faire ce qu'elles faisaient de mieux lorsqu'elles se retrouvaient.

Trois mois s'étaient écoulés depuis que les femmes avaient été kidnappées, et pour une fois, tout avait été tranquille. L'équipe était partie deux fois en mission, mais elles étaient courtes et ils ne s'étaient pas absentés plus de quatre jours d'affilée.

Toute l'équipe était assise autour de la table, leurs bières à la main, et Cookie éclata de rire quand il surprit Dude à regarder sa montre pour la troisième fois en moins de vingt minutes.

— Calmos, Dude, sérieusement. Tu ne peux pas passer une nuit sans ordonner à Cheyenne de s'occuper de toi.

Cookie l'avait dit doucement afin que seul Dude l'entende, voulant le taquiner mais pas révéler son secret au grand jour.

— Ferme-la, Cookie, je t'ai prévenu de ne pas en parler autour de toi. Je sais que tu as entendu ce que Cheyenne a dit dans cette cave, mais ça reste entre nous trois.

— Ne t'inquiète pas, Dude. Je te taquine, mais je ne briserais jamais ta confiance – ou celle de Cheyenne – comme ça.

Dude émit un reniflement moqueur. Cheyenne était partie prendre son service dans l'après-midi et il l'avait prise fort dans la matinée. Elle avait toujours été disposée à faire tout ce qu'il voulait essayer, et ce matin-là, il s'était montré créatif. Dude l'avait ligotée, lui avait attaché les mains derrière le dos et avait joué avec son petit trou pour la première fois avant de la prendre fort. Dude aimait voir que Cheyenne lui faisait assez confiance pour essayer des choses nouvelles. Leur union de ce matin avait été une preuve de confiance ultime, et Cheyenne avait non seulement toléré qu'il lui fasse l'amour d'une façon totalement nouvelle, mais aussi, à en juger par ses gémissements, elle avait apprécié et en voulait plus.

Jess, la serveuse, boitilla jusqu'à leur table et posa une autre tournée de bière sur la table. Elle se tourna pour partir sans sa conversation amicale habituelle.

Benny l'attrapa par le biceps alors qu'elle se tournait pour partir.

— Hé, Jess, comment ça va ? On ne t'a pas souvent vue ces derniers temps.

Benny et les autres hommes froncèrent les sourcils devant la grimace qui passa sur le visage de la serveuse. Benny lui lâcha rapidement le bras et elle recula d'un pas, regardant les hommes attablés puis le plateau qu'elle tenait entre les mains.

— Euh, oui, j'ai eu des choses à faire chez moi.

— Tout va bien ? demanda Benny, n'aimant pas la façon dont elle s'était écartée de lui.

Il n'était pas précisément l'homme le plus grand autour de cette table, mais il n'était pas précisément petit. Il savait qu'il pouvait être effrayant, parfois, mais Jess le connaissait. Elle les connaissait tous. Cela faisait un bon moment qu'elle les servait.

— Oui.

Sa voix était atone et, même si elle n'était pas particulièrement hostile, elle n'invitait pas à poursuivre la conversation, ce qui n'était pas normal pour elle.

Benny la vit jeter un regard furtif autour de la pièce puis se détourner de la table et retourner vers le bar de sa petite démarche boitillante.

— Ce n'était pas normal, commenta inutilement Dude.

— Oui, vraiment pas, rétorqua Benny sans quitter des yeux la serveuse alors qu'elle prenait une autre tournée de boissons au bar.

Dude vit Benny inspirer profondément et se retourner vers le groupe. Ils voyaient bien qu'il ne voulait pas oublier cet échange bizarre avec la serveuse, mais il passa à autre chose. La conversation reprit son cours amical jusqu'à ce qu'enfin, Benny soit le premier à s'en aller.

— Je sais que vous avez tous des femmes à retrouver et que je ne devrais pas être le premier à partir, mais je n'ai simplement plus envie. Saluez tous vos femmes de ma part. Je vous verrai à l'entraînement.

Dude et le reste de l'équipe regardèrent leur ami partir. Ils étaient inquiets pour lui. Benny était à présent l'intrus. Le seul homme de l'équipe à ne pas avoir une femme à protéger et à aimer. Ils ne voulaient pas le perdre. Certes, ils le taquinaient un peu, mais Benny était un membre important de leur équipe.

Personne n'aurait voulu le voir demander d'être transféré vers une autre équipe de soldats d'élite.

Une fois que Benny fut parti, le reste des garçons décida qu'il était également temps pour eux de partir. Ils avaient tous des femmes qui les attendaient. Dude repensa à Cheyenne. Il regarda sa montre. Vingt-trois heures. Parfait. Elle avait changé pour prendre le tour de garde du matin et n'avait plus à travailler en soirée. Cet après-midi-là, après le travail, elle était allée chez Caroline pour dîner et y rester quelques heures.

Même si elle s'y était rendue avec ses amies, Dude lui avait dit de partir vers onze heures moins le quart et de retourner chez eux. Il voulait qu'elle arrive à la maison juste avant lui et lui avait décrit exactement comment l'attendre. Elle suivait toujours ses instructions à la lettre. Il avait dans son coffre un sac de nouveaux jouets qu'il avait achetés juste pour elle. Dude avait hâte. Il était le mec le plus chanceux du monde.

*

Ne ratez pas le prochain tome de la série Forces Très Spéciales : Un Protecteur pour Jessyka

DU MÊME AUTEUR

Autres livres de Susan Stoker

Forces Très Spéciales Series

Un Protecteur Pour Caroline

Un Protecteur Pour Alabama

Un Protecteur Pour Fiona

Un Mari Pour Caroline

Un Protecteur Pour Summer

Un Protecteur Pour Cheyenne

Un Protecteur Pour Jessyka

Un Protecteur Pour Julie

Un Protecteur Pour Melody

Un Protecteur Pour the Future

Un Protecteur Pour Kiera

Un Protecteur Pour Dakota

Delta Force Heroes Series

Un héros pour Rayne

Un héros pour Emily

Un héros pour Harley

Un mari pour Emily

Un héros pour Kassie

Un héros pour Bryn

Un héros pour Casey

Un héros pour Wendy

Un héros pour Sadie (TBA)

Un héros pour Mary (Avril)

Un héros pour Macie (May)

Mercenaires Rebelles

Un Défenseur pour Allye

Un Défenseur pour Chloe

Un Défenseur pour Morgan

Un Défenseur pour Harlow

Un Défenseur pour Everly

Un Défenseur pour Zara

Un Défenseur pour Raven

Ace Sécurité

Au secours de Grace

Au secours de Alexis

Au secours de Chloe

Au secours de Felicity

Au secours de Sarah

* * *

En Anglai

Delta Force Heroes Series

Rescuing Rayne

Rescuing Emily

Rescuing Harley

Marrying Emily (novella)

Rescuing Kassie

Rescuing Bryn

Rescuing Casey

Rescuing Sadie (novella)

Rescuing Wendy

Rescuing Mary

Rescuing Macie (novella)

Delta Team Two Series

Shielding Gillian

Shielding Kinley (Aug 2020)

Shielding Aspen (Oct 2020)

Shielding Riley (Jan 2021)

Shielding Devyn (TBA)

Shielding Ember (TBA)

Shielding Sierra (TBA)

SEAL of Protection: Legacy Series

Securing Caite

Securing Brenae (novella)

Securing Sidney

Securing Piper

Securing Zoey

Securing Avery (May 2020)

Securing Kalee (Sept 2020)

Securing Jane (novella) (Feb 2021)

SEAL Team Hawaii Series

Finding Elodie (Apr 2021)

Finding Lexie (Aug 2021)

Finding Kenna (Oct 2021)

Finding Monica (TBA)

Finding Carly (TBA)

Finding Ashlyn (TBA)

Ace Security Series

Claiming Grace

Claiming Alexis

Claiming Bailey

Claiming Felicity

Claiming Sarah

Mountain Mercenaries Series

Defending Allye

Defending Chloe

Defending Morgan

Defending Harlow

Defending Everly

Defending Zara

Defending Raven (June 2020)

Silverstone Series

Trusting Skylar (Dec 2020)

Trusting Taylor (Mar 2021)

Trusting Molly (July 2021)

Trusting Cassidy (Dec 2021)

SEAL of Protection Series

Protecting Caroline

Protecting Alabama

Protecting Fiona

Marrying Caroline (novella)

Protecting Summer

Protecting Cheyenne

Protecting Jessyka

Protecting Julie (novella)

Protecting Melody

Protecting the Future

Protecting Kiera (novella)

Protecting Alabama's Kids (novella)

Protecting Dakota

Badge of Honor: Texas Heroes Series

Justice for Mackenzie

Justice for Mickie

Justice for Corrie

Justice for Laine (novella)

Shelter for Elizabeth

Justice for Boone

Shelter for Adeline

Shelter for Sophie

Justice for Erin

Justice for Milena

Shelter for Blythe

Justice for Hope

Shelter for Quinn

Shelter for Koren

Shelter for Penelope

À PROPOS DE L'AUTEUR

Susan Stoker est une auteure de best-sellers aux classements du New York Times, de USA Today et du Wall Street Journal. Elle a notamment écrit les séries Badge of Honor: Texas Heroes, SEAL of Protection et Delta Force Heroes. Mariée à un sous-officier de l'armée américaine à la retraite, Susan a vécu dans tous les États-Unis, du Missouri jusqu'en Californie en passant par le Colorado, et elle habite actuellement sous le vaste ciel du Tennessee. Fervente adepte des fins heureuses, Susan aime écrire des romans où les sentiments laissent place au grand amour.

http://www.StokerAces.com

 facebook.com/authorsusanstoker

 twitter.com/Susan_Stoker

 instagram.com/authorsusanstoker

 goodreads.com/SusanStoker